KB050260

The Hitchhiker's Guide to the Galaxy

은하수를 여행하는 히치하이커를 위한 안내서 4

안녕히, 그리고 물고기는 고마웠어요So Long and Thanks for All the Fish
젊은 자포드 안전하게 처리하다Young Zaphod Plays It Safe

초판 1쇄 발행 2005년 1월 15일
초판 16쇄 발행 2024년 11월 1일

지은이 더글러스 애덤스
옮긴이 김선형 권진아

펴낸이 김준성
펴낸곳 책세상
등록 1975년 5월 21일 제2017-000226호
주소 서울시 마포구 동교로23길 27, 3층(03992)
전화 02-704-1251
팩스 02-719-1258
이메일 editor@chaeksesang.com
광고 · 제휴 문의 creator@chaeksesang.com
홈페이지 chaeksesang.com
페이스북 /chaeksesang 트위터 @chaeksesang
인스타그램 @chaeksesang 네이버포스트 bkworldpub

ISBN 978-89-7013-491-8 04840
978-89-7013-343-0 (세트)

4

안녕히, 그리고 물고기는 고마웠어요 | 젊은 자포드 안전하게 처리하다

So Long and Thanks for All the Fish| Young Zaphod Plays It Safe

더글러스 애덤스 지음 | 김선형 · 권진아 옮김

책세상

옮긴이 **김선형**은 영문학 박사 과정을 수료한 뒤 강의와 번역을 하고 있다. 스스로가 책을 읽고 글을 쓰는 일 외에는 별로 쓸모가 없는 사람이라는 걸 어느 날 깨달은 뒤로 그나마 최대한 잘해보려고 꽤나 노력한 덕분에 그간 토니 모리슨의《파라다이스》,《재즈》,《빌러비드》, 그리고 실비아 플라스의《실비아 플라스의 일기》등 엄청나게 훌륭한 책들을 번역하는 행운을 누렸다. 특히 그중에서도《은하수를 여행하는 히치하이커를 위한 안내서》를 만나게 된 건 제발 무지무지하게 재미있는 책을 번역하게 해달라는 간절한 기도가 응답을 받은 거라 믿어 의심치 않는다. 더글러스 애덤스는 지극히 우주적이면서도 지극히 영국적인 작가인지라, 영국 땅에 체류하는 인생의 짧은 시간 동안 이 책을 작업하게 된 것 또한 잊지 못할 추억이다. 이젠 안녕히, 아서 덴트, 삶과 우주, 그리고 모든 것, 정말 고마웠어요.

옮긴이 **권진아**는 영문학 박사 과정을 수료한 뒤 강의와 번역을 하고 있다. 소위 말하는 사이언스 픽션 마니아라고는 감히 말할 수 없지만 이 장르에 대한 애정을 적잖이 가진 그는, 과거와 현재, 미래가 정신없이 뒤섞인 은하계를 종횡무진하며 우주와 인류의 창조, 진화, 종말 전체를 거대한 농담으로 만들고 마는 '히치하이커' 시리즈야말로 코미디와 사이언스 픽션의 최고의 결합이라고 생각한다. 이 황당무계한 시리즈의 우주적 인기를 뒷받침하는 것은, 과학적 근거는 고사하고 이야기의 개연성과 일관성까지 가차없이 무시하며 모든 거대한 것들을 무심한 듯 신랄하게 희화화하는 더글러스 애덤스의 발군의 유머 감각이다. 하지만 독서란 무릇 진지한 것이라고 고집하는 분들이라도 염려할 것 없다. 정신없이 웃다 보면, 은하계에는 발도 디뎌보지 못하고 국지적 삶을 시들시들 살아가는 원숭이의 후손에게도 어느새 삶과 우주, 그리고 모든 것에 대한 나름대로의 해답이 어렴풋이 떠오르게 될 테니까.

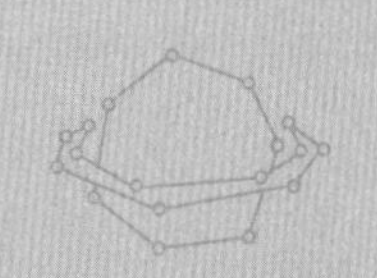

| 차례 |

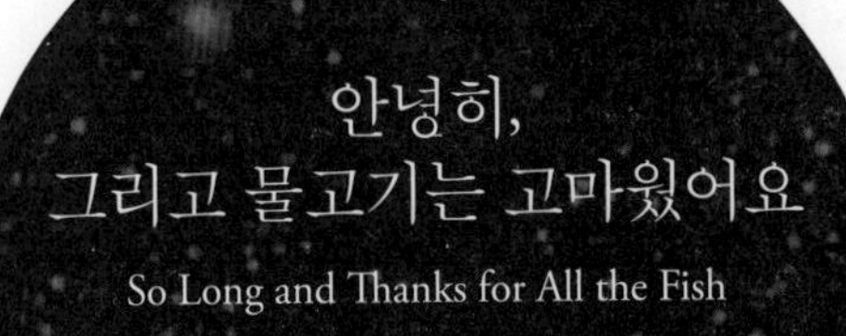
안녕히,
그리고 물고기는 고마웠어요
So Long and Thanks for All the Fish

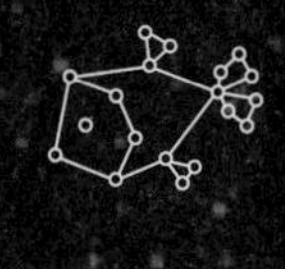

제인을 위해

내 팔자에는 없는 안정된 일들을 빌려준 릭과 하이디에게,

불안정한 일들을 여럿 초래해준

모겐스와 앤디를 비롯한 헌트섬 코트 사람들 모두에게,

그리고 어떤 일이 일어나더라도 늘 안정을 유지해준 소니 메타에게

감사를 드리며

| 프롤로그 |

저 멀리 시대에 뒤처진 은하계 서쪽 소용돌이의 끝, 지도에도 나와 있지 않은 그 변두리 지역에 아무도 주목하지 않는 작은 노란색 항성이 하나 있다.

이 항성에서 대략 구천팔백만 마일 떨어진 곳에 시시하기 그지없는 작은 청록색 행성이 공전하고 있는데, 이 행성에 사는 원숭이 후손인 생명체들은 어찌나 원시적인지 아직도 전자 시계가 꽤나 대단한 아이디어라고 생각하고 있을 정도다.

이 행성에는 문제가 하나 있는데—— 아니, 있었는데——, 이 행성에 사는 사람들 대다수가 대부분의 시간 동안 불행했다는 것이다. 이 문제에 대해 수많은 해결책이 제시되었는데, 이 해결책들 대부분은 주로 작은 녹색 종잇조각들의 움직임과 관련된 것이었다. 그건 좀 이상한 일이다. 왜냐하면, 대체로 볼 때, 불행한 것은 그 작은 녹색 종잇조각들이 아니었기 때문이다.

그래서 그 문제는 해결되지 않고 그냥 남아 있었다. 많은 사람들이 비열했고, 그들 대다수는 비참하게 살았다. 심지어 전자 시계를 차고 있는 사람들까지도 말이다.

애당초 사람들이 나무에서 내려온 것 자체가 엄청난 실수였다는 의견이 점점 더 확산되었다. 게다가 어떤 사람들은 심지어 나무에 올라간 것조차 잘못된 일이었으며, 아무도 바다에서 나오지 말았어야 했다고도 말했다.

그러던 중 어느 목요일, 그러니까 한 남자가 기분 전환도 할 겸 이제는 사람들끼리 좀 잘해주면 얼마나 좋겠냐고 말했다는 이유로 나무에 못 박힌 지 약 이천 년의 세월이 흐른 뒤의 어느 목요일, 한 여자가 영국 릭맨스워스라는 마을의 조그만 카페에 혼자 앉아 있다가 이 오랜 세월 내내 도대체 무엇이 잘못되고 있었는지를 문득 깨달았다. 그리고 그녀는 마침내, 어떻게 하면 이 세상이 멋지고 행복한 곳이 될 수 있는지를 알게 되었다. 이번에는 정말 옳았다. 이번에는 일이 제대로 풀릴 수 있을 것이고, 아무도 어딘가에 못 박히지 않아도 될 터였다.

하지만 슬프게도, 그녀가 누군가에게 전화를 걸어 그 이야기를 하기도 전에 끔찍하고도 바보 같은 대참사가 일어났고, 그 아이디어는 영영 빛을 보지 못하게 되었다.

이 책은 그녀의 이야기다.

1

그날 저녁에는 해가 일찍 저물었다. 그맘때는 그게 정상이었다. 춥고 바람도 많이 불었다. 그맘때는 그게 정상이었다.

비가 오기 시작했다. 이건 더더구나 특히 정상적인 일이었다.

우주선 한 대가 착륙했다. 이건 정상이 아니었다.

하지만 주변에는 이 광경을 볼 사람이 아무도 없었다. 입이 떡 벌어지도록 멍청한 네 발 달린 동물 몇 마리밖에 없었는데, 이들은 눈앞에서 벌어진 광경을 전혀 이해하지 못했다. 놈들은 어떻게 생각해야 할지, 먹어야 할지 말아야 할지를 몰라 당황했다. 그래서 뭐가 보일 때마다 늘 하던 짓을 그대로 했다. 꽁무니를 내빼고는 서로 다른 놈 밑에 기어 들어가 몸을 숨기려 했던 것이다. 물론 제대로 될 리가 없는 짓이다.

우주선은 구름 속에서 나와 스르륵 매끄럽게 하강했다. 얼핏 보면 마치 한 줄기 광선에 의지해 균형을 잡고 있는 것 같았다.

번갯불과 폭풍우를 동반한 먹구름 때문에 먼 곳에서는 거의 알아볼 수 없었지만, 가까이에서 보면 우주선은 신기한 아름다움을 풍기고 있었다. 우아한 맵시로 조각된 회색 우주선은 아주 작았다.

물론 외계의 다른 종족이 어떤 크기 어떤 형태로 나타날지는 며느리도 모른다. 하지만 행여, 만의 하나, 최근에 집계된 중앙 은하 인구 조사 보고서의 결과가 정확할 거라고 믿고 굳이 그걸 가지고 통계적인 평균을 내고 싶다면 아마 이 우주선에는 대충 여섯 명의 우주인이 타고 있을 거라 추산할 수 있을 테고, 그 추정은 얼추 맞을 것이다.

아마 벌써 그 정도는 짐작하셨으리라 믿는다. 대부분의 통계 조사가 그렇듯, 중앙 은하 인구 조사 보고서 역시 어마어마한 돈을 처들였음에도 불구하고 결과적으로 나온 얘기들은 이미 세상 사람들이 다 알고 있는 것이었다. 은하계의 모든 존재가 2.4개의 다리를 가지고 있고 하이에나를 소유하고 있다는 사실 정도가 좀 새로웠을까. 하지만 이거야 누가 봐도 명백히 사실이 아니었으므로, 결국 조사 결과는 모조리 폐기 처분되었다.

우주선은 빗속에서 소리 없이 하강했다. 우주선의 희미한 작동 표시등 불빛 덕분에 마치 세련된 무지갯빛 광채가 선체를 감싸고 있는 듯했다. 우주선은 아주 조용하게 웅웅거렸다. 그러나 선체가 지표면에 접근할수록 웅웅거리는 소리는 점점 더 커지고 더 깊어지더니, 고도가 육 인치 정도 되자 육중한 박동 소리로 바뀌었다.

마침내 우주선이 착륙했고 사방이 고요해졌다.

해치웨이가 열렸다. 작은 계단이 저절로 펼쳐졌다.

입구에 빛이 하나 나타났다. 밝은 빛이 흘러나와 축축한 밤을 밝혔고, 우주선 안에서는 그림자들이 움직이고 있었다.

빛 속에서 키 큰 사람의 형체가 나타나 주위를 둘러보고는 움찔 놀라더니 허둥지둥 계단을 걸어 내려왔다. 팔에는 커다란 비닐 가방을 끼고 있었다.

그는 몸을 돌리더니 갑자기 우주선을 향해 딱 한 번 손을 흔들어 인사를 했다. 벌써 머리카락을 타고 비가 줄줄 흘러내리고 있었다.

"고맙습니다." 그가 외쳤다. "정말 고마 …… ."

날카롭게 우르릉 쿵쾅거리는 천둥소리 때문에 마지막 말은 잘 들리지 않았다. 그는 두려움에 질려 하늘을 바라보았고, 갑자기 무슨 생각이 들었는지 커다란 비닐 가방 속을 마구 뒤지기 시작했다. 가방 바닥에는 구멍이 나 있었다.

가방 옆면에는 (켄타우루스 항성의 알파벳을 해독할 수 있는 사람들이라면 쉽게 읽을 수 있을) 커다란 글자로 "알파 켄타우루스의 포트 브라스타 초대형 면세점. 현재 우주에서 뜨거운 인기 몰이를 하고 있는 스물두 번째 고끼리처럼 되어보세요—멍멍!"이라고 쓰여 있었다.

"잠깐만 기다려요!" 그는 우주선을 향해 손을 마구 흔들며 말했다.

해치 속으로 접혀 들어가던 계단이 정지하더니 다시 펼쳐져 그를 들여보내 주었다.

몇 초 후, 그는 너덜너덜하게 해진 타월 하나를 가지고 나오더니 가방 속에 구겨 넣었다.

비닐 가방을 겨드랑이에 꼭 낀 그는 다시 손을 흔들고는 나무 밑에서 비라도 피할 요량으로 달리기 시작했다. 그 사이 등 뒤에서는 이미 이륙한 우주선이 상승하고 있었다.

그 순간 번개가 하늘을 찢는 바람에 그가 잠시 멈칫했다. 그러나 곧 나무들과 한참 떨어진 쪽으로 진로를 수정한 후 황급히 앞으로 달려가기 시작했다. 그는 신속히 공터를 가로질러 달려가다가, 여기 저기서 미끄러지고 넘어졌다. 이제 빗줄기는 마치 땅에서 잡아당기기라도 하는 듯이 시간이 갈수록 집중호우로 변하고 있었고 그는 조금이라도 비를 덜 맞기 위해 몸을 한껏 움츠렸다.

발이 진흙 속에 푹푹 빠지며 미끄러졌다. 야트막한 산 너머에서 천둥이 우르릉거렸다. 그는 얼굴에서 빗물을 훔쳐내는, 아무 소용도 없는 짓을 하며 비틀거리며 계속 걸어갔다.

훨씬 더 밝은 빛.

하지만 이번에는 번갯불이 아니라 지평선 위로 퍼지면서 아른거리다가 사라지는 둔탁한 빛이었다.

그는 빛을 보고 잠시 발길을 멈췄다가, 빛이 나타났다 사라진 바로 그 자리를 향해서 두 배로 빨리 걷기 시작했다.

이제는 지세가 더 험준해져서 깎아지른 듯한 비탈길이 위쪽으로 뻗어 있었으며, 급기야 이삼백 야드 앞에 이르러서는 장애물이 가로막고 있었다. 그는 장애물을 살펴보느라 잠시 발길을 멈췄다가, 곧 가방을 반대쪽으로 휙 던진 뒤 자기도 기어 넘어가기 시작했다.

그가 반대쪽 땅에 발을 딛자마자 빗속에서 웬 기계가 불쑥 나타나더니, 물이 튕겨 올라 장벽처럼 솟구친 사이로 밝은 빛을 뿌리며 그를 향해 돌진해왔다. 그는 몸을 벽에 꼭 붙였다. 기계는 파도를 타는 흰색 고래처럼, 납작한 구근 채소 같은 모양이었다. 미끈한 맵시에, 잿빛의 둥근 동체를 지닌 그 기계는 무시무시한 속도로 달려왔다.

그는 본능적으로 두 팔을 들어올려 몸을 보호하려고 했으나, 그를 덮친 것은 물벼락에 불과했다. 기계는 바로 옆을 스치고 어둠 속으로 사라져버렸다.

하늘을 가르며 또다시 섬광이 번득이자, 기계의 형체가 잠시 밝게 빛났다. 그 덕분에 물에 흠뻑 젖은 사람은 기계가 사라지기 전 찰나의 순간을 틈타 뒤에 붙은 작은 표지판에 쓰여 있는 글을 읽을 수 있었다.

그는 너무나 놀란 나머지 도저히 자신의 눈을 믿을 수가 없었다. 기계 뒤에 붙은 표지판에는 틀림없이 "내 다른 차도 포르셰임"이라고 쓰여 있었던 것이다.

2

롭 매케너는 딱한 인간 말종이었고, 그 자신도 그것을 알고 있었다. 오랜 세월에 걸쳐 아주 많은 사람들이 그 사실을 지적해주었고, 자신도 사람들과 굳이 의견을 달리할 이유를 찾을 수 없었기 때문이다. 물론 한 가지 명백한 이유를 든다면, 다른 사람들 말에 딴지를 거는 걸 아주 좋아한다는 점이 있겠지만 말이다. 특히 자기가 싫어하는 사람들의 의견에 반대하기를 좋아했는데, 결국 세어보면 모든 사람이 이에 해당했다.

그는 숨을 깊이 들이마시고 기어를 잡아당겨 내렸다.

산비탈이 가팔라지기 시작했는데 그의 화물 트럭은 덴마크제 자동 온도 조절 난방기를 싣고 있어서 무거웠다.

그렇다고 그가 시무룩한 천성을 타고난 건 아니었다. 최소한 그 자신은 그렇지 않기를 바랐다. 이렇게 기분이 가라앉는 건 다 비 탓이었다. 항상 비가 문제였다.

지금 내리는 건, 그가 특히 싫어하는 특별한 종류의 비였다. 특히 운전을 할 때는 더 싫었다. 그는 비에 번호를 붙여주었다. 이건 열일곱 번째 타입의 비였다.

언젠가 에스키모들에게는 눈을 지칭하는 단어가 이백 개도 넘는다는 얘기를 읽은 적이 있다. 그렇지 않으면 아마 대화가 몹시 단조로웠을 게 분명하다. 그래서 그들은 성긴 눈과 빽빽한 눈, 가벼운 눈과 무거운 눈, 진눈깨비, 파삭파삭한 눈, 어지럽게 흩날리는 눈, 허공을 떠다니는 눈, 옆집 사람의 장화에 들러붙어서 깨끗한 이글루 바닥을 엉망으로 만드는 눈, 겨울의 눈, 봄의 눈, 요즘 내리는 그 어떤 눈보다도 백배 천배 좋았던 어린 시절의 눈, 고운 눈, 깃털 같은 눈, 언덕의 눈, 골짜기의 눈, 아침에 내리는 눈, 밤에 내리는 눈, 낚시를 가려고 막 나서는데 느닷없이 내리는 눈, 그리고 배변 훈련을 아무리 시켜도 말을 듣지 않는 시베리아허스키 썰매개들이 오줌을 갈겨 놓은 눈을 모두 구분하는 모양이다.

롭 매케너는 작은 공책에다가 이백서른한 가지 종류의 비를 적어 놓았지만, 그 중 어느 하나도 좋아하지 않았다.

그는 다시 기어를 한 단 내렸고 화물 트럭은 육중한 엔진에 다시금 박차를 가했다. 트럭은 운반 중인 덴마크제 자동 온도 조절 난방기가 무겁다며 푸근한 소리로 투덜거렸다.

전날 오후 덴마크에서 출발한 후로, 삼십삼 번 비(가볍고 바늘처럼 가는 가랑비로 길을 미끄럽게 만들었다), 삼십구 번 비(굵은 빗방울이 무겁게 툭툭 떨어지는 비), 사십칠 번에서 오십일 번까지의 비(수직으로 가볍게 떨어지는 가랑비에서 비스듬하고 날카롭게 떨어지는, 정도가 가벼운 가랑비에서 상쾌하게 적당히 떨어지는 강도의 비까지), 팔십칠 번과 팔십팔 번 비(수직으로 홍수처럼 쏟아지는 폭우의 두 가지 종류로서 미세한 차이가 있음), 백 번 비(호우가 내린 후의 스콜, 찬 비), 백구십이 번에서 이백십삼 번 사이의 온갖 바다 폭풍 종류의 비가 동시에 내렸고, 백이십삼 번, 백이십사 번, 백이십육 번, 백이십칠 번 비(중간 강도의 순하고 차가운 돌풍, 규칙적으로 화음을 이루며 자동차 천장을 두들기는 비), 십일 번 비(산들바람을 동반한 이슬비)를 다 겪었고, 이제는 제일 싫어하는 십칠 번 비가 내리고 있었다.

십칠 번 비는 지저분하게 물을 튀기며 방풍 유리를 극심하게 두들겨대기 때문에 와이퍼가 있거나 없거나 별로 차이가 없는 비였다.

그는 이 이론을 시험해보기 위해 잠깐 와이퍼를 꺼봤는데, 그 결과 시계(視界)가 극심하게 나빠졌다. 한번 나빠진 시계는 다시 와이퍼를 켜도 회복되지 않았다.

사실 와이퍼 한쪽 날개가 부러져버렸던 것이다.

쓱싹 쓱싹 쓱싹 푸식 쓱싹 쓱싹 쓱싹 푸식 쓱싹 쓱싹 쓱싹 푸식 쓱싹 쓱싹 푸식 푸식 푸식 퍼덕 퍼덕 끼이익.

그는 운전대를 쿵쿵 두들기고, 차 바닥을 발로 구르고, 카세트 플레이어를 마구 내리쳤다. 그랬더니 갑자기 배리 매닐로의 노래가 나오기 시작하길래, 노래가 멈출 때까지 내리치며 욕을 욕을 욕을

욕을 욕을 퍼부었다.

분노가 절정에 달한 바로 그 순간, 퍼붓는 비 때문에 잘 보이지도 않는 형체가, 전조등 불빛을 받으며 물 속을 헤엄치는 듯한 몰골로 나타났다.

불쌍하게도 구정물을 뒤집어쓴 사람 형체는, 옷차림도 희한한 데다가 세탁기에 빠진 수달처럼 흠뻑 젖어가지고는 히치하이크를 원하고 있었다.

"불쌍한 친구 같으니라고." 롭 매케너는 자신보다 더 처량 맞은 신세를 한탄해야 할 인간이 바로 여기 있다는 걸 깨닫고 속으로 중얼거렸다. "틀림없이 뼛속까지 얼었을 게 분명해. 하필 오늘처럼 더러운 날씨에 히치하이크를 하다니 멍청한 놈이군. 끽해야 추위에 떨고, 비 맞고, 흙탕물을 튀기고 지나가는 트럭들이나 만나는 게 고작일 텐데."

그는 음울하게 고개를 젓더니, 또다시 땅이 꺼져라 한숨을 쉬고는 운전대를 휙 돌렸다. 그러자 커다란 물보라가 휙 일더니 히치하이커를 정통으로 쳤다.

"내 말이 이 말이야." 그는 재빨리 지나가면서 속으로 생각했다. "아주 못돼 처먹은 인간들이 길에 아주 많거든."

몇 초 후 백미러에는 물에 흠뻑 젖어 몰골이 말이 아닌 히치하이커의 꼬락서니가 비쳤다.

잠깐 동안은 그걸 보고 기분이 좋아졌다. 그러나 곧 그걸 보고 기분이 좋았다는 사실에 기분이 나빠졌다. 그리고 기분이 좋다는 사실에 기분이 나쁘다는 사실에 기분이 좋아졌고, 결국 그는 흡족한 마음이 되어 계속 차를 몰았다.

최소한, 포르셰의 앞길을 막고 죽어도 비켜주지 않으려고 이십 분이나 버티다가 결국 추월당한 기분이 덕분에 좀 나아졌던 것이다.

그가 차를 몰고 나아가자, 하늘의 먹구름들이 그를 따라 질질 끌려갔다. 사실 본인도 모르고 있었지만, 롭 매케너는 '비의 신[雨神]'이었다. 그가 알고 있는 건 그저 일을 해야 하는 평일에는 늘 기분이 참담하고, 휴일은 연달아 망치고 있다는 것뿐이었다. 구름들이 알고 있는 건 그저, 롭 매케너를 너무나 사랑하기 때문에 언제나 가까이 있고 싶고, 소중하게 아껴주고 싶고, 늘 물을 뿌려주고 싶다는 사실뿐이었다.

3

다음에 지나간 화물 트럭 두 대는 비의 신이 직접 모는 건 아니었지만, 그래도 정확하게 똑같은 짓을 하고 지나갔다.

그는 터덜터덜, 아니 미끌미끌 계속 걸었다. 걷다 보니 언덕길이 다시 시작되었고, 이제 드디어 종잇장처럼 솟구치는 물의 장벽들과는 안녕을 고할 수 있었다.

얼마 후 비가 잦아들기 시작했고, 구름 뒤에서 달이 잠깐 얼굴을 내밀었다.

그 사이 트럭 한 대가 지나갔는데, 운전사는 터덜터덜 걸어가는 그를 향해 미친 듯이 복잡한 손짓을 하며, 보통 때는 기꺼이 태워주겠지만 지금은 시간이 없는 데다가 어디로 가는지 몰라도 그쪽 방향으로 가고 있지 않기 때문에 형편이 되지 않는다며, 아마 이해해줄 거라 믿는다는 뜻을 전달했다. 그는 복잡한 수신호 마지막을 명랑하게 엄지손가락 두 개를 다 들어올려 보이는 것으로 마무리했다. 무지무지 춥고 죽을 지경으로 물벼락을 맞았더라도 기분은 괜찮기를 바란다며, 다음번에 만나면 꼭 태워주겠다고 말하는 것만 같았다.

그는 계속 터덜터덜 걸었다. 피아트 한 대가 아까의 르노와 정확하게 똑같은 짓을 하고 지나갔다.

맥시 한 대가 반대 차선으로 지나가면서 꾸물꾸물 부지런히 걷고 있는 형체를 향해 전조등을 깜박거렸는데, 그게 "안녕"이라는 인사인지, "미안해, 우리는 반대쪽으로 가고 있어"라는 뜻인지, "어이, 저기 좀 봐, 이 빗속에 누가 있네. 병신 같은 놈"이라는 뜻인지 도무지 알 수가 없었다. 자동차 앞유리에 붙어 있는 녹색 스티커를 보니, 대체 그 메시지가 무슨 뜻인지는 알 수 없어도 메시지를 보낸 사람들이 스티브와 캐롤라라는 건 분명했다.

폭풍우는 이제 확실히 한풀 꺾였고, 마구잡이로 쳐대던 천둥은 아득한 산 너머에서 그르렁거리는 소리로 바뀌었다. 마치 논쟁에서 패배했다는 사실을 시인하고 나서 이십 분쯤 지난 후에 "그런데 한 가지 더……" 하고 뒷북을 치는 사람처럼 말이다.

공기는 아까보다 훨씬 맑아졌고, 밤은 추웠다. 소리는 상당히 먼 거리까지 잘 퍼졌다. 예의 길 잃은 사람은, 덜덜 떨리는 몸을 주체하지 못하면서 이제 막 교차로에 다다른 참이었다. 왼쪽으로 빠지는 길이 갈라지는 지점이었다. 좌회전을 하고 나면 표지판이 하나 서 있었다. 그는 느닷없이 표지판 쪽으로 마구 달려가더니 열렬한 호기심으로 그걸 찬찬히 뜯어보았다. 그러다가 다른 차가 지나갈 때만 후딱 돌아보곤 했다.

차가 또 한 대 지나갔다.

처음 지나간 차는 본 척도 하지 않고 지나갔고, 두 번째 차는 무의미하게 전조등을 번쩍거렸다. 포드 코티나가 한 대 지나가다가 브레이크를 밟았다.

그는 깜짝 놀라 움찔하면서 가방을 가슴에 꼭 끌어안고 황급히 자동차 쪽으로 달려갔다. 하지만 마지막 순간, 코티나는 흙탕물 속에서 부르릉거리며 바퀴를 돌리더니 꽤 재미있다는 듯이 길을 따라 달려가버렸다.

그는 천천히 멈춰 서서, 황망하고 절망한 채로 꼼짝도 못하고 서 있었다.

우연의 일치인지, 바로 다음 날 코티나를 운전하던 사람은 충수 제거 수술을 받기 위해 병원으로 급히 실려 갔으며, 꽤 재미있는 착각 덕분에 실수로 다리 제거 수술을 받게 되었고 충수 제거 수술 일정이 다시 잡히기 전에 합병증으로 인해 상당히 흥미진진한 중증 복막염으로 발전했으며, 결국 정의는 나름대로 구현되고 말았다.

그는 계속 터덜터덜 걸었다.

사브 한 대가 그 옆에 멈춰 섰다.

유리창이 내려가더니 친절한 목소리가 말했다. "많이 걸었어요?"

그는 그쪽을 바라보았다. 그리고 발길을 멈추고는 자동차 문을 잡았다.

그와, 자동차와, 자동차 문은 모두 지구라고 불리는 행성 위에 존재하고 있었다. 《은하수를 여행하는 히치하이커를 위한 안내서》에 대체로 무해함이라는 두 단어로 축약되어 있는 세계다.

이 글을 쓴 사람은 포드 프리펙트라고 한다. 그리고 그는 바로 이 순간 무해한 것과는 거리가 먼 행성에서, 무해한 것과는 거리가 먼 바에 앉아서 온갖 말썽을 일으키고 있었다.

4

술에 취했는지, 어디가 아픈지, 아니면 완전히 미친 나머지 자살을 하고 싶어서 그랬는지, 어차피 별 생각 없는 구경꾼의 눈으로는 잘 분간이 되지도 않았을 테지만, 한돌드 시티 남쪽 외곽에 있는 '늙은 분홍 개 Old Pink Dog' 술집에는 사실 별 생각 없이 어물거리는 구경꾼은 하나도 없었다. 목숨을 부지하고 싶으면 그런 곳을 별 생각 없이 어물거리지 않는 법이다. 구경꾼이 있다 한들 십중팔구 비열하고 매처럼 사나우며 중무장을 하고 있는 인간들뿐이었다. 미릿속이 늘 고통스럽세 궁쾅궁쾅 울려대고 있어서, 별로 마음에 들지 않는 꼴을 보게 되면 미친 짓거리를 내쳐 저지르는 그런 사람들이었다.

미사일 위기가 닥친 듯한, 험악한 침묵이 쫙 내리깔렸다.

심지어 술집 횃대 위에 앉아 있는 사악한 외모의 새조차 동네 청부 살인 업자들의 이름과 주소를 끽끽거리는 쉿소리로 읊어대는 일을 딱 멈췄다. 그건 이 술집에서 공짜로 제공하는 서비스였다.

모든 시선이 포드 프리펙트를 향하고 있었다. 어떤 시선들은 술잔 손잡이를 향하고 있었다.

죽음과 무모한 주사위 놀이를 즐기는 포드가 오늘 선택한 게임 방식은 아메리칸 익스프레스 카드를 사용해서 소규모 국방 예산 정도의 어마어마한 술값을 지불하려는 것이었다. 알려진 우주에서는 결코 용납할 수 없는 일이 아닐 수 없다.

"아니, 뭐가 걱정이세요?" 그는 명랑한 어조로 물었다. "기한 만료일이 걱정이신가요? 여기에서는 신상대성 이론에 대해 들어본 사람이 하나도 없나요? 요즘 이런 종류의 일을 해결해줄 수 있는, 완전히 새로운 물리학 분야가 개척되었답니다. 시간은 팽창을 촉진하고, 한시적인 상대통계학은……."

"우리가 걱정하는 건 기한 만료일이 아니오."이 말을 듣고 있던 사내가 말했다. 그는 위험한 동네의 위험한 술집 주인이었다. 그의 목소리는 나지막하고 부드럽게 그르릉거렸다. 그 소리는 마치 대륙간 탄도 미사일의 발사 개폐구를 열 때 나는 소리 같았다. 고깃덩어리 같은 손이 바를 가볍게 두들기자, 살짝 흠집이 나며 푹푹 패이는 것이었다.

"아, 그럼 잘됐네요." 포드는 여행용 가방을 챙기고 떠날 채비를 했다.

톡톡 두들기던 손가락이 휙 뻗더니 가볍게 포드 프리펙트의 어깨를 잡았다. 그 정도로도 포드 프리펙트는 달아날 꿈도 못 꾸게 되었다.

손가락들은 슬라브 판 같은 두터운 손에 붙어 있었으며 그 손은 방망이 같은 팔뚝에 붙어 있었지만, 팔뚝에는 아무것도 붙어 있지 않았다. 형이상학적인 의미로 본다면야 물론, 고향과 다름없는 술집에 맹렬한 견공 같은 충성심으로 딱 달라붙어 있었지만 말이다. 사실 그 팔뚝은 원래 좀더 정상적으로 술집 전 주인의 몸에 붙어 있었는데, 임종을 맞은 주인이 뜻밖에도 팔뚝을 의학계에 기증해버렸다. 그러나 의학계는 팔뚝 모양이 마음에 들지 않다며 당장 늙은 분홍 개 술집에 돌려주었다.

새로운 술집 주인은 초자연적 현상이라든가, 도깨비라든가, 그런 괴상한 일은 전혀 믿지 않았지만 쓸모 있는 동료를 알아보는 눈 하나는 확실했다. 그 손은 바 위에 앉아 있곤 했다. 주문도 받고, 술도 돌렸으며, 죽으려고 환장한 사람들을 죽여주기도 했다. 포드 프리펙트는 꼼짝도 않고 앉아 있었다.

"우리가 걱정하는 건 기한 만료일이 아니지." 술집 주인이 되풀이해 말했다. 이제 포드 프리펙트의 관심을 확실히 끌게 되어 만족스러운 모양이었다. "플라스틱 덩어리 전체가 걱정이란 말이지."

"뭐라고요?" 포드가 말했다. 화들짝 당황한 기색이 역력했다.

"이거." 술집 주인은 신용 카드가 마치 삼 주 전에 영혼이 이미 '생선들의 천국'으로 달아나버린 작은 물고기나 되는 것처럼 들고는 이렇게 말했다. "우린 이런 거 안 받수다."

포드는 잠시 다른 지불 수단이 없다는 사실을 털어놓을까 말까 고민했지만, 일단은 밀어붙이는 쪽이 좋겠다고 생각했다. 몸에서 잘려나간 손은 이제 엄지와 검지로 그의 어깨를 가볍게, 하지만 단단하게 붙들고 있었다.

"영 이해를 못하시네요." 포드가 말했다. 그의 표정은 이제 처음의 황당함에서 도저히 못 믿겠다는 듯한 뻔뻔스러움으로 변했다. "이건 아메리칸 익스프레스 카드란 말이에요. 인간에게 알려진, 청구서를 결제하는 가장 훌륭한 방법이란 말입니다. 스팸 메일을 읽어본 적이 없으세요?"

포드의 명랑한 목소리가 술집 주인의 귀에 거슬리기 시작했다. 그건 마치 전쟁 레퀴엠의 음울한 소절에서 장난감 피리를 부는 것 같았다.

포드의 어깨뼈들이 삐걱거리며 갈리기 시작했다. 그 손은 몹시 숙련된 척추 지압사한테서 고통을 주는 원리를 배운 것만 같았다. 포드로서는 그 손이 어깨뼈들끼리 서로 가는 것도 모자라 어깨뼈를 다른 뼈에 대고 갈기 전에 문제가 해결되기만을 바랄 뿐이었다. 운 좋게도, 손에 붙잡힌 어깨는 가방을 걸친 쪽이 아니었다.

술집 주인은 신용 카드를 다시 포드 쪽으로 밀어냈다.

"우리 집에서는." 주인이 무자비한 야만성을 감춘 목소리로 말했다. "이런 물건 얘기를 들어본 적도 없어."

사실 이건 전혀 놀랄 일이 아니었다.

포드는 그저 심각한 컴퓨터 에러로 인해 발생한 십오 년간의 지구 행성 나들이에서 신용 카드를 손에 넣었을 뿐이니까. 아메리칸 익스프레스 사도 사태의 심각성을 아주 빨리 깨달았고, 공황 상태에 빠진 수금 부서의 초조한 빚 독촉 사태는 결국, 새로운 초공간 우회로를 건설하려는 보고 행성인들에 의해 지구 전체가 돌연 괴멸되는 사태를 맞고서야 겨우 잠잠해졌다.

그 후로 포드는 늘 신용 카드를 몸에 지니고 다녔다. 아무도 받아주지 않는 결제 수단을 갖고 다니는 게 대단히 쓸모가 많다는 사실을 깨달았기 때문이다.

"신용?" 술집 주인이 말했다. "아아아아흐흐흐……."

이 두 단어는 늙은 분홍 개 술집에서 대체로 늘 붙어 다니곤 했다.

"저는……." 포드가 말했다. "이게 상류 계급의 상징이라고 생각합니다만……."

포드는 주위를 둘러보며 건달, 포주 그리고 레코드 회사 임원들이 뒤섞인 군상을 바라보았다. 그들은 바의 후미진 안쪽, 시커먼 어둠으로 이어지는 희미한 빛의 경계에서 어슬렁거리고 있었다. 그들은 일부러 다른 쪽을 바라보면서, 살인과 마약 조직, 음악 계약에 대해 하던 이야기를 계속했다. 앞으로 어떻게 될지 잘 알고 있었기 때문에 괜히 못 볼 꼴을 보고 술맛이 떨어지지 않기만을 바랐다.

"그러다 죽는다, 꼬마야." 술집 주인은 조용히 포드 프리펙트를 보고 말했다. 든든한 증거가 떠받치고 있는 말이었다. 바에는 "외상을 요구하지 마십시오. 그러다 주먹으로 한 대 맞으면 몹시 불쾌할 수 있습니다"라는 안내문이 걸려 있었다. 하지만 정확성을 기하기 위해 이 안내문은 "외상을 요구하지 마십시오. 그러다 무자비한 새한테 모가지를 갈가리 찢기고 절단된 손이 머리를 바에 내리쳐 박살내는 꼴을 당하면 몹시 불쾌할 수 있습니다"로 수정되어야 했다. 그러나, 이건 안내문치고는 읽기가 힘들었을 뿐만 아니라, 어쨌든 어감 자체도 좀 달랐기 때문에, 결국 주인은 이 공고도 내리고 말았다. 그냥 굳이 말하지 않아도 알아서 소문이 저절로 퍼질 거라 생각했기 때문이었다. 아니나 다를까 소문은 알아서 저절로 퍼졌다.

"어디 청구서를 한 번만 다시 보여주세요." 포드가 말했다. 포드는 청구서를 들고 사려 깊게 읽어 내려갔다. 악의에 찬 술집 주인과, 마찬가지로 악의에 찬 새의 시선이 그를 노려보고 있었다. 새는 지금 발톱으로 바를 긁어 깊은 흠집을 내고 있었다.

청구서는 상당히 길었다.

맨 아래에는 오디오 세트 밑바닥에 새겨진 제품 번호와 비슷한 숫자가 쓰여 있었다. 등록을 하려고 베껴 쓰는 데 몹시 오래 걸리는 그 일련 번호들 말이다. 아무튼, 포드는 하루 종일 바에 죽치고 앉아서 거품이 보글보글 이는 음료를 엄청나게 많이 마셨고, 포주며 양아치며 레코드 회사 중역들로 구성된 패거리한테도 엄청나게 많은 공짜 술을 돌렸다. 모두들 갑자기 포드가 누군지도 모르겠다는 듯한 얼굴로 시치미를 떼고 있었지만.

그는 말없이 침을 꿀꺽 삼키더니 주머니를 툭툭 두들겼다. 미리 알고 있던 사실이지만, 주머니 속에는 아무것도 없었다.

그는 왼손을 가볍게, 하지만 확고하게 반쯤 열려 있는 가방 입구에 댔다. 오른쪽 어깨를 붙들고 있던 절단된 손에 새삼 힘이 들어갔다.

"이것 봐." 술집 주인이 말했다. 포드 앞에서 그의 얼굴이 사악하게 일그러지는 듯했다. "우리도 평판에 신경을 써야 된다고. 네 놈도 알지, 안 그래?"

이제 됐군. 포드는 생각했다. 이제 더 이상 끌 필요가 없었다. 규칙을 지켰고, 술값을 내려고 진심으로 노력했고, 거절당했다. 그리고 그는 생명의 위협을 느끼고 있었다.

"글쎄……." 그는 조용히 말했다. "평판이 걱정이시라면……."

번개 같은 속도로 그는 가방을 열어 《은하수를 여행하는 히치하이커를 위한 안내서》와 이 책을 위해 일하는 현장 조사원임을 증명하는 ── 그리고 절대 지금 하고 있는 짓을 해서는 안 된다고 명시하고 있는 ── 신분증을 꺼내 바에 탁 내려놓았다.

"여기다 기사 한 꼭지 써드릴까요?"

술집 주인의 얼굴이 일그러지다가 중간에서 딱 멈췄다. 새의 발톱은 바를 긁다가 딱 멈췄다. 어깨를 붙잡고 있던 손에서 천천히 힘이 빠졌다.

"그거면……." 술집 주인은 메마른 입술 사이로, 간신히 들릴락 말락 하게 속삭였다. "충분히 되겠습니다, 선생님."

5

《은하수를 여행하는 히치하이커를 위한 안내서》는 강력한 기구였다. 그 어마어마한 영향력을 걱정한 나머지 편집부 임원들은 엄격한 규칙을 제정해야만 했다. 그래서 현장 조사원들은 기사를 써준다는 핑계로 어떤 종류의 향응이나 할인, 혹은 특별 대접도 받아서는 안 되게 되어 있었다. 단, 다음의 조건이 충족되는 상황에서는 가능했다.

a. 정상적인 방식으로 서비스의 대가를 지불하려고 노력해야 한다는 것

b. 생명의 위협을 느끼고 있다든가

c. 정말이지 너무나 그러고 싶었다든가

세 번째 규칙을 들이댔다가는 감봉을 당하기 십상이었기 때문에, 포드는 항상 첫 번째와 두 번째 규칙을 가지고 장난을 치는 쪽을 선호했다.

그는 발걸음도 가볍게 거리로 나섰다.

공기는 숨 막히게 답답했지만, 포드는 그래도 좋았다. 숨 막히게 답답해도 도시의 공기였으니까. 흥미진진하게 불쾌한 냄새와 위험한 음악으로 가득 차 있고, 경찰 부족들이 서로 전쟁을 하는 소리가 아득하게 들려왔으니까.

그는 가방을 가볍게 흔들며 걷고 있었다. 그래야 누가 부탁도 없이 가방을 뺏으려 하면 자연스럽게 한 대 갈겨줄 수 있기 때문이다. 가방에는 그의 전 재산이 들어 있었다. 지금으로서는 전 재산이라고 해야 별 게 없지만 말이다.

리무진 한 대가 불타는 쓰레기 더미 사이를 헤치며 거리를 미끄러져 지나갔다. 그러자 길거리에 서 있던 말인지 노새인지 알 수 없는 동물이 움츠리고 비명을 지르며 달아나면서 낑낑대는 소리를 냈고, 허둥지둥 길을 따라 뛰어가다가 작은 이탈리아 식당 앞 계단에서 발이 걸려 넘어진 척했다. 거기서 넘어지면 사진도 찍어주고 먹이도 준다는 걸 잘 알고 있었기 때문이다.

포드는 북쪽을 향해 걷고 있었다. 우주 공항 쪽으로 갈 생각이었지만, 사실 그건 이미 지나간 얘기였다. 이런 시내를 걷고 있다 보면 종종 마음이 바뀌기 마련이라는 걸 그는 잘 알고 있었다.

"어때요, 우리 재밌게 놀아볼래요?" 문간에서 어떤 목소리가 말했다.

"내가 보기엔 말이죠." 포드가 말했다. "지금도 충분히 재미있어요. 고맙습니다."

"아저씨 부자예요?" 또 다른 목소리가 말했다.

그래서 포드는 너털웃음을 터뜨렸다.

"내가 부자처럼 보여요?"

"모르겠어요." 젊은 여자가 말했다. "부자일 수도 있고, 아닐 수도 있죠. 앞으로 부자가 될지도 모르고요. 부자면 아주 특별한 서비스를 해줄 수 있거든요……."

"오, 그래요." 포드는 관심이 생겼지만 조심스럽게 물었다. "뭔데요?"

"부자라도 괜찮다고 말해주지요."

머리 위의 유리창에서 총소리가 울렸지만, 그건 그저 세 번이나 리프 연주를 틀린 베이스 주자가 총살당하는 소리였을 뿐이다. 한돌드 시티 행성에서 베이스 주자의 값어치는 두 사람 합쳐서 일 페니밖에 하지 않았다.

포드는 발길을 멈추고 캄캄한 문 안쪽을 들여다보았다.

"뭘 해준다고요?" 그가 말했다.

여자는 깔깔 웃더니 한 발짝쯤 그늘 밖으로 나왔다. 키가 훤칠한데다, 수줍은 듯 당당한 분위기가 풍겼다. 그런 분위기를 풍기기가 어려워서 그렇지 잘만 하면 아주 효과가 훌륭한 법이다.

"그게 제 주특기예요." 그녀가 말했다. "사회경제학으로 석사 학위를 받았기 때문에, 상당히 설득력 있는 논지를 펼 수 있지요. 사람들이 아주 좋아한답니다. 특히 이 도시에서는요."

"구즈나 ……." 포드 프리펙트가 말했다. 이건 뭔가 말은 하고 싶은데 특별히 할 말이 없을 때 그가 잘 쓰는 베텔게우스 행성어였다.

그는 계단에 주저앉아 가방에서 '올드 잰크스 스피릿' 한 병과 타월을 꺼냈다. 그는 병을 따서 입구를 타월로 닦았는데, 사실 그건 의도와는 전혀 다른 효과를 낳았다. 올드 잰크스 스피릿 술로 인해 타월의 그 작은 부분에 기생하고 있으면서 오랜 시간에 걸쳐 대단히 복잡하고 발전된 문명 사회를 건설한 수백만 개의 세균들이 순식간에 멸종되었던 것이다.

"좀 마실래요?" 그는 일단 자신부터 한 모금 들이켜고 나서 물었다. 그녀는 어깨를 으쓱하더니 술병을 받아 들었다.

두 사람은 한동안 평화롭게, 옆 동네에서 들려오는 시끄러운 강도 경보음에 귀를 기울이면서 그렇게 앉아 있었다.

"사실 어쩌다 보니까, 상당한 돈을 빌려주고 못 받고 있어요." 포드가 말했다. "혹시 그 돈을 받게 되면, 다시 당신을 만나러 와도 될까요?"

"그럼요. 여기 있을 거예요." 여자가 말했다. "상당히 많다는 돈이 얼마쯤이에요?"

"십오 년간 일한 대가로 받을 봉급이요."

"무슨 일을 하시는데요?"

"두 단어를 써 줬지요."

"젠장." 여자가 말했다. "어느 단어를 쓰는데 그렇게 시간이 오래 걸렸어요?"

"첫 단어요. 일단 첫 단어가 생각나니까 다음 단어는 어느 날 점심을 먹고 나니 저절로 떠오르던걸요."

머리 위 저 높은 곳에서 거대한 전자 드럼 세트가 창문 밖으로 떨어져 눈앞의 길거리에서 산산조각 났다.

옆 동네의 강도 경보는 한쪽 경찰 부족이 상대편을 함정에 빠뜨리기 위해 일부러 울린 거라는 사실도 곧 밝혀졌다. 앵앵거리며 비명을 지르는 사이렌을 울리며 자동차들이 그 지역으로 몰려들었지만, 그들은 곧 태산처럼 솟은 도시의 마천루들 사이로 쿵쾅거리며 날아든 헬리콥터들에 에워싸여 꼼짝도 못하게 되어버렸다.

"사실은……." 포드는 이제 시끄러운 소음 때문에 고래고래 악을 써야 했다. "사실은 사정이 좀 달라요. 나는 글을 어마어마하게 많이 썼단 말입니다. 그런데 편집부에서 다 잘라버렸어요."

그는《은하수를 여행하는 히치하이커를 위한 안내서》를 가방에서 꺼냈다.

"그런데 그 행성이 파괴되어버렸어요." 그가 소리를 질렀다. "정말 보람찬 일이죠? 하지만 그래도 나한테 봉급은 지불해야 한다고요."

"당신, 그 책 만드는 일 해요?" 여자가 악을 쓰며 물었다.

"네."

"괜찮네."

"내가 쓴 글 볼래요?" 그가 소리쳤다. "다 지워지기 전에 말이죠. 새 수정본이 오늘 네트워크를 통해서 배포되게 되어 있거든요. 아마 제가 십오 년을 보낸 행성이 파괴되었다는 사실이 지금쯤은 틀림없이 발견되었을 거예요. 지난 번에 몇 번 교정할 때는 모르고 넘어갔거든요. 하지만 영원히 그렇게 넘어갈 수는 없으니까."

"도저히 얘기할 만한 분위기가 아니네요, 그렇죠?"

"뭐라고요?"

그녀는 어깨를 으쓱하더니 하늘을 가리켜 보였다.

그들 머리 위에 떠 있던 헬리콥터 한 대가 이제는 위층의 밴드와 싸움이 붙은 모양이었다. 건물에서 연기가 뭉게뭉게 피어올랐다. 사운드 엔지니어가 손가락 끝으로 창문에 대롱대롱 매달려 있었고, 미친 기타리스트는 불타는 기타로 그의 손가락을 두들겨대고 있었다. 헬리콥터는 그들 모두를 향해 총격을 퍼부어댔다.

"우리 자리를 옮길까요?"

그들은 소음을 피해 거리를 정처 없이 걸었다. 그러다가 거리의 극단을 만났는데, 그들은 시내 중심부의 문제를 다룬 짤막한 연극을 보여주겠다더니, 얼마 후 포기하고는 최근 길거리의 동물들이 점거한 작은 식당 안으로 사라져버렸다.

그러는 동안 내내 포드는《안내서》의 계기판을 쿡쿡 찌르고 있었다. 그들은 작은 골목길로 숨었다. 포드는 쓰레기통 위에 쭈그리고 앉아서《안내서》의 스크린 위로 쏟아지듯 찍히는 글자들을 바라보았다.

그는 자기가 쓴 항목을 찾아냈다.

"지구 : 대체로 무해함."

그러나 바로 직후 스크린에는 시스템 안내문이 마구 뜨기 시작했다.

"올 게 왔군요." 그가 말했다.

"기다려주십시오." 안내문에는 이렇게 쓰여 있었다. "현재 항목이 서브 - 에서 넷을 통해 업데이트되고 있는 중입니다. 이 항목은 현재 수정 중입니다. 시스템은 십 초간 작동이 중지됩니다."

골목길 끝에 강철처럼 매끈한 은회색 리무진이 스르륵 지나갔다.

"이봐요." 여자가 말했다. "돈을 받으면, 날 찾아와요. 난 직업여성인데다, 저기에 나를 필요로 하는 사람들이 있는 거 같아요. 이제 가야겠어요."

항의의 말이 포드의 입 밖으로 반쯤 나오다 말았지만, 그녀는 들은 척도 않고 떠나버렸다. 포드는 혼자 남아 쓰레기통에 쭈그리고 앉은 채로 우울하게 자신의 직업적 성취가 전자 분해되는 현장을 목격할 각오를 다지는 수밖에 없었다.

길거리의 사태는 이제 좀 진정이 되었다. 경찰들의 전쟁은 도시의 다른 구역으로 옮겨 갔고, 록 밴드의 몇 안 되는 생존자들은 서로의 음악적 견해 차이를 인정하고 솔로로 활동하기로 했으며, 거리의 극단은 예의 노새 같은 동물을 데리고 이탈리아 식당에서 나오면서 이제는 좀더 사람다운 대접을 받을 수 있는 바로 가자고 동물을 타이르고 있었고, 저 멀리에서는 매끈한 은회색 리무진이 도로변에 소리 없이 주차되어 있었다.

그녀는 서둘러 리무진 쪽으로 달려갔다.

그녀 뒤쪽으로, 골목길의 캄캄한 암흑 속에서, 초록색으로 반짝거리는 불빛이 포드 프리펙트의 얼굴을 적시고 있었고, 그의 두 눈은 차츰차츰 경악에 차 휘둥그레졌다.

왜냐하면 그가 아무것도 찾을 수 없을 거라 예상했던 곳에서 — 다 지워져서 완전히 삭제됐을 거라 생각했던 항목인데 — 한도 끝도 없이 데이터가 흘러나오고 있었기 때문이다. 문서, 도표, 숫자 그리고 이미지들, 호주 해변에서 서핑을 즐기는 동영상들, 그리스의 요구르트, 로스앤젤레스에서 절대로 가서는 안 될 식당들, 이스탄불에서 피해야 할 환전 거래, 런던에서 피해야만 하는 날씨, 세상 모든 곳의 술집들. 한 페이지, 한 페이지, 끝도 없이 쏟아져 나왔다. 전부 다 있었다. 그가 쓴 모든 글들이 게재된 것이다.

멍하니 이해를 못한 채 점점 더 미간에 깊은 주름만 새기면서, 그는 버튼을 앞뒤로 돌려가며 여기저기, 이런저런 항목들을 살펴보았다.

뉴욕을 여행하는 외계인을 위한 유용한 정보 :

아무 데나 착륙하라. 센트럴 파크든 어디든 아무 데나 착륙해도 된다. 아무도 신경 쓰지 않을 것이며, 심지어 알아채지도 못할 것이다.

생존 : 당장 택시 운전사로 취직하라. 택시 운전사라는 직업은 사람들이 택시라고 부르는 커다랗고 노란 기계에 사람들을 태우고 가고 싶은 곳까지 데려다주는 일이다. 기계가 어떻게 작동하는지 모르거나 언어를 모른다거나 지리를 전혀 모른다거나 그 동네가 기본적으로 어떻게 생겼는지 몰라도 전혀 걱정하지 마라. 심지어 머리에서 커다란 초록색 촉수가 삐죽 튀어나와 있

어도 괜찮다. 장담하건대, 이 방법이 사람들 사이에서 눈에 띄지 않는 가장 좋은 길이다.

몸이 정말 괴상망측하게 생겼다면 길거리에서 사람들한테 보여주고 돈을 벌어보도록 하라.

스월링, 녹시오스, 아니면 나우살리아계 출신의 수륙양생 생물체들은 특히 이스트 리버가 마음에 들 것이다. 이제까지 만들어진 것 중 최상급의 끈적거리는 유독성 실험실 폐기물보다도 훨씬 더 근사한, 생명력 넘치는 영양소들이 이 강물 속에 가득하다.

어디서 즐기나 : 이 항목은 엄청나게 방대하다. 당신의 쾌락 중추에 전류를 흘려 넣어 다 태워버리지 않는 한, 이보다 더 신나게 즐긴다는 건 불가능하기 때문이다…….

포드는 이미 상상할 수 없을 정도로 지독한 구시대적 표현이 되어버린 '끔 Off' 대신 한동안 쓰이다가 이제는 촌스러워진 '접속 대기중 Access Ready'이라는 말 대신 요즘 와서 쓰게 된 '모드 집행 준비 완료 Mode Execute Ready' 스위치를 눌렀다.

이 행성이 괴멸되는 장면을 포드 자신이 직접 목격했었다. 빛과 공기가 지옥처럼 뒤섞이는 바람에 눈이 멀어 두 눈으로 똑똑히 보지는 못했지만, 혐오스러운 노란색 보고 우주선에서 물밀 듯 쏟아져나온 에너지 충격파에 땅바닥이 망치로 두들기는 것처럼 쿵쾅거리고 덜커덕거리고 우르릉거리는 걸 두 발로 똑똑히 느꼈던 것이다. 그리고 마침내, 최후의 탈출 기회를 이미 놓쳤다고 생각한 시점에서도 오 초나 더 흘렀을 때, 드디어 비(非)물질화될 때마다 느끼는 구토증을 느꼈다. 그 순간 그와 아서 덴트는 스포츠 중계 방송처럼 대기를 뚫고 한 줄기 빛이 되어 날아갔던 것이다.

착각 같은 건 없었다. 있을 수가 없었다. 지구는 틀림없이 파괴되었다. 확실히, 분명히. 우주에서 한 줄기 증기가 되어 휘발해버렸다.

그런데 여기 ── 그는《안내서》를 다시 작동해보았다 ── 영국의 본머스, 도셋에서 즐거운 시간을 보내는 방법에 대해 자신이 직접 쓴 글이 있지 않은가. 그는 항상 이 글을 자신이 쓴 글 중에서도 기가 막히게 바로크적인 기발한 걸작이라고 여기고 자랑스러워했다. 그는 그 글을 다시 읽어보면서 순전한 경이감에 고개를 흔들었다.

갑자기 그는 문제의 해답을 깨달았다. 그건 바로, 현재 뭔가 굉장히 엽기적인 일이 일어나고 있다는 것이었다. 그리고 만약 굉장히 엽기적인 일이 벌어지고 있다면, 자신을 빼놓고 벌어져서는 안 된다고 생각했다.

그는《안내서》를 가방에 넣고 황급히 거리로 나섰다.

다시 북쪽을 향해 걸어가는 길에 도로변에 주차되어 있는 은회색 리무진 곁을 지나치게 되었다. 그런데 근처 문간에서 "괜찮아요, 아저씨. 정말 괜찮다니까요. 그래도 기분이 좋아질 수 있는 법을 곧 배우게 될 거예요. 전체 경제 구조를 살펴보자고요……"라고 말하는 보드라운 목소리가 들려왔다.

포드는 씩 웃음을 머금고, 한 구역을 빙 돌아서 우회했다. 바로 옆 구역은 이제 완전히 불길에 휩싸여 있었는데, 그곳에서 버려진 경찰 헬리콥터 한 대를 발견했다. 무단으로 헬리콥터에 탑승한 그는 안전벨트를 매고, 행운을 비는 뜻으로 손가락을 한번 꼬아 보이고 나서, 능숙한 솜씨로 창공으로 날아올랐다.

그는 무시무시하게 높이 치솟은 도시의 협곡 사이를 꼬불꼬불 헤치며 날아 빠져 나와서 시내의 하늘 위를 언제나 뒤덮고 있는 검붉은 연막을 뚫고 비상했다.

십 분 후, 헬리콥터의 사이렌이란 사이렌은 다 켜고 연막 속으로 아무렇게나 속사포를 발사해대면서 포드 프리펙트는 한돌드 시티 우주 공항의 발사대들과 착륙 신호용 조명등을 향해 동체를 기울이며 하강했다. 그리고 헬리콥터는 화들짝 놀란 듯한, 그리고 아주 시끄러운 거대한 각다귀처럼 착륙했다.

헬리콥터를 크게 훼손하지 않은 덕분에, 그는 항성계를 떠나는 첫 우주선의 일등석 표와 헬리콥터를 교환할 수 있었다. 그는 우주선 일등석의 커다랗고 요염하며 온몸을 폭 감싸는 좌석에 자리를 잡고 앉았다.

이거 재밌겠는걸. 우주선이 깊은 우주의 말도 안 되게 엄청난 거리를 눈 깜짝할 새에 가르는 사이, 그는 생각했다. 일등실의 서비스는 호화로움의 극치였다.

"네, 주세요." 승무원이 스윽 소리 없이 미끄러져 와서 뭔가를 내밀 때마다 그는 어김없이 이렇게 말했다.

그는 신비롭게도 제자리를 찾은 지구에 대한 부분을 이리저리 넘겨 읽으며 희한한, 조증에 가까운 뭐라 말할 수 없는 희열을 느꼈다. 아직 끝내지 못한 일들이 많았는데, 이제 다시 시도해볼 수 있게 된 것이다. 게다가 갑자기 인생에서 성취해야 할 진지한 목표가 생긴 것만 같아서, 말도 못하게 기뻤다.

별안간 아서 덴트가 어디 있는지, 이 사실을 알고 있는지 궁금해졌다.

아서 덴트는 일천사백삼십칠 광년 떨어진 곳에 있는 사브 승용차 안에서 걱정을 늘어지게 하고 있었다.

뒷좌석에는 그로 하여금 자동차를 타다가 문에 머리를 찧게 만든 처녀가 누워 있었다. 몇 년 만에 처음 본 같은 종족의 암컷이라 그런지 뭔지 몰라도, 그는 넋을 잃고 말았……이건 말도 안 돼, 그는 스스로 타일렀다. 진정하자, 그는 스스로를 타일렀다. 최대한 흔들림없는 내면의 목소리를 내 보려고 안간힘을 쓰며 계속 자기 자신에게 말을 걸었다. 너는 지금, 맑은 정신도 아니고 이성적 판단을 할 만한 상황이 아니야. 너는 방금 은하계를 가로질러 일만 광년 거리를 히치하이크로 건너왔잖아. 너는 아주 피곤하고, 약간 혼란스러운 데다, 몹시 나약해. 마음 편하게 먹어, 겁먹지 말고, 심호흡을 하는 데 집중하자.

그는 의자에 앉은 채 몸을 돌렸다.

"저 아가씨 괜찮은 거 확실해요?"

그의 눈에 그 아가씨가 심장이 쿵쾅쿵쾅 뛸 만큼 아름답게 보였다는 사실 말고는, 이렇다 할 정보를 별로 얻을 수 없었다. 키가 얼마나 큰지, 나이가 얼마나 되는지, 머리카락은 정확히 얼마나 짙은 색인지. 직접 물어볼 수도 없었다. 슬프게도 그녀는 완전히 의식불명 상태였으니까.

"그냥 약에 취했을 뿐이에요." 눈앞에 있는 도로에 고정된 시선을 꿈쩍도 하지 않고, 여자의 오빠는 어깨를 으쓱하며 이렇게 말했다.

"그거 괜찮은 거죠, 그렇죠?" 아서는 깜짝 놀라서 걱정스러운 마음에 다시 물었다.

"난 좋죠, 뭐." 그가 말했다.

"아." 아서가 말했다. "에." 그는 잠시 생각한 후 다시 덧붙여 말했다.

이제까지의 대화는 기가 막히도록 엉망이었다.

허둥지둥 첫인사를 나눈 후, 그와 러셀 ―― 근사한 처녀의 오빠 이름은 러셀이었다. 아서에게 그 이름은 늘 밝은 금발의 콧수염에 드라이로 말린 머리를 한 근육질의 남자를 연상시켰다. 살짝만 자극을 주면 갑자기 벨벳 턱시도와 앞에 프릴 달린 셔츠를 입기 시작할 것만 같고, 심하게 말리지 않으면 당구 경기장 같은 데서 훈수를 둘 것만 같은 그런 사람들 말이다 ―― 은 서로가 전혀 마음에 들어 하지 않는다는 사실을 곧 알아채고 말았다.

러셀은 근육질의 덩치 큰 사내였다. 그는 금발의 콧수염을 달고 있었다. 가는 머리는 드라이로 손질한 게 분명했다. 물론 그쪽 사정을 공평하게 봐주자면 ── 비록 아서로서는 순전한 두뇌 활동이라는 측면 외에는 그럴 만한 이유가 전혀 없었지만 ── 그, 그러니까 아서 자신도, 상당히 음침한 볼골을 하고 있었다. 주로 다른 사람의 우주선 화물칸에 타고 일만 광년을 건너오는 동안, 골치 썩을 일이 없었을 리 없다. 그리고 아서 덴트는 골치 아픈 일을 한두 번 겪은 게 아니었다.

“마약 중독자는 아니오.” 러셀이 갑자기 말했다. 자동차에 타고 있는 다른 사람은 그럴지도 모른다고 생각하는 게 분명한 말투로. “그냥 진정제에 취한 것뿐이오.”

“하지만 그건 끔찍한걸요.” 아서가 몸을 돌려 다시 그녀를 보며 말했다. 여자가 살짝 움직이는가 싶더니 머리가 어깨 옆으로 툭 떨어졌다. 검은 머리카락이 얼굴을 덮어, 얼굴이 잘 보이지 않게 되었다.

“뭐가 잘못된 거죠? 어디가 아픈가요?”

“아니요.” 러셀이 말했다. “그냥 해까닥 돌았을 뿐이에요.”

“뭐라고요?” 공포에 질린 아서가 말했다.

“황당한, 완전히 말도 안 되는 개소리를 해요. 다시 병원에 데리고 가서 치료를 해보려는 참이오. 자기가 고슴도치라고 생각하는 애를 퇴원시키다니.”

“고슴도치요?”

러셀은 모퉁이를 돌다가 이쪽 차선을 반쯤 침범한 차를 향해 맹렬하게 경적을 울려대다 차선을 이탈했다. 화가 나니까 오히려 기분이 좋아지는 모양이었다.

"글쎄, 고슴도치는 아마 아닐 거요."

그는 다시 자리를 잡고 나서 말했다.

"차라리 그랬으면 다루기가 쉬웠을지도 모르지만. 자기가 고슴도치라고 생각하는 사람이 있으면, 거울을 갖다 주고 고슴도치 사진 몇 장을 갖다 준 다음에 알아서 해결하라고, 그러다 기분이 좀 나아지면 돌아오라고 하면 될 텐데 말이죠. 최소한 그건 의학으로 고칠 수 있을 거 아니오. 내 말이 그거라니까. 하지만 페니는 그걸로 안 되는 거 같아요."

"페니……?"

"성탄절에 재 선물로 내가 뭘 준 줄 알아요?"

"어, 아니요."

"블랙의 《의학사전》이요."

"좋은 선물이네요."

"내 생각도 그랬어요. 수천 가지 질병이 적혀 있거든요. 그것도 알파벳 순서로."

"저 아가씨 이름이 페니라고 했어요?"

"그래요. 아무거나 골라잡아, 내가 말했지요. 여기 있는 건 다 치료할 수 있어. 알맞은 약을 처방할 수도 있고. 하지만 싫대요. 뭐 딴 걸 가져야겠다는 거예요. 학교 다닐 때도 꼭 저랬어요."

"그래요?"

"그랬어요. 하키를 하다가 넘어져서 다른 사람들은 들어본 적도 없는 뼈를 부러뜨렸지요."

"짜증나는 기분, 알 거 같기도 하네요." 아서는 자신 없이 말했다. 그녀의 이름이 페니라는 사실을 알고 그는 약간 실망했다. 약간 바보 같고 김빠지는 이름이었다. 하나도 예쁘지 않은 노처녀 숙모가 페넬라라는 이름을 차마 더 쓸 수 없을 때 쓰는 애칭 같았다.

"그렇다고 안됐다는 생각이 없었던 건 아니고." 러셀이 말을 이었다.

"하지만 그래도 진짜 짜증이 좀 났어요. 몇 달 동안이나 다리를 절었으니까."

그는 속도를 줄였다.

"여기서 내리시는 거 맞죠, 안 그래요?"

"아, 아니에요." 아서가 말했다. "오 마일 더 가야 해요. 괜찮으시다면요."

"괜찮아요."

러셀은 아주 잠시, 괜찮지 않다는 뜻으로 아무 말도 하지 않다가, 마침내 대답을 하고 다시 속력을 냈다.

사실 아서는 아까 그 출구에서 빠져나가야 했다. 하지만 잠에서 깨어나지도 않고 그의 마음을 이토록 사로잡아버린 여자에 대해 뭐라도 좀더 알아보지 않고는 그냥 내릴 수가 없었다. 고속도로 출구가 아직 두 번 더 남았으니 거기서 내리면 된다.

그 출구들로 나가면 아서의 옛 고향 마을로 가는 길이 나왔다. 거기서 어떤 광경을 보게 될지 상상하기가 주저되기는 했지만. 낯익은 건물이며 지형이 어둠 속에서 유령처럼 휙휙 지나갔고, 아서는 감정이 복받쳐 올라 부들부들 떨었다. 이런 감정은, 오로지 지극히 일상적인 풍경들만 환기할 수 있는 법이다. 미처 받아들일 마음의 준비를 하지 못했는데, 별안간 아주 낯선 각도로 일상을 바라볼 때 느끼게 되는 감정인 것이다.

그가 느끼는 개인적인 시간 관념에 의하면 ——아득하게 먼 태양들의 공전 속에서 살긴 했지만, 그래도 최대한 추산할 수 있는 대로 추산해보면 ——지구를 떠난 지 팔 년 정도 되었지만, 지구 시간이 정확히 얼마나 흘렀는지는 어림짐작도 할 수 없었다. 사실 그간 대체 무슨 일이 일어났는지 자체가 지쳐빠진 그의 이해력 바깥의 일이었다. 이 행성, 그의 고향은, 여기 이렇게 있어서는 안 되기 때문이다.

팔 년 전, 점심시간에, 이 행성은 파괴되었다. 괴멸되었다. 중력의 법칙은 지방법 같은 것이고, 따라서 중력의 법칙을 거스르는 건 주차 딱지를 떼는 거나 마찬가지로 별것 아닌 양, 점심시간에 하늘에 둥둥 떠 있던 노란 보고 행성의 우주선들에 의해 완전히 파괴되었다.

"환각이요." 러셀이 말했다.

"뭐라고요?" 아서는 깜짝 놀라 상념에서 깨어났다.

"진짜 세상에서 살고 있는 것 같은 이상한 환각을 겪는대요. 너는 정말로 진짜 세상에서 살고 있는 거라고, 아무리 얘기해줘도 소용이 없어요. 그렇기 때문에 자기가 보는 헛것들이 정말 이상하다는 말만 하거든요. 댁이야 어떨지 몰라도, 난 그런 얘기를 듣고 있으면 아주 기진맥진해요. 얘한테 약을 먹이고 열 받아서 맥주 한 잔 마시러 가는 게 해결책이지요. 뭐 그게 그렇게 나쁜 일인가요?"

아서는 얼굴을 찡그렸다. 처음으로 얼굴을 찌푸리는 건 아니었다. "글쎄요……."

"꿈도 꾸고 악몽도 많이 꾸죠. 그리고 의사들은 그 애의 뇌파 형태가 이상하게 펄쩍펄쩍 뛴다는 둥 그딴 소리나 하고."

"펄쩍펄쩍 뛰어요?"

"이거요." 페니가 말했다.

아서는 의자에서 몸을 빙글 돌려, 갑자기 번쩍 뜬, 하지만 텅텅 빈 여자의 두 눈을 바라보았다. 뭘 보고 있는지는 몰라도, 자동차 안에 있는 물건을 보고 있는 건 절대 아니었다. 두 눈동자가 파르르 떨리더니 머리가 경련하듯 홱 젖혀졌고, 그녀는 곧 다시 평화롭게 잠이 들었다.

"뭐라고 한 거예요?" 아서가 걱정스럽게 물었다.

"'이거요'라고 했어요."

"이게 뭐예요?"

"이게 뭐냐고? 그걸 내가 어떻게 알겠소? 이 고슴도치인지, 저 굴뚝인지, 돈 알폰소의 족집게인지. 저 계집애는 아주 해까닥 돌았어요. 그 말은 한 거 같은데."

"당신은 동생이 별로 걱정되지 않는 모양이군요." 아서는 이 말을 최대한 객관적인 사실처럼 말하려고 했지만, 그다지 효과는 없었다.

"이봐요, 남의 일에……."

"알았어요. 미안해요. 내가 상관할 일이 아니죠. 그런 뜻으로 한 말은 아니에요." 아서가 말했다. "왜 걱정이 안 되시겠어요, 그럼요." 그는 거짓말을 덧붙였다. "그래도 어떻게든 살아야 한다는 건 알아요. 이해해주세요. 저는 방금 말머리 성운에서 히치하이크를 해서 여기까지 온 사람이란 말입니다."

그는 화가 머리끝까지 나서 창밖을 바라보았다.

그는 오늘 밤, 영원히 망각 속으로 사라진 줄만 알았던 고향으로 돌아온 바로 오늘, 자신의 머릿속에서 자리를 잡겠다고 서로 쟁탈전을 벌이고 있는 감정들 중에서 그를 사로잡은 것이 하필이면, '이거요'라는 말을 했다는 것 외에는 아무것도 모르는 한 여자에 대한 강박적 애착이라는 사실에 황당할 뿐이었다.

"그러니까, 어, 펄쩍펄쩍 뛴다는 게, 그러니까 방금 말씀하신 그게 뭡니까?" 그는 최대한 빨리, 하던 말을 계속했다.

"이것 봐요, 저 애는 내 동생이란 말이오. 대체 내가 댁한테 왜 이런 말을 하고 있는지도 모르……."

"알았어요, 미안해요. 차라리 날 내려주는 게 낫겠네요. 여기가 ……."

하지만 그 말을 하자마자, 도저히 내릴 수가 없게 되어버렸다. 방금 지나간 폭풍우가 느닷없이 다시 극성을 부리기 시작했기 때문이다. 하늘에서 번개가 내리꽂혔고, 누군가가 대서양 같은 걸 통째로 체로 쳐서 갖다 붓는 것만 같았다.

러셀은 욕설을 퍼부으며 마치 하늘 전체가 앞 유리창에 와서 퍽퍽 부딪혀대는 듯한 몇 초간, 앞을 노려보며 열심히 운전을 했다. 그는 무모하게 액셀을 밟아 '매케너의 전천후 화물 운송'이라고 쓰여 있는 트럭을 추월하는 걸로 분을 풀었다. 비가 잦아들자 긴장이 조금 풀어졌다.

"모든 건 CIA 요원이 저수지에서 발견되고, 사람들이 다 헛것을 보고 난리를 쳤던 그때부터 시작되었어요. 그때 기억나요?"

아서는 잠시, 지금 자신은 말머리 성운 반대편에서부터 히치하이크를 해서 지구에 방금 도착했고, 이런 사정 때문에 아니 그와 관련된 이런저런 놀라운 이유들 때문에 최근의 지구 사정에 약간 어둡다는 사실을 말할까 말까 망설였지만 그건 상황을 더 복잡하게 만들 뿐이라는 결론을 내렸다.

"아니요." 그가 말했다.

"바로 그때부터 재가 맛이 갔어요. 어디 무슨 카페에 있었대요. 릭맨스워스라던가. 거기서 뭘 하고 있었는지는 모르겠지만, 아무튼 거기서 애가 맛이 갔어요. 자리에서 일어나더니, 기가 막힌 계시인가 뭔가를 받았다고 차분하게 선언을 했답니다. 횡설수설 몇 마디 하더니 어리둥절한 표정을 짓고는 마침내 비명을 지르면서 달걀 샌드위치 위로 쓰러졌답디다."

아서는 움찔했다.

"정말 안됐네요." 그는 약간 빳빳하게 말했다.

러셀은 투덜거리는 듯한 소음을 냈다.

"그나저나 …… ." 아서는 조각들을 끼워 맞춰 상황을 파악해보려고 노력하며 말했다. "CIA 요원은 저수지에서 뭘 하고 있었답니까?"

"둥둥 떴다 가라앉았다 하고 있었지요. 죽었으니까."

"하지만 무슨 일을 …… ."

"이봐요. 당신도 그때 그 사건은 다 기억할 거 아뇨. 환각 말이에요. 사람들은 다 CIA가 전쟁에 마약을 사용하려고 실험을 했다든가 뭐 그랬다고 합디다. 다른 나라를 진짜로 침략하는 대신, 사람들이 침략당했다고 믿게 만드는 게 훨씬 비용이 저렴하다든가 뭐 그런 미친 이론이었지요."

"그 환각이라는 게 정확하게 어떤 것이었나요?" 아서가 상당히 차분한 목소리로 말했다.

"아니 무슨 소리요, 무슨 환각이냐니? 내 말은 그 커다란 노란 우주선들이며, 다들 미쳐 돌아가지고 우리가 모두 죽을 거라고 난리를 치더니, 약효가 떨어지면서 다 펑, 하고 사라져버렸던 그 얘기를 말하는 거요. CIA는 자기네 짓이 아니라고 했지만, 그걸 보면 틀림없이 놈들 짓이지."

아서는 머릿속이 어질어질해지는 걸 느꼈다. 휘청거리는 몸을 부축하기 위해 손에 잡히는 뭔가를 붙들었다. 아주 꼭 붙들어야만 했다. 입이 약간 벌어졌다 닫혔다 하며 뭔가 할 말이 있는 것처럼 달

싹거렸지만, 입 밖으로는 아무 소리도 새어나오지 않았다.

"어쨌든," 러셀이 계속 말했다. "그놈의 마약이 뭔진 몰라도, 페니한테는 약효가 상당히 오래 가는 모양이더라고요. CIA를 상대로 소송하고 싶은 생각이 굴뚝같지만, 변호사 친구가 하는 말이 그건 바나나 한 개로 정신병자 수용소를 공격하는 짓이나 다름없다고 하더군요. 그래서……."

그는 어깨를 으쓱해 보였다.

"보고……." 아서가 끽끽거리며 쇳소리를 냈다. "노란 우주선들이……사라졌어요?"

"글쎄, 그야 당연하잖소. 환각이었는데."

러셀은 아서를 이상한 눈초리로 쳐다보았다. "그때 그 사건을 전혀 기억하지 못한다는 얘기요, 지금? 대체 당신 어디 갔다 온 거요?"

이건, 아서에게는 너무나 깜짝 놀랄 만큼 훌륭한 질문이어서 그는 그만 충격으로 의자에서 반쯤 펄쩍 뛰어 일어나다시피 했다.

"이런 빌어먹을!" 러셀은 갑자기 미끄러지기 시작한 자동차를 필사적으로 통제하려고 애쓰면서 버럭 소리를 질렀다. 그는 앞에서 달려오는 화물 트럭을 간신히 피해 도로에서 탈선해서 잔디 둑에 부딪치고 말았다. 자동차가 급작스럽게 정차하자, 뒷좌석의 여자가 러셀의 운전석 쪽으로 던져지다시피 하면서 어색하게 푹 쓰러졌다.

아서는 공포에 질려 몸을 돌렸다.

"동생분 괜찮아요?" 그는 꽥 소리를 질렀다.

러셀은 분을 못 이겨 양손으로 드라이한 머리를 뒤로 넘기며 금발의 콧수염을 잡아당겼다. 그는 아서 쪽을 바라보았다.

"제발 …….." 그가 말했다. "핸드브레이크를 붙잡은 그 손, 놓지 못하겠소?"

6

여기서 그의 고향 마을까지는 걸어서 사 마일 거리였다. 고속도로 출구까지는 일 마일이 더 남아 있었지만, 혐오스러운 러셀은 죽어도 거기까지 데려다줄 수 없다고 했다. 고속도로 출구에서부터는 꼬불꼬불 굽이치는 시골길을 삼 마일 정도 더 걸어가야 했다.

사브는 분노로 이글거리며 어둠 속으로 사라져 갔다. 아서는 떠나는 자동차 뒤를 하염없이 바라보고 있었는데, 그 꼬락서니는 마치 오 년 동안 자신이 장님이 된 줄 알고 지내던 사람이 어느 날 너무 큰 모자를 쓰고 있었을 뿐이라는 사실을 깨달은 것 같았다.

아서는 고개를 세차게 흔들었다. 그러면 혹시라도 몇 가지 현저한 사실들이 전체의 맥락에서 이해가 되어 이 기막히게 황당무계한 우주에 의미를 불어넣어 줄지도 모른다는 생각 때문이었다. 하지만 그 현저한 사실이라는 것이, 그런 게 있는지도 모르겠지만, 아무런 도움도 주지 못했기 때문에 그는 다시 길을 출발했다. 열심히 활기차게 걷다 보면, 그리고 쓰리고 아픈 물집이 몇 개 더 생기면, 제정신인지 아닌지는 몰라도 최소한 자신이 아직 존재한다는 사실 정도는 확신할 수 있을 것이다.

그가 도착했을 때는 열 시 삼십 분이었다. 그는 이 사실을 '호스 앤드 그룸' 주점의 김이 서리고 기름 낀 유리창 너머로 알게 되었다. 주점 벽에는 에뮤 새가 한 파인트들이 맥주잔을 들고 몹시 즐거운 표정으로 꿀꺽꿀꺽 마셔대는 모습이 그려진 낡은 기네스 흑맥주 시계가 몇 년 동안이나 걸려 있었다.

이곳은 그의 집과 지구가 파괴되던 날, 아니 파괴되는 것처럼 보였던 그날, 아서가 운명의 점심시간을 보냈던 바로 그 주점이었다. 아니, 아니 젠장, 지구는 파괴된 게 분명한데. 아니, 그게 아니라면 대체 지난 팔 년 동안 그는 어딜 갔다 왔다는 말이며, 그 커다랗고 노란 보고 우주선들이 아니었다면 또 어떻게 거길 다녀왔다는 말인가. 하지만 끔찍한 러셀 녀석은 우주선들이 그저 마약이 빚어낸 환각 현상에 불과하다고 말하지 않았는가. 그런데 지구가 정말 파괴되었다면, 대체 지금 그가 발을 딛고 서 있는 여기는 어디……?

그는 이 지점에서 생각에 브레이크를 걸었다. 어차피 스무 번도 넘게 생각해보았지만, 더 이상은 전혀 진전이 없었기 때문이다.

그는 처음부터 다시 생각했다.

무슨 일이 있었는지는 몰라도 ── 그건 나중에 알아보기로 하고 ── 여기는 아무튼 그 일이 벌어졌을 때 그가 운명의 점심시간을 보냈던 바로 그 주점이다, 그리고…….

여전히 말이 되지 않았다.

그는 다시 처음부터 생각했다.

여기는 술집이었는데…….

여기는 어떤 술집이었다…….

술집은 술을 팔았고, 아서는 술 생각이 간절했다.

뒤죽박죽이 되어버린 사고 회로가 마침내 일정한 결론에 다다랐다는 사실에 썩 흐뭇해졌다. 처음에 다다르려던 결론은 아니라 해도 나름대로 흡족한 결론인지라, 그는 문 쪽으로 성큼성큼 발을 옮겼다.

그러다가 발길을 멈추었다.

작고 까만 털북숭이 테리어종 개 한 마리가 야트막한 담벼락 뒤에서 튀어나오더니, 아서를 보고 으르렁거리며 짖어대기 시작했던 것이다.

이제 아서도 그 개를 알아보았다. 잘 아는 개였다. '별 볼 일 없는 견공, 무식한 보조'라는 이름으로 불리던, 광고하는 친구의 개였다. 머리털이 삐죽삐죽 치솟은 모양이 미국 대통령을 닮았다는 소리를 많이 들었기 때문에 얻게 된 별명이었다. 그 개는 아서를 잘 알고 있었다. 아니 최소한 잘 알아봐야 옳았다. 아무리 바보 같은 개라도, 아서가 그 멍청한 견생(犬生)에 끼어든 무시무시한 유령이라도 되는 것처럼 저렇게 목털을 빳빳이 세우고 서 있다니 그건 정말 안 될 말이었다.

아서는 다시 유리창으로 가, 안을 들여다보았다. 이번에는 질식하기 일보 직전의 에뮤가 아니라 자기 자신을 보았다.

돌연 친숙한 상황 속에서 지금의 자기 몰골을 보게 된 그는, 개한테도 나름대로 이유가 있다는 걸 인정할 수밖에 없었다.

현재 그의 꼬락서니는 농부가 새를 쫓을 때 쓰는 물건과 몹시 흡사했기 때문에, 이대로 술집에 들어갔다가는 별의별 짓궂은 언급들을 피할 길이 없었다. 게다가 더 나쁜 건, 아직까지는 그를 아는 사람들이 몇 명은 될 테니 온갖 질문 세례를 받을 게 뻔했다. 그러나 지금으로서는 그런 질문에 훌륭하게 대처할 자신이 없었다.

예를 들어 '별 볼 일 없는 견공, 무식한 보조'의 주인인 윌 스미더즈만 해도 —— 그나저나 이 개는 너무 멍청해서 주인이 만드는 광고에서도 쫓겨나고 말았다. 어떤 개 먹이를 좋아해야 되는지도 몰랐던 것이다. 다른 그릇에 든 고기에는 엔진 오일을 퍼부어 놓았는데도 말이다 —— 그렇다.

윌이 술집 안에 있다는 데엔 의심의 여지가 없었다. 여기 개도 있고, 저기에는 자동차도 있었다. 회색 포르셰 928S 모델로 뒷유리에 "내 다른 차도 포르셰임"이라고 쓰여 있었다. 엿 먹을 자식 같으니라고.

그는 차를 뚫어지게 바라보다가 자신이 방금 미처 몰랐던 사실을 하나 깨달았다는 걸 깨달았다.

아서가 아는 한 광고계의 쓸데없이 돈만 많이 받는 경박한 인간들이 다들 그렇듯이, 윌 스미더즈도 매해 팔 월만 되면 자동차를 바꾸곤 했다. 그 이유는 자신의 회계사가 시켜서 어쩔 수 없었다고 말하기 위해서였다. 사실을 말하자면, 회계사는 이혼 수당 등등을 어떻게 다 감당할 생각이냐며 죽도록 말리곤 했지만 말이다. 그런데 아무튼 지금 이 차는 그가 전에 갖고 있던 자동차 그대로였다. 번호판에 제조 연도가 쓰여 있었기 때문에 알 수 있었다.

지금이 겨울이라는 사실을 감안하면, 그리고 아서의 소중한 팔년 인생 동안 그토록 엄청난 고난을 겪게 만든 사건이 구 월 초순에 일어났다는 것을 생각하면, 이곳은 그때로부터 기껏해야 육칠 개월밖에 지나지 않았다는 말이 된다.

그는 한순간 꼼짝달싹하지 않고 가만히 서서, '무식한 보조'가 자신을 보고 팔짝팔짝 뛰며 왈왈거리게 내버려두었다. 아무리 회피하려야 회피할 수 없는 깨달음이 갑자기 뇌리를 강타하는 바람에 멍할 뿐이었다. 이제 그는 자신의 세계에서조차 외계인이 되어버린 것이다. 아무리 애를 써도, 사람들은 절대로 그의 이야기를 믿어주지 않으리라. 완전히 넋 나간 소리로 들릴 뿐만 아니라, 당장 육안으로 관찰할 수 있는 가장 단순한 사실과도 배치되고 있으니까.

여기가 정말로 지구일까? 그가 무슨 기가 막힌 실수를 저질렀다든가, 뭐 그런 가능성이 정말 손톱만큼도 없는 걸까? 눈앞에 있는 주점은 세세한 부분까지도 못 견디게 낯익은 모습이었다. 벽돌 하나하나, 벗겨져 떨어진 페인트까지. 그리고 안에서는 텁텁하고 시끄러운, 친숙한 열기가 느껴졌다. 겉으로 드러나 있는 서까래들, 전혀 전통적이지 못한 주철 조명기구들, 끈적끈적한 바에는 그가 잘 알고 있는 사람들이 팔꿈치를 올려놓곤 할 테고, 젖가슴에 호치키스로 고정된 땅콩 봉지들을 잔뜩 달고 있는 실물 크기 여자들의 마분지 모형이 바를 굽어보고 있겠지. 모든 게 그의 고향, 그의 세계 그대로였다.

심지어 이 빌어먹을 개도 잘 알고 있었다.

"이봐, 무식한 견공아!"

윌 스미더즈의 목소리가 들렸다. 아서가 빨리 다음 행동을 결정해야 한다는 뜻이었다. 그 자리에 있다가는 곧 들키고 말 테고, 서커스 같은 난장판이 시작될 테니까. 그러나 몸을 숨긴다고 하더라도 그 순간만 모면하는 것일 뿐일 테고 이제는 엄청나게 추워지고 있었다.

목소리의 주인공이 윌이라는 사실이 결정을 좀 쉽게 만들어주었다. 그렇다고 해서 아서가 윌을 끔찍하게 싫어하는 것은 아니었다. 윌은 상당히 재미있는 사람이었다. 다만 광고판에 몸을 담고 있다 보니, 항상 자신이 얼마나 근사한 인생을 사는지 또는 양복 상의를 어디서 샀는지 기타 등등의 이야기를 듣는 사람이 초죽음이 되도록 늘어놓는 게 문제라서 그렇지.

이 점을 염두에 두고, 아서는 근처에 있는 밴 뒤에 숨었다.

"이봐, 무식한 견공, 무슨 일이냐?"

문이 열리고 윌이 밖으로 나왔다. 조종사들이 입는 가죽 재킷 차림이었는데, 재킷에 적당히 낡은 느낌을 내기 위해 친구한테 로드 연구 실험실에다가 자동차를 갖다 박도록 특별히 주문을 했다고 한다. 무식한 보조는 기쁨에 차 컹컹거렸고, 자신이 원하던 대로 사람들의 주의를 한몸에 끌고 나자 행복해서 기꺼이 아서를 잊어버렸다.

윌은 친구 몇 명과 함께 있었는데, 그들은 개를 데리고 게임을 했다.

"빨갱이들!" 그들은 개를 향해 합창을 했다. "빨갱이들, 빨갱이들, 빨갱이!!"

개는 위아래로 미친 듯이 펄쩍펄쩍 뛰어다니며, 심장이 터져나가라 짖어댔다. 황홀경과 다름없는 분노로 개는 완전히 제정신이 아니었다. 그들은 모두 큰소리로 웃으면서 개를 부추겼고, 그러다 각자 자기 차로 흩어져서 밤의 어둠 속으로 사라졌다.

흠, 이것으로 한 가지는 확실해졌군. 아서는 밴 뒤에 숨어서 생각했다. 여기는 분명히 내가 기억하는 그 행성이 맞아.

7

아서의 집은 여전히 그 자리에 있었다.

어째서, 왜 그런지는 전혀 알 수 없었지만. 그는 손님들이 다 가고 술집이 빌 때까지 기다리는 사이를 틈 타 자기 집을 한번 둘러봐야겠다고 생각했다. 잘 곳이 없으니 손님들이 다 가고 난 후에 술집 주인에게 하룻밤 재워달라고 부탁해볼 생각이었다. 그런데 저기 저렇게 집이 멀쩡하게 서 있는 것이 아닌가.

정원의 돌 개구리 밑에 숨겨놓은 열쇠로 문을 열고 들어갔다. 놀랍게도 전화벨이 울리고 있었기 때문에 서둘러서 허둥지둥 들어가야만 했다.

정원을 지나 오는 동안에도 계속 희미하게 들려왔지만, 아서가 무슨 소리인지를 깨닫고 허겁지겁 뛰기 시작한 건 한참 후였다.

문 앞 깔개 위에는 엄청난 광고 우편물이 쌓여 있었기 때문에, 억지로 밀어서 문을 열어야만 했다. 우편물은 아예 문을 꽉 막고 있었는데, 나중에 알고 보니 이미 갖고 있는 신용 카드를 또 만들라고 종용하는 열네 통의 똑같은 초대장이 그 앞으로 발송되었으며, 갖고 있지도 않은 신용 카드의 사용 금액이 체불되었다면서 열일곱 통의 똑같은 협박 편지가 와 있었고, 그가 오늘날의 이 세련되고 급변하는 세상에서도 자기가 원하는 바와 개인적 목표를 확고하게 지니고 있는 고상한 취향과 분별을 지닌 사람으로 특별히 선정되었기 때문에 무슨 흉측한 지갑과 죽은 얼룩고양이 같은 것을 살 것이라 믿어 의심치 않는다는 내용의 동일한 우편물 서른세 통이 있었다.

이 모든 것으로 인해 상당히 비좁아진 입구에 몸을 쑤셔 넣고 나서, 감각이 뛰어난 감식가라면 결코 놓칠 수 없다는 포도주 광고 한 더미에 발이 걸려 넘어졌다가, 해변의 빌라에서 보내는 휴가를 광고하는 한 무더기의 편지를 밟고 미끄러져 넘어진 후, 어두운 계단을 더듬거리며 가까스로 침실로 올라가서, 간신히 전화를 받았지만 막 끊긴 참이었다.

그는 차갑고 곰팡내 나는 침대 위에 헐떡거리며 쓰러져서, 몇 분쯤 미릿속에서 핑글핑글 돌고 싶어하는 세상을 말리느라 안간힘을 썼다.

세상이 돌다가 조금 진정했을 무렵, 아서는 침대 옆 협탁의 조명에 손을 뻗었다. 불이 들어오리라고 기대하지는 않았지만. 그런데 놀랍게도 불이 들어왔다. 이 사실은 아서의 논리적 사고를 자극했다. 전기료를 꼬박꼬박 제대로 낼 때는 어김없이 전기를 끊곤 했으니, 돈을 전혀 안 낼 때 불이 들어온다는 것도 상당히 그럴싸했다. 그러니까 애초에 괜히 돈을 보내서 불필요한 주목을 끌 필요가 전혀 없었던 것이다.

방은 그가 떠났던 당시와 별로 다를 게 없이 지독하게 지저분했다. 물론 두텁게 깔린 먼지 때문에 효과가 좀 덜하긴 했지만. 반쯤 읽다 만 책과 잡지들이 반쯤 쓰다 만 수건 더미 사이에 옹기종기 자리 잡고 있었다. 한 짝밖에 남지 않은 양말들이 반쯤 마시다 만 커피 잔들 옆에 쌓여 있었다. 한때는 반쯤 먹다 만 샌드위치였던 물건들은 이제 아서가 별로 정체를 파악하고 싶지 않은 물건으로 반쯤 변해 있었다. 여기다 벼락을 쳐서 전류를 흘려 넣으면, 생명체의 진화가 처음부터 다시 시작되겠군, 아서는 마음속으로 생각했다.

방에서 달라진 것은 단 한 가지였다.

처음에 그는 달라진 한 가지가 무엇인지 잘 알 수 없었다. 왜냐하면 그것도 역겨운 먼지에 뒤덮여 있었기 때문이다. 그러나 이윽고 아서의 시선은 그것을 발견하고 얼어붙어버렸다.

그것은 방송통신대학 강의밖에 보여주지 못하는 낡아빠진 텔레비전 옆에 자리 잡고 있었다. 방송통신대학 강의보다 조금만 더 흥미진진한 걸 보려고 하면 텔레비전은 당장 고장이 나곤 했다.

아무튼 그 물건은 상자였다.

아서는 팔꿈치로 몸을 받치고 일어나 앉아 그것을 바라보았다.

둔탁한 광택이 나는 회색 상자였다. 한 면이 일 피트가 약간 넘는 정육면체 모양의 회색 상자였다. 상자에는 회색 리본 하나가 둘러

묶여져 있었고, 꼭대기에는 깔끔한 매듭이 지어져 있었다.

그는 일어나서 그쪽으로 걸어가, 놀라워하며 물건을 만져보았다. 뭔지 몰라도 깔끔하고 예쁘게 포장되어 있었고, 그가 열어봐 주기만 기다리고 있었다.

그는 신중하게 상자를 들고 다시 침대로 가지고 왔다. 상자 위에 앉은 먼지를 털어내고 리본을 느슨하게 풀었다. 상자 위에는 뚜껑이 있었는데, 뚜껑을 열기 쉽도록 리본이 상자 속으로 접혀 들어가 있었다.

뚜껑을 열고 상자 속을 들여다보았다. 거기에는 섬세한 회색 휴지 사이에 유리공이 들어 있었다. 그는 조심스럽게 유리공을 꺼냈다. 알고 보니 제대로 된 유리공이 아니었다. 바닥이 뚫려 있었기 때문이다. 아니, 아서가 물건을 뒤집어보고 깨달은 것이지만, 위가 뚫려 있었고 두꺼운 테두리가 있었다. 그릇이었다. 어항이었다.

기가 막히게 훌륭한 유리로 만들어진 어항이었다. 완벽하게 투명하면서도, 크리스털과 슬레이트가 제조 과정에서 다 들어간 것처럼 범상치 않은 은회색 빛이 감돌았다.

아서는 천천히 그 물건을 잡고 빙글빙글 계속해서 돌려보았다. 평생 본 것 중에서 가장 아름다운 물건이라 해도 과언이 아니었지만, 아무리 봐도 도저히 무엇인지 알 수가 없었다. 상자를 들여다보았지만, 휴지 말고는 아무것도 들어있지 않았다. 상자밖에는 아무것도 없었다.

그는 어항을 다시 빙글빙글 돌려보았다. 훌륭했다. 어여뻤다. 하지만 어항이었다.

엄지손톱으로 톡톡 두들겨보았더니, 깊고 화려한 소리가 울려 퍼졌는데, 도저히 불가능하게 오랜 시간 동안 계속 지속되었고, 마침내 잦아들 때는 그냥 사라지는 게 아니라 마치 다른 세계로, 깊고 깊은 바다의 꿈속으로 날아가는 듯한 느낌이 났다.

황홀해진 아서는 유리 어항을 다시 빙글 돌려보았고, 이번에는 먼지 덮인 작은 협탁 스탠드에서 흘러나오는 불빛이 약간 다른 각도에서 어항을 비추었다. 그러자 어항 표면에 섬세하게 새겨진 글씨들이 반짝거리며 빛났다. 그는 어항을 들어올려서 빛의 각도를 잘 맞추었다. 그러자 섬세하게 새겨진 단어들이 유리에 그늘져 또렷하게 나타났다.

"안녕히 계세요." 그렇게 쓰여 있었다. "그리고 고마웠어요……."

그게 다였다. 아서는 눈을 깜박거렸지만, 아무것도 이해할 수 없었다.

족히 오 분 동안, 그는 그 물건을 빙글빙글 돌려보고, 이리저리 다른 각도로 빛을 비추어보고, 매혹적인 공명 소리를 들어보고, 그림자 진 글씨들의 의미를 이해해보려 했지만 아무것도 알아낼 수 없었다. 마침내 그는 자리에서 벌떡 일어나, 어항에다 수도꼭지에서 흘러나오는 물을 받아서 도로 텔레비전 옆에 있는 테이블에 갖다 놓았다. 그는 귀에서 작은 바벨 피시를 흔들어 빼어 물 속에 넣었다. 물고기는 꾸물거리며 어항 속으로 들어갔다. 어차피 아서에게는 이제 필요도 없었다. 외국 영화 볼 때나 쓸모가 있을까.

그는 자기 침대로 돌아가서 누운 뒤 불을 껐다.

그는 가만히, 소리 없이 누워 있었다. 주위를 에워싼 어둠을 몸으로 흡수하고, 천천히 머리에서 발끝까지 온몸의 힘을 뺀 후, 숨을 고르고 규칙적으로 호흡을 했다. 차츰차츰 뇌리에서 모든 잡념을 지우며 두 눈을 꼭 감았지만, 도저히 잠을 이룰 수가 없었다.

밤은 비 때문에 영 편치가 않았다. 비구름은 이제 여길 지나쳐 갔고, 지금 당장은 본머스 교외에 있는 작은 카페에 온 힘을 쏟고 있었다. 하지만 비구름이 스쳐간 하늘은 심하게 기분이 상해서, 이제는 축축하고 거친 분위기를 마구 풍기고 있었다. 조금만 더 건드리면 자기도 무슨 짓을 할지 모른다는 듯이.

달은 물기를 촉촉히 머금은 채 하늘에 떠 있었다. 방금 세탁기에서 꺼낸 청바지 뒷주머니에서 나온 종이 한 뭉치 같았다. 시간이 지나고 다림질을 해야, 간신히 그것이 쇼핑 목록인지 오 파운드 지폐인지를 분간할 수 있는 그런 꼬깃한 종이들 말이다.

바람은 오늘 밤 기분이 어떤지를 결정하려는 말[馬] 꼬리처럼 살짝 흔들거렸고, 어디선가 종소리가 울려 열두 시를 알렸다.

천장의 채광창 하나가 끼익 소리를 내며 열렸다.

창문틀이 뻑뻑해져서 살살 달래고 흔들어줘야 간신히 열릴 창문이었다. 창틀이 약간 녹슨 데다 언제인지는 몰라도 경첩 위에 무신경하게 페인트칠을 해버린 적이 있기 때문이었다. 하지만 그래도 어쨌든 결국 창문은 열렸다.

창문을 열어놓기 위한 버팀목을 찾아 괸 후, 사람 같은 형체가 경사진 지붕 한가운데 있는 비좁은 배수로 사이로 힘겹게 몸을 들이밀었다.

형체는 일어서서 말없이 하늘을 바라보았다.

그 모습에서는 이제 한 시간 남짓 전쯤에 미친 사람처럼 통나무집 문을 박차고 들어왔던 사람의 모습을 전혀 찾아볼 수 없었다. 수백 개 세계의 흙먼지들이 얼룩지고 수백 군데의 지저분한 우주 공항에서 먹은 정크 푸드 양념이 여기저기 묻은 목욕 가운은 이제 사라지고 없었다. 사자 갈기처럼 뒤엉킨 머리카락도 사라지고, 여기저기 뭉친 길다란 턱수염도 이제 사라지고 없었다.

이제 그 자리에는 코듀로이 바지와 풍성한 스웨터의 매끈한 캐주얼 차림을 한 아서 덴트가 있었다. 머리도 짧게 자르고 깨끗하게 감았으며, 턱의 수염도 깔끔하게 면도한 모습으로. 오로지 두 눈동자만이 여전히 우주가 자기한테 무슨 짓을 하고 있는지는 모르지만 제발 이제는 그만해달라고 애원하고 있었다.

그 눈은 마지막으로 그가 여기서 바깥을 바라보았던 때와 똑같은 눈이 아니었고, 눈이 받아들이는 이미지를 해석하는 두뇌 역시 같은 두뇌가 아니었다. 그 변화는 외과적 수술과는 전혀 상관없이, 그저 끝도 없이 계속되는 괴로운 경험 탓이었다.

이 순간 밤은 그에게 마치 살아 있는 생명체처럼 느껴졌다. 그를 에워싼 캄캄한 지구는 마치 자신이 뿌리를 박고 있는 토양 같았다.

마치 아득한 신경 끝이 짜릿해져오는 것처럼, 물이 불어 홍수처럼 흘러가는 머나먼 강물을, 눈에 보이지 않는 언덕의 구릉을, 저 멀리 남쪽 어딘가 머물고 있을 두터운 비구름의 매듭을, 그는 느낄 수 있었다.

그리고 또한, 나무가 되는 일이 얼마나 스릴 넘치는 일인지도 느껴볼 수 있었다. 의외의 발견이었다. 흙 속에서 발가락을 오므리는 게 기분 좋은 일이라는 건 알고 있었지만, 이렇게까지 좋을 줄은 몰랐다. 심지어 외설적이리만큼 강렬한 쾌감이 뉴 포레스트에서부터 밀려와 그를 덮치는 느낌이 들었다.

또 다른 방향에서는 비행접시를 보고 화들짝 놀란 양의 느낌이 그에게 전해졌지만, 양들은 워낙 아무 거나 보기만 하면 화들짝 놀라는 것들이라 다른 것들을 봤을 때의 기분과 분간이 되지 않았다. 워낙 살면서 보고 배운 바가 별로 없는 동물이라, 아침에 해가 뜨기만 해도 화들짝 놀랄 뿐만 아니라 들판에 초록색 물건이 쫙 펼쳐져 있는 것만 보아도 경악하기 때문이다.

그날 아침 해뜰 무렵에는 양이 화들짝 놀라는 게 느껴진다는 사실 때문에 깜짝 놀랐었다. 그 전날도 마찬가지였다. 그리고 전전날은 나무 등걸을 보고 깜짝 놀라는 양의 기분을 감지했다. 더 뒤로, 뒤로 거슬러 올라갈 수도 있었지만, 그 생각은 곧 지겨워졌다. 양들이 전날 본 걸 또 보고 놀라는 경우가 태반이었기 때문이다.

양들은 내버려두고 마음이 중심에서부터 확산되는 물결처럼 졸음에 취해 바깥으로 둥둥 퍼져 나가게 했다. 그의 마음은 다른 마음들의 존재를 감지했다. 수백, 수천의 마음이 거미줄처럼 얽혀 있었다. 어떤 마음은 막 잠이 들려는 참이었고, 어떤 마음은 이미 잠이 들어 있었고, 어떤 마음은 굉장히 흥분해 있었으며, 마음 하나는 부서져 있었다.

마음이 부서져 있었다.

부서진 마음을 그만 휙 지나치고 나서, 그제야 다시 돌아가서 찾아보려 했지만, 그 마음은 암기 훈련 과정에서 사과가 그려진 카드의 짝을 찾는 것처럼 잡힐 듯 잡힐 듯 잡히지 않았다. 아서는 온몸을 흔드는 강렬한 흥분을 느꼈다. 본능적으로 그 마음이 누구 것인지 알았기 때문에, 아니 누구의 마음이었으면 좋겠다고 생각하는지 잘 알고 있었기 때문이다. 자기가 사실이기를 바라는 바가 뭔지 일단 알게 되면, 그 다음에는 그 바람이 사실임을 깨닫는 데 본능이란 놈이 상당히 유용한 도구가 되어주는 법이다.

그는 본능적으로 부서진 마음이 페니의 것이라는 걸 알았고, 찾아낼 수 있기를 바랐다. 하지만 찾을 수가 없었다. 지나치게 의식적으로 노력하다 보니, 새로 획득한 이 희한한 능력이 사라지는 듯한 기분이 들었다. 그래서 억지로 찾으려고 애쓰지 않고 그저 정신이 편안하게 떠다니도록 내버려두었다.

그러자 또 다시, 갈라진 마음이 느껴졌다.

그러나 이번에도 그 마음을 찾을 수가 없었다. 이번에는, 아무리 본능이라는 녀석이 마음을 푹 놓고 믿어도 된다고 분주하게 떠들어대도, 페니였다는 확신이 들지 않았다. 아니, 어쩌면 이번에는 다른 갈라진 마음이었는지도 모른다. 똑같이 조각난 느낌이었지만,

아까보다는 좀더 보편적인 느낌을 주는 분열이었다. 상처도 더 깊었고, 단 하나의 정신이 아닌 것만 같았다. 어쩌면 아예 마음이 아닌지도 모른다. 달랐다.

그는 천천히, 더 넓게, 마음이 지구 속으로 가라앉게 했다. 잔물결을 치며, 스며들며, 침잠하도록.

그는 지구를 따라서 지구 생애의 하루하루를 함께 살았다. 지구의 무수한 맥박에 맞추어 떠돌았고, 지구 생명체들이 한데 얽혀 만들어내는 그물망에 스며들어 보았으며, 썰물과 밀물을 따라 일렁거렸고, 지구의 무게와 함께 빙글빙글 돌았다. 갈라진 마음은 늘 다시 돌아왔다. 둔탁하고 아귀가 맞지 않는, 아득한 아픔이었다.

이제 그는 빛의 땅을 지나 날아가고 있었다. 빛은 시간이었고, 일렁이는 파도는 흘러가는 나날이었다. 그가 두 번째로 감지한 부서진 틈새는, 저 땅 너머 아득한 거리에 있었다. 한 오라기 머리카락 굵기밖에 되지 않는 틈이 지구의 나날들이 펼치는 꿈 같은 풍경들 저 너머에 있었다.

그리고 느닷없이 그는 바로 그 틈 위에 있었다.

꿈의 나라는 발밑으로 순식간에 무너져 추락했고, 그는 절벽 끄트머리에 서서 어지럽게 춤을 추었다. 아찔하게 가파른 벼랑 아래 발밑의 허공 속으로 떨어졌다. 미친 듯이 몸을 뒤틀며 아무 데나 마구 손가락으로 붙들었지만 아무것도 잡히지 않았고, 두 팔을 마구 휘둘러댔지만 무서운 허공뿐이었다. 그는 빙글빙글 돌며, 추락했다.

뻬죽뻬죽한 톱니 같은 갈라진 틈 건너에는 또 다른 땅이, 또 다른 시간이, 훨씬 더 오랜 세계가 있었다. 갈라져 나간 것은 아니었지만, 그렇다고 온전하다고 할 수도 없었다. 두 개의 지구가 있었다. 그는 잠에서 깨었다.

차가운 산들바람이 이마에 송골송골 맺힌 열에 들뜬 식은땀을 스치고 지나쳤다. 악몽은 끝났지만, 온몸의 힘이 다 빠져버린 기분이었다. 어깨를 축 늘어뜨리고, 손가락 끝으로 부드럽게 두 눈을 비볐다. 그는 몹시 피곤했고 드디어 잠이 오는 것 같았다. 꿈이 무슨 뜻이었는지, 무슨 의미가 있기나 한 것인지 모르겠지만, 그것은 아침이 되면 그때 생각하리라. 지금은 일단 들어가서 잠을 잘 생각이었다. 내 침대에서 나만의 잠을 자리라.

저 멀리 까마득하게 그의 집이 보였는데, 어찌 된 영문인지는 알 수가 없었다. 집은 달빛 때문에 그늘져 윤곽만 보였는데, 재미없고 딱딱한 모양을 보니 분명 그의 집이 맞았다. 주위를 둘러본 그는, 이웃인 존 엔즈워스의 장미꽃밭 위 십팔 인치 상공에 자신이 떠 있다는 걸 깨달았다. 존 엔즈워스는 장미꽃밭을 정성껏 가꾸었고 겨울에는 다시 가지치기를 해주었으며 줄기에 지지대를 받쳐 하나하나 딱지를 붙여놓곤 했다. 아서는 자기가 그 위에서 지금 뭘 하고 있나 생각했다. 자신의 몸을 허공에 떠받치고 있는 게 뭘까 생각하는 순간, 그는 자신의 몸을 떠받치고 있는 것이 아무것도 없다는 사실을 깨달았고, 그와 동시에 바닥으로 꼴사납게 추락하고 말았다.

정신을 차리고 일어난 그는 몸을 툭툭 털고, 발목을 심하게 삐어

절룩거리며, 뒤뚱뒤뚱 집으로 돌아갔다. 그리고는 옷을 벗고 침대 위에 쓰러졌다.

그가 잠든 사이 전화벨이 다시 울렸다. 전화벨이 십오 분은 족히 울렸기 때문에, 아서는 두 번이나 몸을 뒤척였다. 하지만, 그 정도로는 절대 그를 깨울 수 없었다.

8

아서는 기가 막히게 상쾌하고, 완벽하게 개운하고, 엄청나게 기분이 좋아져서 잠에서 깨어났다. 집에 돌아왔다는 기쁨에 너무나 들뜬 나머지, 정력적으로 팔짝팔짝 뛰어다녔고, 벌써 이 월 중순이라는 사실을 알고도 별로 낙담하지 않았다.

그는 춤을 추다시피 하며 냉장고로 가서, 그 속에서 털이 무성한 물건을 최소한 세 개 이상 찾아냈으며, 그걸 접시 위에다 놓고 이 분 동안 뚫어져라 노려보았다. 이 분 동안 그놈들이 꿈쩍도 하지 않았기 때문에, 그는 아침식사라고 이름을 붙여주고 놈들을 먹어치웠다. 그 사이에 놈들은 아서가 자기도 모르게 며칠 전에 플라가톤 가스 늪지대에서 걸려 온 악성 우주병의 병원균을 죽여주었다. 그러지 않았으면 우주 질병이 서방세계 인구의 절반을 죽이고, 남은 인구 가운데 절반은 장님으로 만들고 절반은 모조리 정신병자나 불임으로 만들어버렸을 텐데 말이다. 그러니 지구는 이 부분에서 굉장히 운이 좋았던 셈이다.

그는 힘이 세어지고 튼튼해진 기분이 들었다. 그래서 정력적으로 삽을 들고 광고성 우편물들을 치웠고, 고양이를 묻어주었다.

이 일을 마치자마자 전화가 울렸지만, 한순간 경건하게 침묵을 지키며 전화가 울리게 내버려두었다. 누군지는 몰라도 중요한 전화면 다시 걸 테니까.

그는 발에 묻은 흙을 털고 도로 집 안으로 들어갔다. 쓰레기 더미 속에는 중요한 편지가 몇 장 있었다. 삼 년 전의 날짜가 찍힌 공문은 그의 집을 철거하자는 제안이 들어왔다든가 하는 내용이었고, 또 다른 편지에는 이 지역에 우회로를 건설하는 문제에 대해 주민 청문회를 열어야 한다는 얘기가 담겨 있었다. 그런가 하면 가끔씩 기부금을 내곤 하는 환경 운동 단체인 그린피스에서 온 오래된 편지 한 장에는 구금되어 있는 돌고래들을 풀어주는 계획에 도움을 달라고 부탁하는 내용이 담겨 있었다. 그 외에는 요즘 왜 이렇게 연락이 안 되느냐고 막연하게 불평하는 친구들의 엽서 몇 장이 있었을 뿐이다.

그는 이 편지들을 한데 모아다가 마분지 파일에 정리하고 '해야 할 일'이라고 썼다. 그날 아침에는 특히 힘이 넘치고 기운이 솟는 기분이었기 때문에, 그는 심지어 '긴급!'이라는 단어까지 덧붙여 썼다.

그는 포트 브라스타의 초대형 면세점에서 산 비닐 가방 속에서 타월을 비롯한 이런저런 짐을 풀었다. 비닐 가방 옆에 쓰여 있는 구호는 켄타우루스 언어로 되어 있는 정교하고 기발한 말장난으로서 다른 언어로는 도무지 이해할 수 없는 의미였다. 우주 공항에 있는 면세점 가방에 왜 그런 구절이 쓰여 있는지 도저히 알다가도 모를 일이었다. 게다가 어차피 구멍도 나고 해서, 그는 가방을 내다 버렸다.

그 순간 갑자기 그는 자신을 지구로 데려다준 작은 우주선 ── 우주선은 그를 A303 바로 옆에 내려주려고 친절하게도 일부러 멀리 돌아와주었다 ── 속에 떨어뜨리고 온 게 또 있다는 사실을 깨닫고 가슴을 찌르는 듯한 아픔을 느꼈다. 우주라는 이 말도 안 되는 쓰레기 더미를 헤치며 횡단하는 그의 여정에서 크나큰 도움이 되어주었던, 우주의 풍파에 너덜너덜해진 낡은 책을 그만 잃어버렸다는 사실을 깨달았던 것이다. 그는 《은하수를 여행하는 히치하이커를 위한 안내서》를 잃어버리고 말았다.

글쎄, 그는 혼잣말을 했다. 이번에는 정말 다시는 필요가 없겠지.

일단 전화부터 몇 통 해야 했다.

지구로 귀환한 덕분에 갑자기 맞닥뜨리게 된 산더미 같은 모순을 대체 어떻게 다루어야 할지에 대해 이미 생각해 둔 바가 있었다. 그냥 무작정 뻔뻔스럽게 맞닥뜨리는 것이었다.

그는 BBC에 전화를 걸어서 팀장에게 연결해달라고 부탁했다.

"아, 안녕하세요, 아서 덴트입니다. 저, 육 개월 동안 결근을 해서 죄송한데요. 그동안 제가 좀 돌았었어요."

"오, 걱정할 것 없네. 아마 그런 일일 거라고 생각했었지. 여기서는 늘 있는 일이니까. 그럼 언제부터 다시 출근할 수 있나?"

"고슴도치들이 동면을 시작하는 게 언제죠?"

"아마 봄쯤일걸."

"그때쯤 뵙죠."

"좋았어."

그는 전화번호부 책을 뒤적여, 전화를 걸어야 할 곳 몇 군데를 적은 짧은 목록을 만들었다.

"오, 안녕하세요. 거기 올드 엘름즈 병원인가요? 페넬라하고 몇 마디 통화를 좀 할까 해서 전화를 드렸는데요……페넬라……이런, 나 원 참, 이러다 다음에는 내 이름까지 잊어버리겠네요……페넬라라……이거 너무 웃기지 않아요? 거기 환자인데……머리카락이 검은, 어젯밤에 입원한 아가씨예요……."

"죄송하지만 페넬라라는 환자는 없는데요."

"오, 그래요? 사실은, 피오나를 말한 거예요. 우리는 그냥 페……."

"죄송해요. 끊을게요."

찰카.

이런 식으로 여섯 번쯤 연달아 전화 통화를 하고 나자 정력적이고 활기찬 낙관주의에 들떴던 기분이 아무래도 한풀 꺾이는 기분이 들었다. 그래서 그는 한창 좋았던 기분이 완전히 사라져버리기 전에, 술집에 가서 과시를 하기로 했다.

그는 자신에게서 풍기는 불가해하게 기괴한 분위기를 한마디로 설명해버릴 만한 완벽한 아이디어를 이미 생각해두고 있었다. 그리고 어젯밤 그렇게 주눅 들게 만들었던 그 문을 휘파람을 불며 밀어젖혀 열었다.

"아서!!!"

그는 주점 구석구석에서 그를 보고 툭 튀어나올 정도로 휘둥그레진 눈들을 바라보며 명랑하게 씩 웃어 보였다. 그리고 자신이 남부 캘리포니아에서 얼마나 근사한 시간들을 보냈는지 아마 모를 거라고 말했다.

9

그는 맥주를 또 한 파인트 받아 들고서 꿀꺽 마셨다.

"물론, 나는 전용 연금술사도 두고 있었지."

"뭘 뒀다고?"

그는 바보 같은 소리를 하기 시작했고, 자신도 그걸 알고 있었다. 익주버런스와 홀과 우드하우스 베스트 비터 맥주를 섞어 먹을 때는 심히 조심해야 하는 법이다. 하지만 이렇게 섞어 먹으면 제일 먼저 발현되는 효과가 바로 만사에 심히 조심하지 않게 되는 것이라, 이제는 입을 다물고 더 이상 해명을 하지 않아야 하는 바로 그 지점에서 오히려 창의력을 발휘하기 시작하고 있었다.

"오, 물론이지." 그는 만면에 행복한 미소를 띠고 우겼다. "그래서 내가 이렇게 살이 빠진 거야."

"뭐라고?" 듣고 있던 사람들이 말했다.

"오, 그럼." 그는 다시 말했다. "캘리포니아 사람들은 연금술을 재발견했다니까. 아무렴. 그렇고 말고."

그는 다시 미소를 지었다.

"하지만, 이번에는 훨씬 쓸모 있는 방식이야. 그러니까……." 그는 잠시 머릿속에서 문법을 다시 맞춰보느라 생각에 잠긴 듯 말을 멈추었다. "고대인들이 행하던 것보다 말이지. 아니면 최소한……." 그는 다시 이렇게 덧붙였다. "고대인들이 행하는 데 실패했던 것보다 낫다고 해야 하나. 고대인들은 끝내 제대로 못했잖아. 노스트라다무스랑 그 패거리들 말이야. 결국 성공 못했다지."

"노스트라다무스?" 청중 가운데 한 사람이 말했다.

"난 그 사람이 연금술사인 줄 몰랐는데." 또 다른 사람이 말했다.

"난……." 세 번째 사람이 말했다. "그 사람이 예언자라고 생각했어."

"나중에 예언자가 된 거야." 아서는 청중을 보고 말했다. 청중들을 구성하는 주요 부품들이 이제 위아래로 마구 흔들리며 흐릿하게 보였다. "왜냐하면 너무 형편없는 연금술사였거든. 그건 알아둬야지."

그는 맥주를 또 한 모금 들이켰다. 팔 년 동안 한 번도 맛보지 못한 맛이었다. 그래서 그는 맛을 보고 또 보았다.

"연금술이 살 빼는 거랑 무슨 상관이야?" 청중을 구성하는 부품 한 개가 물었다.

"바로 그걸 물어줘서 아주 고마워." 아서가 말했다. "아주 기쁘다고. 그리고 내가 이제 말해 줄게. 그거……." 그는 잠시 말을 멈췄다. "그 두 가지 사이의 관계가 어떻게 되는지 말이야. 그러니까 네가 방금 말한 그 둘 사이의 관계 말이지. 내가 말해줄게."

그는 잠시 말을 멈추고 분주하게 생각을 정리했다. 마치 유조선들이 좁은 영국 해협에서 정확한 각도로 방향을 바꾸는 광경을 지켜보는 기분이었다.

"캘리포니아 사람들은 과잉 체지방을 황금으로 바꾸는 법을 발견했어."

그는 별안간 논리의 일관성을 회복하고는 불쑥 이렇게 말했다.

"농담하는 거지?"

"그럼." 그가 말했다. "아니, 아니야." 그는 말을 고쳤다. "진짜 그랬다니까."

그는 청중 가운데 의심에 빠진 부품들을 한 바퀴 둘러보았다. 사실 전부 다나 마찬가지였기 때문에 한 바퀴 돌아보는 데만도 상당한 시간이 걸렸다.

"캘리포니아 가봤어?" 그는 따졌다. "그 사람들이 어떻게 사는지, 대체 알기나 하는 거냐고?"

청중 중에서 세 사람이 가본 적이 있다면서 아서가 하는 말은 모두 헛소리라고 대꾸했다.

"아무것도 제대로 못 보고 온 거야." 아서가 주장했다. "오, 좋았어." 누군가 술을 한판 더 돌리겠다고 하는 바람에, 아서는 이 말을 덧붙여야 했다.

"증거는 말이지……." 그는 자신을 가리키며 말했지만, 손가락이 가리키는 방향은 몇 인치나 어긋나 있었다. "너희들 눈앞에 있다고. 열네 시간이나 몽환 상태에……." 그는 말했다. "아니, 탱크에 들어가 있었거든. 몽환에……아니 그러니까 탱크에. 그런 거 같아." 그는 잠시 사려 깊은 침묵을 지키고는 다시 말했다. "그 말은 벌써 했지."

그는 술잔이 순서대로 돌아가는 동안 참을성 있게 기다렸다. 마음속으로는 다음에 해야 할 이야기를 꾸며냈는데, 원래는 탱크가 북극성에서 수직으로 떨어져서 화성과 금성을 잇는 베이스라인과 만나는 지점에 있어야 한다는 내용을 이야기하려고 했다. 하지만 막 이야기를 시작하려고 입을 떼다가, 그냥 말하지 않는 것이 좋겠다는 결정을 내렸다.

"아주 오랜 시간을……." 그는 대신 다른 이야기를 했다. "탱크에서. 그러니까 몽환 상태로 보내야 했지." 그는 청중을 엄숙하게 둘러보았다. 모두들 열심히 듣고 있는지 확인해야 했으니까.

그는 다시 말을 하기 시작했다.

"내가 어디까지 얘기했더라?"

"몽환 상태." 누군가 말했다.

"탱크에 있었다며." 또 다른 사람이 말했다.

"그래, 맞아." 아서가 말했다. "고마워. 그러면 천천히……." 그는 계속 이야기를 밀어붙였다. "천천히, 천천히, 천천히, 과잉 체지방이……변환하는……거야……." 그는 효과를 극대화하기 위해 잠시 입을 다물었다. "피아……피와……피……피야……."

그는 숨이 차서 말을 쉬었다. "피하 황금으로 말이야……그건 외과수술로 빼내야 해. 탱크에서 밖으로 나오는 건 지옥 같은 경험이었지. 방금 뭐라고 했어?"

"그냥 침을 꿀꺽 삼켰을 뿐이야."

"내 말을 안 믿는 거 같은데."

"침을 삼켰어."

"내가 보기에도 침을 삼키는 것 같았어." 청중 가운데서 굉장히 중요한 부품이 굵직한 목소리로 나직하게 말했다.

"오, 그래." 아서가 말했다. "좋았어. 그러고 나면 수익을 배분하는 거야." 그는 수학 계산을 하느라 잠시 또 쉬었다. "연금술사하고 오십 대 오십으로. 그러면 엄청난 돈을 벌게 되지!"

그는 흔들거리며 청중을 돌아보았다. 하지만 뒤죽박죽이 된 얼굴들에서 풍기는 회의와 의심의 분위기는 아무리 무시하려고 해도 느끼지 않을 수 없었다.

그는 상당히 기가 죽었다.

"안 그러면, 내 얼굴이 왜 이렇게 축 늘어져서 핼쑥해졌겠냐!" 그는 따졌다.

친구들이 팔로 그를 부축해 집으로 데려가기 시작했다. "이봐, 들어보란 말이야." 차가운 이 월의 산들바람이 얼굴을 스쳤고, 그는 계속해서 항의했다. "지금 캘리포니아에서는 산전수전 다 겪은 거 같은 분위기가 엄청난 유행이란 말이야. 은하계를 다 겪은 거 같은 분위기를 풍겨야 한다고. 아니, 은하계가 아니라 인생. 인생을 아는 사람처럼 보여야 해. 그래서 이걸 한 거야. 축 늘어져서 겉늙은 얼굴. 팔 년만 더 먹어 보이게 해주세요, 하고 말했지. 이제 서른 살 먹은 얼굴은 절대 다시 유행이 돌아오지 않을 거야. 안 그러면 난 큰 돈을 낭비한 거라고."

친구들의 팔이 집으로 가는 길 내내 그를 부축해주었고, 그는 한동안 아무 말도 하지 않았다.

"어제 돌아왔어." 그는 중얼거렸다. "집에 오니까 너무 너무 너무 너무 너무 기뻐. 아니면 집이랑 아주 비슷한 덴가 ……."

"시차 때문인가 보다." 친구들 중 한 사람이 중얼거렸다. "캘리포니아에서 여기까지는 비행기를 오래 타야 하니까. 며칠 동안은 사람 꼴이 말이 아니라고."

"내 생각에는, 거기 가보지도 못한 거 같아." 다른 사람이 불쑥 내뱉었다. "도대체 어딜 갔다 왔는지 모르겠어. 그리고 무슨 일을 겪었는지도."

잠을 좀 잔 후에, 아서는 자리에서 일어나서 집 근처를 괜히 어슬렁거렸다. 술기운에 머리가 멍한 데다 좀 우울하기도 했다. 여행의 여파를 벗어나지 못해 아직도 실감이 나지 않았다. 그는 어떻게 해야 페니를 찾을 수 있을까 생각했다.

아서는 앉아서 어항을 들여다보았다. 어항을 손가락으로 톡톡 두들겨보기도 했다. 물이 꽉 차 있고 어쩐지 풀이 죽어 꼬르륵거리며 여기저기 돌아다니고 있는 바벨 피시가 한 마리 들어 있는데도, 어항에서는 여전히 사람의 마음을 사로잡는 깊은 공명 소리가 전과 똑같이 울려 퍼졌다.

누군가 나한테 고맙다고 말하려 했어. 아서는 혼자 생각했다. 도대체 누굴까, 무슨 일일까.

10

"세 번 삑 소리가 나면 한 시……삼십이 분……그리고 이십 초가 됩니다."

"삑……삑……삑."

포드 프리펙트는 만족감에 찬 사악한 웃음을 애써 참다가, 굳이 참을 이유가 없다는 걸 깨닫고 큰 소리로 웃어댔다. 사악하기 짝이 없는 웃음이었다.

그는 서브-에서-넷에서 들어오는 신호를 우주선의 훌륭한 하이파이 오디오 시스템으로 전환했다. 그러자 좀 괴상하고 약간 빳빳하게 읊조리듯 말하는 목소리가 선실 전체에 놀랄 만큼 선명하게 울려 퍼졌다.

"세 번 삑 소리가 나면 한 시……삼십이 분……그리고 삼십 초가 됩니다."

"삑……삑……삑."

그는 음량을 약간 더 높였다. 우주선의 컴퓨터 디스플레이에서 급속히 변화하는 숫자들을 조심스럽게 눈도 떼지 않고 바라보면서. 그가 염두에 두었던 시간이 맞다면 동력 소모로 인한 문제가 심각했다. 자신 때문에 사람이 죽었다는 죄책감은 사양하고 싶었다.

"세 번 삑 소리가 나면 한 시……삽십이 분……그리고 사십 초가 됩니다."

"삑……삑……삑."

그는 작은 우주선을 체크하며 둘러본 뒤, 짧은 복도를 걸어 내려갔다.

"세 번 삑 소리가 나면……."

그는 작고, 쓸모 있고, 윤이 나는 강철 목욕탕에 머리를 쑥 들이밀어 보았다.

"……됩니다……."

그 안은 문제가 없어 보였다.

그는 좁은 침실을 들여다보았다.

"……한 시……삼십이 분……."

소리는 민가가 덮어 있는 것처럼 답답하게 들렸다. 한쪽 스피커 위에 수건이 씌워져 있었다. 그는 수건을 내렸다.

"……그리고 오십 초가 됩니다."

됐어.

꽉 찬 화물칸도 확인해봤지만, 여전히 소리는 영 마음에 들지 않았다. 중간에 널려 있는 쓰레기 같은 화물들이 너무 많았다. 그는 뒤로 한 발짝 물러나서 문이 꽉 닫힐 때까지 기다린 뒤, 꼭 닫힌 계기판을 부수고 투하 버튼을 눌렀다. 그 생각을 왜 지금까지 못했을까 싶었다. 휙 하는 소리가 나고 좀 쿵쾅거리더니 금세 조용해졌다. 잠시 후에 쉭 하고 바람 빠지는 소리가 다시 약하게 들렸다.

소리는 멈췄다.

그는 녹색 등이 다시 들어올 때까지 기다렸다가 다시 문을 열고 깨끗하게 비워진 화물칸을 바라보았다.

"……한 시……삼십삼 분……그리고 오십 초가 됩니다."

아주 좋았어.

"삑……삑……삑."

그는 다시 들어가서 긴급 자동 조정실을 마지막으로 철저히 점검했다. 그는 특히 이곳에서 그 소리를 듣고 싶었다.

"세 번 삑 소리가 나면 정각 한 시……삼십사 분……이 됩니다."

두껍게 성에가 낀 커버 밑으로 희미하게 보이는 커다란 형체를 뚫어져라 쳐다보던 그는 부르르 몸을 떨었다. 언제인지는 몰라도, 언젠가 이 형체는 잠에서 깨어날 테고, 그때가 되면 몇 시인지 알게 될 것이다. 뭐, 현지 시간은 아니겠지만, 무슨 상관이랴.

그는 냉동 침대 위에 달려 있는 컴퓨터 디스플레이를 두 번 점검하고, 빛을 줄인 후, 다시 한번 점검했다.

"세 번 삑 소리가 나면……."

그는 발끝으로 살금살금 걸어 나가 통제실로 돌아갔다.

"……한 시……삼십사 ……분 ……이십 초가 됩니다."

목소리는 마치 런던에서 걸려온 전화를 받아 듣고 있는 것처럼 선명했다. 물론 그런 것은 절대로 절대로 아니었지만.

그는 칠흑 같은 어둠을 응시했다. 저 멀리 빛나는 비스킷 가루 크기로 보이는 별은 존도스티나였다. 하지만 저 좀 괴상하고 약간 뻣뻣하게 읊조리듯 말하고 있는 목소리가 들려오는 세계에는 플레이아데스 제타라고 알려져 있다.

가시(可視) 지역을 절반 이상 덮고 있는 빛나는 오렌지색 곡선은 거대한 가스 행성인 세세프라스 마그나였고, 그곳에는 작시스 전함들이 정박하고 있었으며, 그 지평선 위로 솟아오르고 있는 건 바로 작고 서늘한 푸른 달(月)인 에푼이었다.

"세 번 삑 소리가 나면……."

이십 분 동안 그는 가만히 앉아서 우주선과 에푼 사이의 거리가 가까워지는 것을 그냥 보기만 했다. 그 사이 우주선의 컴퓨터는 이런저런 숫자들을 만지작거리고 반죽하면서, 우주선으로 하여금 작은 달을 빙 둘러 고리 모양으로 완벽하게 환상(環狀) 비행을 한 후, 그 자리에 남아 남몰래 영구 궤도에 안착하게 만들 준비를 하고 있었다.

"한 시…… 오십구 분……."

원래 계획은 우주선에서 외부로 발산되는 신호와 방사능을 모두 차단하고, 육안으로 직접 보지 않는 한, 보이지 않는 거나 다름없이 만드는 것이었지만, 좀더 좋은 생각이 떠올랐다. 우주선은 현재 연필처럼 가느다란 광선 단 한 줄만 지속적으로 발산하면서, 이 신호를 처음에 발생시킨 행성으로 다시 발송하고 있었다. 광속으로 여행하는 신호는 앞으로 사백 년 동안 목적지에 닿지 못하겠지만, 막상 닿게 되면 엄청난 소동을 일으킬 게 분명했다.

"삑……삑……삑."

그는 킬킬 웃었다.

그는 자신이 킬킬거리거나 낄낄거리며 웃는 사람이라고 생각하지 않았지만, 지금은 벌써 삼십 분도 넘게 킬킬거리지 않으면 낄낄거리고 있었다는 사실을 스스로도 인정하지 않을 수 없었다.

"세 번 삑 소리가 나면……."

우주선은 이제 잘 알려지지도 않고 아무도 발을 디딘 적 없는 달 주위의 영구 궤도에 거의 완벽하게 자리를 잡았다.

이제 남은 일은 하나뿐이었다. 그는 우주선에 장착된 작은 비상 탈출정의 발사 시뮬레이션을 다시 한번 작동시켰다. 작용, 반작용, 탄젠트의 힘, 동작의 모든 수학적 식의 균형을 맞추어보며 문제가 없다는 것을 재확인했다.

떠나기 전에, 그는 조명을 다시 켰다.

탈출용 구명정에 달린 시가처럼 좁다란 튜브의 출구가 포트 세세프론의 우주 정거장을 향한 삼 일간의 여정을 시작하는 순간 열렸고, 구명정은 몇 초간 더욱더 기나긴 여정을 떠나는 연필처럼 가느다란 광선을 타고 달렸다.

"세 번 삑 소리가 나면, 두 시……십삼 분……오십 초가 되겠습니다."

그는 낄낄거리고 킬킬거렸다. 큰소리로 너털웃음을 터뜨리고 싶었지만, 자리가 너무 좁아서 그럴 수가 없었다.

"삑……삑……삑."

11

"특히 사월의 소나기는 끔찍하게 싫어요."

아서가 아무리 무관심하게 투덜거리는 신음 소리를 내고 있어도, 남자는 죽어도 말을 걸고야 말겠다고 작정한 사람처럼 굴었다. 아서는 일어나서 다른 테이블로 자리를 옮겨야 하나 잠시 고민했지만, 간이식당을 다 둘러봐도 빈 자리가 하나도 보이지 않았다. 아서는 커피를 세차게 휘저었다.

"빌어먹을 사월 소나기. 싫어요, 싫어, 싫어."

아서는 얼굴을 찌푸리며, 창문 밖을 노려보았다. 가벼운 여우비가 도로 위에 걸려 있었다. 이제 돌아온 지 두 달째였다. 사실 예전의 생활로 다시 돌아가는 건 우스울 정도로 쉬웠다. 사람들은 너무나 황당할 정도로 잘 잊어버리기 마련이라, 아서에 대한 것도 다 잊었기 때문이다. 팔 년 동안 은하계를 미친 사람처럼 돌아다녔던 일이 이제는 텔레비전에서 비디오를 떠서 보고는 찬장 위에 올려놓고 귀찮아서 꺼내 보지도 않는 영화처럼 느껴졌다.

하지만 한 가지 오래 지속되는 효과가 있었는데, 그건 바로 지구에 돌아왔다는 기쁨이었다. 이제 지구의 공기가 머리 위를 영원토록 에워싸고 있다는 이유만으로, 그는 지구에 존재하는 만물이 범상찮은 기쁨의 원천이라는 잘못된 생각을 하고 있었다. 빗방울들의 은빛 반짝임을 바라보고 있던 그는, 갑자기 이의를 제기해야겠다는 생각이 들었다.

"글쎄요, 저는 좋아하는걸요." 그는 불쑥 이렇게 말했다. "이유야 뭐 뻔하지만요. 사월 소나기는 가볍고 상큼하잖아요. 반짝반짝거리면 사람들 기분이 좋아지지요."

사내는 비웃듯이 코웃음을 쳤다.

"그거야 다들 하는 말이지." 그가 이렇게 말하면서, 구석 자리에서 음침하게 눈을 번들거렸다.

그는 화물 트럭 운전사였다. 누가 묻지도 않았는데, 다짜고짜 이런 말부터 불쑥 내뱉었기 때문에 아서도 알고 있었다. "나는 화물 트럭 운전 기사요. 그런데 비 속에서 운전하는 게 싫어요. 아이러니 아니요? 너덥게 아이러니해."

이 말에 뭔가 숨겨진 깊은 뜻이 있는지는 몰라도, 아서로서는 짐작도 할 수 없어서 그냥 상냥하게, 하지만 전혀 부추기지 않으려 애쓰면서 끙, 하고 신음 소리를 냈을 뿐이었다.

하지만 사내는 그때도 말릴 수 없었거니와, 지금도 말릴 수 없었다. "망할 놈의 사월 소나기에 대해 다들 그런 말들을 한단 말이오."

그가 말했다. “더럽게 좋다느니, 더럽게 상쾌하다느니. 뒤지게 아름다운 사월의 소나기라느니 말이지.”

그는 몸을 앞으로 숙이고는, 뭔가 굉장한 정부 기밀이라도 말해줄 것처럼 얼굴을 구겼다.

“내가 꼭 알고 싶은 건 이거 하나요.” 그가 말했다. “이왕 날씨가 좋을 거면, 왜!” 그 말은 거의 침을 뱉다시피 했다. “망할 놈의 비가 안 오면 안 되느냐고!”

아서는 하는 수 없이 포기하고 말았다. 그는 커피를 남긴 채 자리에서 일어나기로 했다. 그냥 마셔버리기엔 너무 뜨겁고, 차게 마시기엔 너무 맛이 없었다.

“음, 가시는구먼.” 사내는 이렇게 말하더니, 자기도 일어서는 대신 이렇게 말했다. “잘 가시오.”

아서는 주유소의 매점에 들렀다가 다시 주차장으로 걸어 돌아가면서, 얼굴에 떨어지는 빗방울들의 유희를 특별히 신경 써서 즐겼다. 그곳에는 심지어, 데본의 낮은 산들 위에서 물기에 젖어 빛나고 있는 희미한 무지개마저 떠 있었다.

그는 낡아빠진, 하지만 사랑해 마지않는 애마인 검은 폭스바겐 래빗 자동차 위로 기어 올라가, 끼익 하는 타이어 소리를 내며, 주유 기계들의 섬들을 지나쳐 도로로 향하는 좁은 진입로를 따라 나갔다.

하지만 은하계 여행 때문에 끌려 들어가게 된, 거미줄처럼 복잡한 수많은 미결 문제들과 영영 안녕을 고할 수 있을 거라 생각했던 건 잘못이었다.

이 커다랗고, 단단하고, 지저분하고, 무지개가 떠 있는 지구라는 곳이, 상상 불허의 무한한 우주 속에서는 찾을 수도 없는 미세한 점에 찍힌 더 작고 미세한 점이라는 사실을 이제는 잊을 수 있을 거라 믿었지만, 그것도 잘못된 생각이었다.

그는 이렇게 수없이 많은 잘못된 생각들 속에 빠져 콧노래를 부르며, 계속 자동차를 운전했다.

그의 생각들이 다 잘못된 이유가 작은 우산을 쓰고 작은 진입로 옆에 서 있었다.

아서의 입이 떡 벌어졌다. 브레이크 페달을 밟다 발목을 삐었고 너무 심하게 차가 미끄러져서 자동차가 전복될 뻔했다.

"페니!" 그가 소리쳤다.

진짜 자동차로 그녀를 칠 뻔한 걸 간신히 피한 아서는, 자동차 문을 홀렁 열다가 그만 차문으로 그녀를 치고 말았다.

차문이 페니의 손을 찧는 바람에 우산이 떨어졌고, 우산은 마구 도로를 건너 데굴데굴 굴러가고 말았다.

"이런 제길!" 아서는 최대한 노움이 되려고 애쓰며 소리를 버럭 지른 후, 자동차 밖으로 뛰어내리다가 하마터면 매케너의 전천후 화물 운송 트럭에 치일 뻔했다. 그리고는 화물 트럭이 대신 페니의 우산을 뭉개고 가는 광경을 보고 경악하고 말았다. 화물 트럭은 도로로 진입해 황황히 달려가 버렸다.

우산은 서글프게 땅바닥에서 목숨이 다해가는 짜부라진 구정거

미처럼 널부러져 있었다. 미약한 돌풍에 우산은 살짝 경련했다.

아서는 우산을 주워 들었다.

"어." 그가 말했다. 그 물건을 그녀에게 다시 준다 해도 그다지 큰 소용이 닿을 것 같지 않았다.

"어떻게 제 이름을 아셨어요?" 그녀가 말했다.

"어, 그냥……." 그가 말했다. "저, 제가 하나 사드릴게요."

그는 그녀를 보고는 말끝을 흐렸다.

그 여자는 창백하고 진지한 얼굴 위로 검은 곱슬머리가 흘러내리는 키가 훤칠한 처녀였다. 혼자서 꼼짝도 않고 서 있는 그녀는, 격식을 갖춘 정원에 서 있는, 아주 중요하지만 사람들에게는 별로 인기가 없는 미덕을 상징하는 여신상 같았다. 그녀는 눈에 보이는 걸 바라보지 않는 듯한 눈길을 하고 있었다.

하지만 지금처럼 미소를 지을 때면, 어딘가 다른 곳에 있다가 느닷없이 이 자리에 나타난 것만 같았다. 온기와 생명이 한꺼번에 그녀의 얼굴로 밀려들었으며, 사람으로서는 불가능한 우아함이 온몸에 흘러넘쳤다. 그 효과는 굉장히 사람 정신을 산란하게 만들었기 때문에, 아서는 정신이 산란해서 죽을 것 같았다.

그녀는 씩 웃더니, 가방을 뒷자리에 휙 던지고는 앞자리에 가볍게 올라타는 것이었다.

"우산 걱정은 마세요." 그녀는 올라타면서 아서를 보고 말했다. "우리 오빠 건데요, 자기가 좋아하는 거였으면 나한테 주지도 않았을 거예요." 그녀는 깔깔 웃더니 안전벨트를 맸다. "우리 오빠 친구

분 아니시죠?"

"아니에요."

그녀는 "좋았어요"라고 말했지만, 목소리는 전혀 그렇게 들리지 않았다.

그녀의 육신이, 차 안에, 자기 차 안에 이렇게 앉아 있다는 사실이 아서로서는 엄청나게 특별한 일처럼 느껴졌다. 생각은커녕 숨조차 제대로 쉬기 힘들 정도가 되어버린 아서는, 천천히 차를 발진시키면서 이 두 가지 기능이 운전에 필수적인 게 아니기를 바랐다. 안 그러면 큰 일이니까.

그렇다면 그가 지난번에, 그러니까 악몽 같은 별세계 여행에서 기진맥진한 채 얼빠져 돌아왔던 그날, 다른 차에서, 즉 이 아가씨의 오빠 차를 탔을 때 느꼈던 아서의 불균형한 감정은 일시적인 게 아니었던 모양이다. 그게 아니면, 최소한 벌써 두 번이나 감정의 균형을 잃은 셈이니, 균형을 잘 잡고 있는 사람들이 뭘 밟고 서 있는지는 몰라도 아무튼 그는 그런 발판에서 자칫 추락하기 일보 직전의 상태라고 할 수 있다.

"그래서 ……." 그는 흥미진진하게 대화의 포문을 열 수 있기를 바라며 말문을 열었다.

"나를 데리러 오기로 했는데 말이죠. 우리 오빠가 말이에요. 하지만 못 오겠다고 전화를 했어요. 버스 편을 알아봤지만, 직원이 시간표가 아니라 달력을 들여다보더라고요. 그래서 히치하이크를 하기로 했죠. 그래서 그렇게 된 거예요."

"그렇군요."

"그렇게 됐네요. 그런데 저도 알고 싶은 게 있어요. 어떻게 제 이름을 아시는지 궁금해요."

"우리 먼저 …… ." 아서는 막히는 고속도로의 차들 사이로 일단 끼어들고 나자, 어깨 너머로 뒤돌아보면서 이렇게 말했다. "행선지 문제부터 결정하도록 하죠."

아주 가깝거나 아주 멀거나, 둘 중의 하나이기를 바랐다. 가깝다는 건 아서 집 근처에 산다는 뜻일 테고, 멀리 간다는 건 거기까지 차로 함께 갈 수 있다는 뜻이니까.

"톤튼으로 좀 데려다주세요." 그녀가 말했다. "부탁이에요. 괜찮으시다면요. 멀지 않거든요. 저는 …… ."

"톤튼에 살아요?" 아서는 기쁨을 주체 못하는 목소리가 아니라 그냥 호기심 정도로 들리기를 바라며 이렇게 말했다. 톤튼은 그의 집에서 기가 막히게 가까운 곳이었다. 그러면 …… .

"아니, 런던이요." 그녀가 말했다. "한 시간 안에 기차가 출발한대요."

이건 최악의 상황이었다. 톤튼은 일단 고속도로만 타면 몇 분 내에 갈 수 있었다. 아서는 어떻게 해야 하나 고민했고, 고민하다가 자기도 모르게 이렇게 말해버리고는 경악했다. "오, 런던에 데려다줄 수 있어요. 런던까지 데려다주게 해주세요 …… ."

덜떨어진 바보 같으니. 대체 뭐 하러 '해주세요' 같은 멍청한 소리를 했담? 그는 마치 열두 살짜리처럼 굴고 있었다.

그녀는 냉정하게 그를 쳐다보았다.

"런던에 가시는 길이세요?"

"네." 설마.

"좀 밟아야 되겠는데요." 그는 시계를 보는 것도 잊어버리고, 이렇게 덧붙여 말하지도 못했다.

"그런 건 아니지만 ……." 덜떨어진 바보 푼수 같으니라고.

"정말 친절하신 말씀이지만, 정말 괜찮아요. 기차 타고 가는 걸 좋아해요." 그리고 갑자기 그녀는 사라져버렸다. 아니, 그보다는 그녀의 얼굴에 생기를 주던 부분이 사라져버렸다고 해야 할까. 그녀는 까마득히 멀게만 느껴지는 모습으로 창밖을 바라보며 가볍게 혼자 콧노래를 흥얼거렸다.

도저히 믿을 수가 없었다.

이야기를 시작한 지 딱 이십 초 만에 모조리 다 망쳐버리다니.

그는 마음속으로 생각했다. 성인 남자들은, 성인 남자들의 행동에 대해 수세기 동안 축적된 증거 자료들에도 불구하고, 절대 이렇게 행동하지 않는다.

런던까지 오 마일, 표시판에 이렇게 쓰여 있었다.

그가 운전대를 너무 꽉 움켜쥐는 바람에 차가 흔들렸다.

뭔가 극적으로 상황을 바꾸는 일을 해야만 했다.

"페니." 그가 말했다.

그녀는 고개를 돌려 날카롭게 그를 쏘아보았다. "아직 어떻게 제 이름을 아시는지 얘기를 안 ……."

"내 말 좀 들어봐요." 아서가 말했다. "말해줄게요. 이야기가 좀 이상하긴 하지만요. 아주 희한한 얘기예요."

그녀는 여전히 그를 바라보고 있었지만, 아무 말도 하지 않았다.

"내 말 좀 들어봐요.."

"그 말은 아까 하셨어요."

"그래요? 오. 당신한테 꼭 할 말이 있어요. 그리고 꼭 해줘야 하는 얘기도 ……. 내가 꼭 해줘야 하는 이 얘기를 들으면 아마 ……." 그는 헛수고를 하고 있었다. 뭔가 "그대의 땋아 내린 머리카락들이 모조리 풀려 / 한 올 한 올이 빳빳이 서리라 / 불안한 고슴도치의 가시들처럼" 뭐 그런 비슷한 말을 하고 싶었지만, 근사하게 읊을 자신도 없었거니와 고슴도치 얘기도 마음에 들지 않았다.

"…… 그 얘기를 하려면 오 마일보다는 더 걸릴 거 같아요." 그는 안타깝게도, 좀 엉성하지만, 이 정도로 만족해야 했다.

"글쎄 ……."

"그냥 혹시라도 말이죠." 그가 말했다. "그냥 한번 해보는 생각인데요……." 그는 다음에 자기 입에서 무슨 말이 나올지 알 수 없었다. 그래서 어디 무슨 말이 나오나 한번 들어보자는 심정이 되어버렸다. "아주 굉장히 특별한 이유로 당신이 내게 아주 중요한 사람이라고 생각해보세요. 그리고 당신은 모르지만, 나도 그쪽한테 아주 중요한 사람이고 말이죠. 하지만 갈 길이 겨우 오 마일밖에 남지 않은 데다, 내가 멍청한 바보 천치라서 화물 트럭에 치이지 않고는 방금 처음 만난 사람한테 아주 중요한 말을 할 줄 모르는 인간이라서 그 모든 게 다 아무 의미가 없어진다면 어떻게 되겠어요…… 그러면 내가…….” 그는 어쩔 줄 몰라 하며 말을 멈추고는, 그녀를 바라보았다.

“……어떻게 하면 좋겠어요?”

“앞을 봐요!” 그녀가 비명을 질렀다.

“이런 망할!”

그는 수백 대의 이탈리아 세탁기들을 싣고 있는 독일 화물 트럭 측면에 충돌하는 사태를 간신히 면했다.

“내 생각에는…….” 그녀는 잠시 안도의 한숨을 쉰 후 이렇게 말했다. “제 기차가 출발하기 전에 저한테 뭐 마실 거라도 한 잔 사셔야 할 거 같네요.”

12

왜 그런지는 잘 몰라도, 역 근처의 주점들은 특히 음침한 분위기를 풍기기 마련이다. 특유의 아주 더럽고 너저분한 느낌이 있고, 돼지고기 파이도 아주 특별히 연하고 창백한 색을 띠고 있다.

하지만 돼지고기 파이보다 더 나쁜 게 있으니, 바로 샌드위치다.

영국에는 끈질기게 사라지지 않는 특유의 정서가 있다. 바로 샌드위치를 어떤 식으로든 흥미진진하고 매혹적이고 먹을 때 기분 좋게 만드는 짓은 죄악이며, 그건 오로지 외국인들이나 하는 짓이라는 생각이다.

'되도록 말라빠지게 만들라'는 게 집단적인 국민 의식에 깊이 박혀 있는 요리 수칙이었다. "되도록 고무처럼 만들어라. 햄버거를 굳이 신선하게 보관해야 한다면, 일주일에 한 번씩 물로 씻도록 하라."

영국인들은 나라가 저지른 죄악들을 무조건 토요일 점심 때 주점에서 샌드위치를 먹는 일로 보상하곤 한다. 나라가 대체 어떤 죄악들을 저질렀는지는 확실히 알지 못하지만, 별로 알고 싶어하지도 않는다. 죄악이라는 건 잘 알고 싶어할 만한 게 못 되니까. 하지만 나라에서 지은 죄가 뭔지 몰라도, 국민들한테 억지로 먹이는 샌드위치들로 충분히 속죄하고도 남음이 있을 것이다.

샌드위치보다 더 나쁜 게 있다면, 그건 샌드위치 옆에 나오는 소시지들이었다. 물렁뼈투성이에다 기쁨을 찾아보려야 찾아볼 수 없는 튜브들은 뜨겁고 한심한 모양의 바닷물 같은 데 둥둥 떠 있었는데, 주방장 모자를 고정하는 실핀 같은 걸 꽂은 채였다. 세상을 혐오하다가 스텝니 한구석의 의자에 앉아 고양이들 사이에서 홀로 죽어간 주방장을 기념하는 제스처라도 되는 것처럼.

소시지들은 자기 죄를 자기가 알고 구체적인 죄악을 씻고 싶어하는 사람들을 위한 요리였다.

"더 좋은 데가 있을 텐데." 아서가 말했다.

"시간이 없어요." 페니가 손목시계를 흘낏 보더니 말했다. "삽십 분 후에 기차가 떠나요."

그들은 작고 흔들거리는 테이블에 앉아 있었다. 식탁 위에는 더러운 유리잔들과, 농담들이 인쇄되어 있는 너절한 맥주잔 받침들이 놓여 있었다. 아서는 페니에게 토마토 주스를 한 잔 갖다주고, 자기도 속에 가스가 들어 있는 노란 액체 한 파인트를 들고 왔다. 그리고 소시지도 한두 개 받아 왔는데, 왜 그랬는지는 자기도 알 수가 없었다. 맥주잔의 가스가 가라앉을 때까지 기다리는 동안 할 일이 없을까 봐 산 것 같았다.

웨이터는 아서의 잔돈을 바 위의 맥주 웅덩이에다 던졌고, 아서는 그걸 받아 들고 고맙다고 했다.

"좋아요." 페니가 시계를 보면서 말했다. "나한테 해줘야 하는 얘기를 어디 해보세요."

당연히 그렇겠지만, 그녀의 말투는 지극히 회의적이어서, 아서는 풀이 팍 죽고 말았다. 갑자기 차갑고 방어적인 태도가 되어 저렇게 앉아 있는 여자한테, 일종의 유체 이탈 경험을 했는데, 자기가 텔레파시적 감각으로 파악한 바 그녀가 겪은 정신적 문제는, 겉보기와 달리, 지구가 새로운 우주의 우회로를 건설하기 위해 실제로 파괴되었다는 사실과 연관이 있고, 이 사실을 알고 있는 사람은 전 지구에서 오로지 아서뿐이고, 그는 보고인의 우주선에서 실제로 그 광경을 두 눈으로 똑똑히 보다시피 했기 때문에 이 사실을 잘 알고 있다고, 그것도 모자라 그의 몸과 마음은 못 견딜 정도로 빼아프게 그녀를 갈망하고 있고, 인간이 할 수 있는 한 최대한 빨리 같이 자고 싶어서 정말 못 살겠다고, 이런 이야기를 하기에는, 아무래도 이건 썩 좋은 환경이 못 된다는 생각이 들었던 것이다.

"페니." 그는 말머리를 꺼냈다.

"혹시 저희 복권을 좀 사주실 생각이 있으신지 모르겠네요. 그냥 싸구려예요."

그는 날카롭게 위를 올려다보았다.

"은퇴를 앞둔 앤지를 위한 모금 운동이에요."

"뭐라고요?"

"게다가 신장 투석을 해야 해요."

새침한 니트 정장을 입고 새침한 파마 머리를 하고 새침한 강아지들이 수도 없이 핥았을 새침한 얼굴에 새침한 미소를 띠고 있는 상당히 빳빳한 말라깽이 중년 아주머니가 아서 옆에 몸을 구부리고 서 있었다.

그녀는 손에 든 작은 복권집을 내밀고 있었고 양철함을 들고 있었다.

"하나에 겨우 십 펜스밖에 안 해요." 그녀가 말했다. "그러니 두 장을 사실 수도 있답니다. 은행을 털지 않고도 말이지요!" 그녀는 쇳소리가 섞인 웃음을 깔깔 웃더니, 희한할 정도로 오랫동안 깊은 한숨을 쉬었다. "은행을 털지 않고도"라는 말을 했다는 게, 전쟁 중에 병사들 몇 명하고 같이 잔 이후로 가장 큰 기쁨을 주었던 게 틀림없었다.

"어, 알았어요, 그러죠, 뭐." 아서는 황급히 주머니를 뒤져 동전 몇 개를 꺼내면서 말했다. 분이 치밀게 늑장을 부리면서, 그리고 새침하게 극적인 몸짓으로 —— 세상에 그런 게 있는지 모르겠지만 —— 그 여자는 티켓 두 장을 떼어서 아서에게 건네주었다.

"꼭 상품을 타시길 바랄게요."

그녀는 고급 종이접기 공예작품처럼 순식간에 찰칵 접히는 미소를 지으며 말했다.

"상품들이 너무너무 훌륭하거든요."

"네, 고마워요." 아서는 티켓들을 퉁명스럽게 주머니에 쑤셔 넣고 시계를 보면서 말했다.

그는 페니 쪽으로 몸을 돌렸다.

하지만 그건 복권 파는 여자도 마찬가지였다.

"아가씨는 어때요?" 그녀가 말했다. "앤지의 인공 투석기를 위한 모금 행사랍니다. 은퇴를 하거든요. 그러실래요?" 그녀는 예의 미소를 더욱 심하게 잡아당겨 끌어올렸다. 이제 그만두고 힘을 빼지 않으면, 곧 피부가 찢어질 게 틀림없었다.

"어, 저, 여기 있어요." 아서가 말했다. 그리고는 제발 이젠 떨어져줬으면 하고 바라면서 오십 펜스짜리 동전을 쥐어 주었다.

"오, 정말 넉넉하신 분인가 봐요, 그렇죠?" 여자가 미소를 지으며 기나긴 한숨을 또 쉬었다. "런던에서 오신 분 맞죠?"

아서는 제발 그렇게 말을 느리게 하지 말았으면 좋겠다고 생각했다.

"아니에요, 정말, 괜찮아요." 그는 여자가 티켓 다섯 장을 한 장씩 한 장씩 끔찍하게 뜯기 시작하는 걸 보고, 손사래를 치며 말했다.

"오, 하지만 꼭 우리 경품권을 받아두셔야 해요." 여자가 말했다. "이게 없으면 상품을 받을 수 없거든요. 아주 훌륭한 상품들이랍니다. 아주 적절한 상품들이지요."

아서는 표를 홱 나꿔채고, 최대한 쌀쌀맞게 고맙다고 말했다.

여자는 다시 페니 쪽으로 몸을 돌렸다.

"그럼, 이제 아가씨는 …… ."

"안 돼요!" 아서는 버럭 소리를 지르다시피 말했다. "이 표들이 이 아가씨 거란 말입니다." 그는 다섯 장의 새 복권들을 흔들어대면서 해명했다.

"오, 그렇군요! 정말 친절하신 분이에요!"

그녀는 두 사람을 향해 역겹게 웃어 보였다.

"두 분이 꼭 행 …… ."

"알았어요." 아서가 쏘아붙였다. "고맙습니다."

여자가 마침내 옆 자리로 옮겨 갔다. 아서는 절박하게 페니를 다시 바라보았고, 그녀가 말없이 웃음을 참느라 온몸을 흔들고 있는 걸 보고 마음을 놓았다.

그는 한숨을 쉬고 미소를 지었다.

"무슨 얘기 하다 말았죠?"

"저를 자꾸 페니라고 부르시길래, 그러지 말라고 부탁하려던 참이었어요."

"그게 무슨 뜻이에요?"

그녀는 토마토 주스에 꽂혀 있는 자그마한 나무 칵테일 스틱을 휘휘 저었다.

"그래서 오빠 친구 분이냐고 여쭤봤던 거예요. 아니, 정확히 말하면 이복 오빠지만. 나를 페니라고 부르는 사람은 오빠밖에 없거든요. 그래서 전 오빠를 싫어해요."

"그럼, 이름이…… ."

"펜처치예요."

"뭐라고요?"

"펜처치요."

"펜처치."

그녀는 준엄한 시선으로 그를 바라보았다.

"그래요." 그녀가 말했다. "이렇게 스라소니처럼 그쪽을 쳐다보고 있는 이유는, 하도 많이 들어서 비명을 지르고 싶을 정도가 된 그 질문을 또 듣게 될까 싶어서 그래요. 그쪽이 그 질문을 하게 되면 아마 저는 토라지고 실망할 거예요. 또 비명도 지를 거예요. 어디 두고 보세요."

그녀는 미소를 짓더니, 머리카락을 흔들어 얼굴 앞으로 쏟아지게 만들고 그 사이로 빼꼼 그를 쳐다보았다.

"오." 그가 말했다. "그건 좀 불공평하겠군요, 그렇죠?"

"그래요."

"알겠어요."

"좋았어요." 그녀는 깔깔 웃으면서 말했다. "물어봐도 돼요. 차라리 빨리 해치우는 쪽이 좋을 거 같아요. 내내 페니라고 부르는 걸 듣는 것보다 나으니까."

"그럴지도요 ……." 아서가 말했다.

"우리 복권이 이제 두 장밖에 남지 않았거든요. 그래서, 아까 말씀드렸을 때 너무나 너그럽게 대해주셔서 ……."

"뭐라고요?" 아서가 딱딱거렸다.

파마 머리에, 미소에 이제는 거의 텅텅 비다시피 한 복권책을 들고 있는 여자가 마지막 남은 복권 두 장을 그의 코 밑에 대고 흔들고 있었다.

"선생님께 기회를 드리는 게 좋겠다고 생각했어요. 왜냐하면 상품이 너무 훌륭하거든요."

그녀는 뭔가 비밀을 털어놓기라도 하는 것처럼 코를 찡그려 주름을 만들었다.

"아주 고상하답니다. 선생님은 틀림없이 좋아하실 거예요. 그리고 이건 앤지의 은퇴 선물을 위한 모금 행사거든요. 아시죠? 그래서……."

"투석 기계요, 알아요." 아서가 말했다. "여기요."

그는 십 펜스 동전 두 개를 그녀에게 내밀고 복권 두 장을 받았다.

여자는 갑자기 무슨 생각이 뇌리를 스치는 모양이었다. 무슨 생각인지는 몰라도 뇌리를 굉장히 천천히 스치는 게 분명했다. 모래사장에 기나긴 파도가 밀려오듯 생각이 밀려오는 걸 두 눈으로 똑똑히 볼 수 있었으니까.

"오, 이런." 그녀가 말했다. "뭔가 중요한 얘기를 하시던 중인데 제가 방해를 했나 봐요, 그렇죠?"

그녀는 걱정스럽게 두 사람을 쳐다보았다.

"아니, 괜찮아요." 아서가 말했다. "괜찮을 만한 건 전부 다." 아서가 우겼다. "하나같이 괜찮아요."

"고맙습니다." 아서는 이렇게 덧붙였다.

"그런데……." 그녀는 즐거워 죽겠다는 듯 근심의 황홀경에 차서 물었다. "혹시 선생님……사랑에 빠진 건 아니시죠, 혹시 그런가요?"

"그건 말씀드리기가 아주 어렵네요." 아서가 말했다. "아직 얘기를 해볼 기회도 없었거든요."

그는 펜처치를 흘낏 바라보았다. 그녀는 환하게 웃고 있었다.

여자는 말 안 해도 알겠다는 듯 의미심장하게 고개를 끄덕거렸다.

"잠깐 계시면 상품을 보여드릴게요." 여자는 이렇게 말하고는, 자리를 떴다.

아서는 한숨을 쉬면서 자기가 사랑에 빠졌는지 아닌지 말하기 어려운 여자를 다시 바라보았다.

"나한테 질문을 하려고 하셨어요." 그녀가 말했다.

"그래요."

"원하시면 저랑 같이 하셔도 돼요." 펜처치가 말했다. "내가 그러니까……."

"펜처치 스트리트 역의……." 아서도 따라 말하기 시작했다.

"분실물 보관소에서……." 두 사람은 합창을 했다.

"가방 속에 든 채 발견되었느냐는 말이죠." 두 사람은 질문을 마쳤다.

"그리고 대답은……." 펜처치가 말했다. "아니다, 예요."

"알았어요." 아서가 말했다.

"거기서 임신을 했대요."

"뭐라고요?"

"저를 거기서 임신하셨……."

"분실물 보관소에서요?" 아서가 우우 환호성을 올렸다.

"아니, 아니죠. 바보 같은 소리 마세요. 우리 부모님이 분실물 보관소에서 뭘 하고 계셨겠어요?" 그녀는 당황하며 황당무계한 소리 말라는 듯이 말했다.

"글쎄, 저도 모르죠." 아서가 헐레벌떡 주워섬겼다. "아니면……."

"표를 사려고 줄을 서 계셨대요."

"표……."

"표를 사려고 줄 서 계셨대요. 아니, 적어도 부모님 주장은 그래요. 자세한 설명은 극구 사양이에요. 그냥 펜처치 스트리트 역에서 표를 사려고 줄을 서 있다 보면 얼마나 끔찍하게 지루한지 아마 상상도 못할 거라고만 말씀하시죠."

그녀는 얌전하게 토마토 주스를 홀짝거리고는 시계를 보았다.

아서는 일이 초 동안 계속 명랑하게 꿀꺽꿀꺽 맥주만 마셔댔다.

"이제 일이 분 후에 일어나야 해요." 펜처치가 말했다. "그런데 나한테 고백하고 싶은 엄청나게 기막히고 대단한 이야기 말이에요. 아직 얘기를 시작도 못하셨네요."

"제가 런던까지 데려다드리면 어떨까요?" 아서가 말했다. "오늘은 토요일이니까, 특별히 할 일도 없고, 저는 ……."

"아니에요." 펜처치가 말했다. "고마워요. 친절한 말씀이지만, 안 되겠어요. 며칠 동안은 저 혼자 있을 필요가 좀 있어요." 그녀는 미소를 지으며 어깨를 으쓱해 보였다.

"하지만 ……."

"다음에 만나면 얘기해주세요. 전화번호를 드릴게요."

그녀가 연필로 종잇조각에 일곱 개의 숫자를 끄적끄적 적어서 전해 주자, 아서의 심장이 쿵쾅쿵쾅 울렁울렁 요동을 쳤다.

"이제 좀 마음을 편하게 가져도 되겠죠." 그녀는 느릿느릿하게 미소를 지었는데, 그 미소에 아서는 가슴이 벅차올라 터져 죽는 줄 알았다.

"펜처치." 그는 그녀의 이름을 한껏 만끽하며 말했다.

"나는 ……."

"체리주 한 상자하고요……." 느릿느릿 끄는 목소리가 말했다. "그리고 또, 아마 선생님이 틀림없이 좋아하실 거예요. 스코틀랜드 백파이프 음악 레코드 전집이랍니다."

"네, 고맙습니다. 진짜 좋다니까요." 아서가 부득부득 우겼다.

"꼭 한번 보여드리는 게 좋겠다는 생각이 들어서요." 파마 머리 여인이 말했다. "런던에서 오셨고 하니까 ……."

그녀는 자랑스럽게 상품들을 내밀어 아서에게 보여주었다. 아서가 보니 정말로 체리 브랜디 한 상자와 백파이프 음악이 든 레코드였다. 진짜 그거였다.

"이제 두 분이 조용히 말씀을 나누시도록 저는 이만 가볼게요." 그녀는 화가 나서 부글부글 끓고 있는 아서의 어깨를 가볍게 톡톡 두들기면서 말했다. "하지만 틀림없이 보고 싶어하실 줄 알았지요."

아서는 다시 펜처치와 눈을 마주쳤지만, 갑자기 무슨 말을 해야 할지 황망해지고 말았다. 두 사람 사이에 의미심장한 순간이 그 사이 왔다 가버렸지만, 저 바보 같은 망할 여자 때문에 리듬이 완전히 엉망진창으로 깨지고 말았다.

"걱정 말아요." 펜처치는 유리잔 너머로 꾸준한 눈길로 그를 바라보며 말했다. "다시 같이 얘기하게 될 거예요." 그녀는 주스 한 모금을 다시 홀짝거렸다.

"아마 …… ." 그녀가 다시 말했다. "그 여자가 아니었으면 얘기가 이렇게 잘 되지 않았을지도 몰라요." 그녀는 짓궂은 미소를 흘리며 머리카락을 얼굴 앞으로 다시 쏟아져 내리게 했다.

그 말은 한 치도 틀림이 없었다.

너무나 맞는 말이라는 걸, 아서도 인정할 수밖에 없었다.

13

그날 밤, 집에서, 슬로 모션으로 옥수수밭 사이에서 발이 걸려 넘어지는 척하며 온 집안을 펄쩍펄쩍 뛰어다니고 시도 때도 없이 깔깔 웃음을 터뜨리면서, 아서는 경품으로 받은 백파이프 음악을 듣는 일마저 참을 수 있을 것 같은 기분이 들었다. 그때는 여덟 시였고, 그는 레코드 한 판을 전부 듣고 난, 아니 억지로 다 듣고 난 다음에라야 그녀에게 전화를 걸 수 있다고 혼자 마음을 먹었다. 내일까지 안 듣고 내버려둘 수도 있다. 그럴 수만 있다면 아주 쿨할 텐데. 아니면 다음 주 언제쯤까지든가.

아니. 게임 같은 건 하지 말자. 아서는 그녀를 원했고 누가 알든 말든 개의치 않았다. 확실히 철저히 그녀를 원했고, 그녀를 숭상했고, 그녀를 갈망했고, 그녀와 함께라면 뭐라 이름 붙일 수 있는 것 이상의 일들을 하고 싶었다.

그는 우스꽝스럽게 집안을 펄떡펄떡 뛰어 돌아다니던 중에, 자기

입에서 '아싸 ~' 같은 말이 정말로 튀어나왔다는 걸 깨달은 적도 있다. 그녀의 눈, 그녀의 머리카락, 그녀의 목소리, 모든 것들 …….

그는 딱 멈추었다.

백파이프 음악 레코드를 틀고 싶었다. 그러면 전화를 할 수 있을 테니까.

아니면, 전화부터 할까?

아니. 그는 이렇게 하기로 작정했다. 백파이프 음악 레코드를 걸어야겠다. 귀신 곡소리같이 처량 맞은 소리를 끝까지 다 들어줄 생각이었다. 그러고 나면 전화를 거는 거다. 그게 올바른 순서였다. 그는 꼭 그렇게 할 작정이었다.

행여 손을 대면 터질까 봐 물건들을 만지기가 겁이 났다.

그는 레코드를 집어 들었다. 레코드는 터지는 데 실패했다. 그는 커버에서 레코드를 꺼냈다. 레코드 플레이어를 열었다. 앰프를 켰다. 둘 다 무사했다. 그는 레코드 쪽으로 바늘을 내리면서 바보처럼 킬킬거렸다.

그는 앉아서 경건하게 〈스코틀랜드 병사〉를 들었다.

그는 〈하나님 은총은 놀라워라〉를 들었다.

그는 무슨 글렌 어쩌고 하는 음악을 들었다.

그는 기적 같았던 점심시간을 생각했다.

그들이 막 떠나려고 하는데 끔찍한 "야호" 소리가 터져 나와서 주의가 산만해졌다. 무시무시한 파마 머리를 한 여자가 식당 저편에서 날개가 부러진 멍청한 새처럼 그들을 향해 팔을 흔들어대고 있었다. 주점에 있는 사람들이 전부 그들을 쳐다보며 뭔가 답을 해 주기를 바라고 있었다.

그들은 앤지의 신장 투석기를 위해 모든 분들이 도와주어서 사 파운드 삼십 펜스나 모금하게 되어서 얼마나 기쁜지 모르겠다는 둥 하는 소리는 듣지 못했지만, 옆자리의 누군가가 체리 브랜디 술 상자를 탔다는 정도는 희미하게 알고 있었고, 잠시 시간이 흐른 뒤에야 "야호"를 외쳐대는 여자가 자기들한테 삼십칠 번 복권이 있느냐고 묻고 있는 거라는 사실을 깨닫게 되었다.

아서는 그만 자기가 그걸 갖고 있다는 사실을 깨달았다. 그는 성이 나서 시계를 들여다보았다.

펜처치가 그를 밀었다.

"어서요." 그녀가 말했다. "가서 받아요. 괜히 성질 부리지 말고요. 얼마나 기쁜지 모른다고 기분 좋게 한 마디 해주고 나한테 전화해서 어떻게 됐는지 말해줘요. 나도 레코드가 듣고 싶을 거예요. 어서요."

그녀는 그의 팔을 찰싹 때리더니 떠나버렸다.

단골 손님들은 그가 수상 소감을 말하면서 좀 과장되게 기뻐하는 척한다고 생각했다. 기껏해야 백파이프 음악 레코드 아닌가.

아서는 그 생각을 했고, 음악을 들었고, 계속해서 큰 소리로 웃음을 터뜨리지 않을 수 없었다.

14

따르릉 따르릉.

따르릉 따르릉.

따르릉 따르릉.

"여보세요. 네? 네, 맞아요. 네. 큰 소리로 말하셔야 해요. 잡음이 너무 심해서요. 뭐라고요?

아니에요. 저는 그냥 저녁 때만 일해요. 점심시간에는 이본느가 일하고, 짐이 주인이에요. 아뇨, 저는 일 안 했어요. 뭐라고요?

크게 말씀하셔야 들려요.

뭐라고요? 아뇨, 복권 행사 같은 건 전혀 모르는데요. 네?

아뇨, 전 하나도 몰라요. 잠깐만요. 짐을 불러올게요."

주점의 웨이트리스는 수화기를 한 손으로 막고 시끄러운 바 저편에 있는 사람을 불렀다.

"저기요, 짐. 누가 전화를 걸어서 복권 경품을 탔다고 하는데요.

삼십칠 번 복권인데 자기가 상품을 탔대요."

"맞아. 여기서 뭘 탄 사람이 있었어." 술집 주인이 큰 소리로 대꾸했다.

"우리한테 그 복권이 있느냐고 하는데요."

"아니, 복권도 없으면서 어떻게 상품을 탔다고 그러는 거야?"

"짐이 그러는데, 복권도 없으면서 어떻게 상품을 타셨느냐는데요? 뭐라고요?"

그녀는 수화기를 다시 손으로 막았다.

"짐, 나한테 계속 뭐라고 욕을 해요. 그 복권에 무슨 번호가 적혀 있었다네요."

"당연히 번호가 적혀 있겠지. 이런 썩을, 복권이라면서, 안 그래?"

"그 복권에 전화번호가 적혀 있다는 말이래요."

"전화 끊고 손님이나 받아!"

15

여덟 시간 서쪽에서 한 남자가 홀로 주저앉아 말로 설명할 수 없는 상실감으로 슬퍼하고 있었다. 그는 한 번에 작은 꾸러미로 싼 슬픔 하나씩밖에 생각할 수가 없었다. 전체는 감당하기가 너무 힘들었기 때문이다.

그는 길고 느릿느릿한 태평양의 파도가 백사장을 따라 밀려드는 광경을 바라보며, 결코 있을 수 없는 일이라는 걸 잘 알면서도 기다리고 또 기다렸다. 일어나지 않아야 할 때였던 관계로 마땅히 그 일은 끝내 일어나지 않았고, 그날 오후는 그렇게 저물어갔고 태양은 길게 한 줄로 뻗은 바다 너머로 져버렸으며 그날 하루는 그렇게 가버렸다.

백사장 이름은 말해줄 수 없는 것이, 그의 사유 저택이 있는 곳이었기 때문이다. 하지만 그곳은 로스앤젤레스에서 서부 해안선을 따라 수백 마일 정도 따라가다 보면 나오는 모래사장이었다. 《은하수를 여행하는 히치하이커를 위한 안내서》 신판에는 로스앤젤레스에 대해 "쓰레기 같고, 거지 같고, 지저분하고, 냄새나고, 또 뭐더라 …… 아무튼 나쁜 건 무조건 다 모여 있는 곳임, 윽"이라고 묘사한 대목이 있다. 그런가 하면 불과 몇 시간 후에 쓰여진 또 다른 항목에는 "몇천 평방마일에 걸친 아메리칸 익스프레스 카드 광고 우편물과 마찬가지지만, 그만한 도덕적 깊이도 없음. 게다가 공기는, 왜 그런지는 모르지만, 노란색임"이라고 적혀 있다.

해안선은 서쪽으로 달리고 있고, 그곳에서 북부로 꺾어져서 안개 낀 샌프란시스코 만으로 이어진다. 이곳에 대해 《안내서》는 "가 보면 좋을 만한 곳이다. 자칫하면 만나는 사람마다 모두 우주 여행객이라고 믿기 쉽다. 당신을 위해 새로운 종교를 창설한다는 건 그들 나름대로는 '안녕'이라는 뜻의 인사말이다. 가서 자리를 잡고 그곳에 익숙해질 때까지는, 누구한테서건 질문을 네 번 받으면 그중 세 번은 '아니요'라고 답하는 편이 좋다. 왜냐하면 거기서는 아주 괴상한 일들이 일어나고 있는데, 잘못해서 말려들면 순진한 외계인들은 죽을 수도 있기 때문이다"라고 설명하고 있다. 그리고 수백 개의 구불구불한 계곡들과 모래사장, 종려나무들, 암초 그리고 일몰 등등에 대해서는 한마디로 "상당히 쓸 만하다. 괜찮음"이라고 묘사하고 있다.

그리고 이 '상당히 쓸 만한' 해안선 어디쯤인가에 이 주체할 수 없는 슬픔에 잠긴 사내가 있었다. 수많은 사람들한테서 미쳤다는 소리를 듣는 사람이었는데, 그건 그저, 자기 말로도 그렇듯이, 그가 정말로 미쳤기 때문일 뿐이었다.

사람들이 그에게 미쳤다고 하는 많고 많은 이유들 중 하나는 집이 워낙 괴짜스러웠기 때문이다. 대부분의 집들이 다 이런저런 면에서 괴짜스러운 땅에서도, 그야말로 괴짜스럽기가 극에 달하는 집이었던 것이다.

그의 집 이름은 '정신병원의 바깥'이었다.

그의 이름은 그저 존 왓슨이었지만, 자기가 좋아하는 이름은 ―친구들 몇 명은 마지못해 그렇게 부르겠다고 하고 말았지만―'정신이 멀쩡한 웡코'였다.

그의 집에는 수도 없이 많은 희한한 물건들이 있었는데, 그중에는 표면에 여덟 단어가 새겨진 회색 유리 어항도 있었다.

이 사람에 대해서는 우리가 나중에 많은 이야기를 할 수 있을 것이다. 이건 그저 해가 저무는 걸 보며, 그 남자가 일몰을 보고 있었다는 얘기를 하기 위한 서곡에 불과하다.

그는 아끼고 사랑하던 모든 것을 잃고, 이제 그저 세상이 끝나기만 기다리고 있었다. 세상의 종말이 이미 왔다 갔다는 사실을 모른 채.

16

톤튼의 주점 뒤에 있는 쓰레기통이란 쓰레기통을 다 뒤지고도 아무것도, 복권도, 전화번호도, 아무것도 찾지 못한 역겨운 일요일을 보낸 아서는 펜처치를 찾기 위해 갖은 수를 다 써봤지만, 노력하면 할수록, 한 주 한 주가 더 빨리 흘러갈 뿐이었다.

그는 분노에 길길이 날뛰며 자기 자신을, 운명을, 세상과 날씨를 가지고 폭언을 퍼부었다. 슬픔과 격분에 제정신이 아니었던 아서는, 심지어 펜처치를 만나기 바로 전에 갔던 고속도로 주유소 카페테리아에 가서 앉아 있기조차 했다.

"비 중에서도 부슬비가 내리면 기분이 특히 침울해지지요."

"부슬비 같은 소리 하지 말고 입 닥쳐요." 아서가 쌀쌀맞게 대꾸했다.

"부슬비가 그치면 입 닥치지요."

"이봐요."

"하지만 부슬비가 그친 다음에 어떻게 될지 내 댁한테는 말해주지요. 그래도 돼죠?"

"싫어요."

"철퍽거리는 비가 올 거요."

"뭐라고요?"

"철퍽거리는 비가 내릴 거라고요."

아서는 커피 잔 테두리 너머로 음산한 바깥 세상을 바라보았다. 그는 이 장소가 정말 아무런 의미도 없다는 걸 깨달았다. 그는 논리가 아니라 미신에 등을 떠밀려서 여기까지 오게 된 것이었다. 하지만 그런 우연이 실제로 일어날 수도 있다는 사실을 미끼로 그를 낚으려는 건지, 운명은 지난번에 마주쳤던 그 화물 트럭 운전사와 재회하게 해주는 쪽을 선택했다.

무시하려고 애를 쓰면 쓸수록, 그 남자와의 분통 터지는 대화 속으로 소용돌이처럼 더 깊이 말려들 뿐이었다.

"내 생각에는 ……." 아서는 괜히 이런 말을 하는 자기 자신을 마음속으로 저주하면서 막연하게 말했다. "이제 한풀 꺾이는 거 같은데요."

"허!"

아서는 그냥 어깨를 으쓱했다. 가야 했다. 그게 마땅히 해야 할 일이었다. 그냥 일어서서 가야 했다.

"비는 절대 그치지 않소이다!" 화물 트럭 운전사가 말했다. 그는 테이블을 주먹으로 쾅 쳐서, 차를 다 엎질렀고, 정말로 한순간 머리에서 김이 나는 것처럼 보였다.

"비야 당연히 그치죠." 아서가 말했다. 우아한 반박이라 할 수는 없었지만, 그래도 그 말을 하지 않을 수는 없었다.

"비는……항상……언제나 내린단……말요……." 사내는 단어 사이마다 박자를 맞추며 테이블을 다시 쿵쾅쿵쾅 두들겨댔다.

아서는 고개를 저었다.

"비가 항상 내린다는 건 바보 같은 소리예요." 그가 말했다.

무안을 당한 사내의 눈썹이 휙 치켜 올라갔다.

"바보 같다고? 어째서 바보 같은 소리요? 어째서 내내 비가 온다는 걸 내내 비가 온다고 말하는 게 바보 같은 소리냔 말이오?"

"어제는 비가 안 왔어요."

"달링턴에는 비가 왔소."

아서는 눈치를 보면서 말을 멈추었다.

"이제는 어제 내가 어디 있었느냐고 물으려는 거 아니요, 엉?" 그 남자가 물었다.

"아닙니다." 아서가 말했다.

"그렇지만 대강 짐작은 할 수 있을 텐데."

"그런가요."

"D로 시작하는 곳이요."

"그렇군요."

"거기에는 비가 내리 갈겼단 말요. 장담하지만."

"이봐요, 그 자리에는 안 앉는 게 좋을 거예요." 작업복을 입은 남자가 쾌활하게 아서에게 말했다. "거기는 천둥 구름이 치는 자리거든. 진짜 맞아요. 여기 '내 머리 위에 계속 빗방울이 떨어지네' 씨를 위해 특별히 비워둔 자리란 말요. 여기에서 해가 내리쬐는 덴마크까지 고속도로 주유소마다 한 자리씩은 이 친구를 위해 비워둔다고. 충고 한마디 하자면, 괜히 근처에 얼씬거리지 않는 편이 신상에 좋아요. 우리도 다 그러거든. 어때, 잘 지내고 있어, 롭? 계속 바쁘고? 자네 그 비 오는 날씨는 여전하고? 하하 ……."

그는 명랑하게 그들을 지나쳐 옆 테이블의 누군가에게 브릿 에클랜드에 대한 농담을 들려주러 갔다. 그 사람은 농담을 듣고는 우렁차게 폭소를 터뜨렸다.

"이거 보라고……. 저 개새끼들은 도대체 내 말을 심각하게 듣지를 않는다니까." 롭 매케너가 말했다. "하지만." 그는 재빨리 몸을 앞으로 기울이고 눈을 괴상하게 일그러뜨리면서 음산하게 덧붙였다. "다들 내 말이 사실이라는 걸 알고 있다오!"

아서는 얼굴을 찌푸렸다.

"우리 마누라만 해도 그렇지." '매케너의 전천후 하물 운송' 사업체의 유일한 소유자 겸 운전 기사는 씩씩거리며 말했다. "나더러 말도 안 되는 소리 하지 말라고, 괜히 법석 떨며 아무것도 아닌 일에 불평을 한다고 하지. 하지만!" —— 그는 극적으로 말을 딱 멈추고는 눈에서 위험한 빛을 쏘아 보냈다. —— "내가 집으로 가고 있다고 전화를 하면, 일단 빨래부터 걷는단 말이오!" 그는 커피 숟가락을 마구 휘둘렀다. "당신 이걸 어떻게 생각하쇼?"

"글쎄요……."

"나는 다 적고 있다 이 말이오." 그는 계속 말을 했다. "전부 적어요. 일기장에다. 십오 년 동안 일기를 썼지. 내가 갔던 데는 하나도 빠짐없이 다 적었단 말요. 날이면 날마다. 그리고 그날 날씨가 어땠는지도 다 적었소. 그런데 하나같이 날씨란 게……." 그는 버럭버럭 호통을 쳤다. "끔찍하단 말요. 영국 전역, 스코틀랜드, 웨일즈를 다 다녔소. 유럽 대륙도 다 다녔지. 이탈리아, 독일, 덴마크까지 왔다 갔다, 유고슬라비아도 갔었고. 전부 다 표시하고 기록해놨단 말요. 그런데 심지어 남동생을 만나러 갔을 때도 마찬가지……." 그는 덧붙여 말했다. "시애틀에 산단 말요."

"글쎄요……." 아서는 드디어 자리에서 일어나면서 이렇게 말했다. "아아 그걸 누구한테 좀 보여주는 게 좋을 거 같아요."

"그럴 생각이요." 롭 매케너가 말했다.

그리고 그는 그렇게 했다.

17

참담. 절망. 또 참담과 또 절망. 뭔가 마음을 쏟을 일이 필요해서 아서는 스스로에게 프로젝트를 만들어주었다.

그가 살던 동굴이 어디 있는지 찾을 작정이었다.

선사 시대 지구에서 그는 동굴에 살았었다. 멋진 동굴은 아니고, 형편없는 동굴이었지만 …… 하지만, 하고 말해봤자 다음에 할 얘기도 없다. 그건 완전히 썩을 놈의 동굴이었고 그는 끔찍하게 그 동굴이 싫었다. 하지만 그 속에서 오 년이나 살았으니, 일종의 고향 같은 게 된 셈이고, 원래 사람이란 고향을 찾아보는 일 따위를 좋아하는 법이다. 아서 덴트는 그런 사람이었고, 그래서 그는 엑세터로 가서 컴퓨터를 한 대 샀다.

물론, 그가 정말로 원했던 건 바로 그것, 컴퓨터였다. 하지만 어쩐지 덜컥 가서 다른 사람들이 자칫하면 그냥 장난감 정도로 오해할 만한 물건에다 엄청난 양의 일용할 양식을 날리고 오기 전에, 뭔가 진지한 목적이 있어야만 할 것 같다는 생각이 들었다. 그래서 그게 아서의 진지한 목적이 된 것이다. 선사 시대 지구에 있던 동굴의 정확한 위치를 찾는 것. 그는 가게 주인에게 이 사실을 해명했다.

"왜요?" 가게 주인이 말했다.

이 부분이 제일 까다로운 대목이었다.

"좋아요. 그건 그냥 넘어가죠." 가게 주인이 말했다. "어떻게요?"

"글쎄요, 그건 그쪽 도움을 좀 받을까 생각하고 있었는데요."

남자는 한숨을 쉬더니 어깨를 축 늘어뜨렸다.

"컴퓨터를 다뤄본 경험이 많으세요?"

아서는 순수한 마음 호에 장착된 에디 이야기를 할까 말까 망설였다. 그 녀석 같으면 이런 일쯤은 일 초에 해치울 수 있을 텐데. 아니면 '깊은 생각'이나 ……. 하지만 그는 아무 말도 하지 않기로 작정했다.

"아니요." 그가 말했다.

"재밌는 오후 같은데." 가게 주인이 이렇게 말했지만, 그저 혼잣말에 불과했다.

아서는 어쨌든 애플을 샀다. 며칠 동안에 걸쳐 그는 또 무슨 천문학 소프트웨어를 구했고, 행성의 움직임들을 파악했고, 기억나는 대로 밤에 동굴에서 하늘을 올려다보았을 때 별이 어떻게 보였는지 대충 도표를 그렸고, 몇 주일 동안 계속 바쁘게 일을 하며 시간을 보냈고, 결국은 불가피하게 도달할 수밖에 없다는 걸 뻔히 알고 있는 결론을 하루 하루 미루고 있었다. 그러니까 결론은 이 모든 프로젝트가 말도 안 되는 엉터리라는 것이었다.

기억을 짜내 대충 그린 그림은 아무런 도움도 되지 않았다. 그는 심지어 그게 얼마나 오래전 일이었는지도 알지 못했다. 포드 프리펙트가 대충 때려 맞힌 '몇백만 년 전'이라는 말밖에는, 계산을 할 만한 숫자도 없었던 것이다.

그럼에도 불구하고, 결국 그는 최소한 결과를 생산해낼 수 있는 방법을 개발했다. 이런 식으로 온갖 서투른 법칙들의 도가니, 황당한 근사치, 그리고 고대의 추리력 등을 발휘해서는 동굴은커녕 은하계나 제대로 찾아가면 다행이라는 사실은 전혀 개의치 않기로 결심한 것이다. 그는 그냥 밀고 나가서 결과만 얻으면 되었다. 그리고 그걸 맞는 답이라고 이름 붙이면 되는 것이었다. 대체 누가 알기나 하겠는가?

사실, 헤아릴 수도 없고 가늠할 수도 없는 운명의 우연으로, 그는 정확하게 맞는 동굴을 찾아냈다. 물론 아서는 끝내 그걸 전혀 모르겠지만. 그는 런던으로 올라가서 적당한 문을 두들겼다.

"오, 전 먼저 전화부터 하고 오실 줄 알았는데요."

아서는 경악을 금치 못하고 입을 떡 벌렸다.

"지금은 몇 분밖에 시간이 없지만, 들어오세요." 펜처치가 말했다. "방금 나가려던 참이었거든요."

18

골동품을 복원하는 기계의 흐느끼는 울음소리로 가득 찬 이즐링턴의 어느 여름날.

펜처치는 그날 오후 도저히 어쩔 수 없는 바쁜 일이 있어서, 아서는 아지랑이 같은 황홀경에 빠져 온갖 가게들을 다 둘러보았다. 이즐링턴의 상점가는 상당히 유용한 동네로서, 특히 정기적으로 낡은 목공 연장이나 보어 전쟁 때 썼던 헬멧들, 낡은 옷가지, 사무용 가구, 혹은 물고기 등을 필요로 하는 사람이라면 아마 누구나 내 말에 기꺼이 동의할 것이다.

햇살이 옥상의 정원들에 내리쬐었다. 건축가들과 배관공들의 머리 위에도 내리쬐었다. 변호사들과 강도들 머리 위에도 내리쬐었다. 피자 위에도 내리쬐었다. 부동산 중개업자의 명세서 위에도 내리쬐었다.

태양은 옛 모습을 복원한 가구점에 들어가는 아서의 머리 위에도 내리쬐었다.

"아주 재미있는 건물이랍니다." 주인이 쾌활하게 말했다. "지하실에는 근처의 주점으로 통하는 비밀 통로가 있지요. 섭정공 전하(조지 3세가 정신 분열증을 일으켰을 때 섭정을 맡았던 황태자, 즉 훗날의 조지 4세를 말한다 — 옮긴이주)를 위해 지어진 게 분명해요. 여차하면 도망치기 위해서 말이죠."

"그러니까, 원목 소나무 가구를 사고 있는 모습을 남한테 들켰을 때라든가, 그런 말씀이지요." 아서가 말했다.

"아니요." 주인이 말했다. "절대 그런 이유는 아닙니다."

"그러려니 하세요." 아서가 말했다. "저는 지금 굉장히 행복하거든요."

"그렇군요."

그는 아스라한 기분으로 이리저리 헤매 다니다가 그린피스 사무실 바로 앞에 서 있는 자신을 발견했다. 그는 '해야 할 일 — 긴급!'이라고 써놓고 그 사이에 한 번도 열어보지 않은 파일의 내용을 기억해냈다. 그는 명랑한 미소를 띠고 발걸음도 씩씩하게 사무실로 들어가서 돌고래들을 해방시켜주는 데 쓰시라고 돈을 좀 갖고 왔다고 말했다.

"장난도 유분수지." 그들이 말했다. "꺼져요."

기대했던 반응과는 영 달라서, 아서는 한 번 더 말해보았다. 이번에는 그쪽에서 몹시 화를 냈다. 하지만 아서는 그냥 소정의 돈을 남겨두고 내리쬐는 햇살 속으로 다시 나왔다.

여섯 시가 지나자마자 그는 좁은 골목길에 있는 펜처치의 집으로 돌아갔다. 손에는 샴페인 한 병을 꼭 쥐고서.

"이거 좀 잡고 있어봐요." 그녀는 단단한 밧줄 하나를 그의 손에 쥐어 주더니, 까만 철봉에 상당히 튼튼한 자물쇠가 매달려 있는, 커다랗고 하얀 나무 문 뒤로 사라졌다.

그곳은 방치된 이즐링턴의 왕립 농업관 뒤쪽 좁은 산업도로변에 있는 마구간을 개조해서 만든 집이었다. 마구간 특유의 커다란 문 말고도 까만 돌고래 모양의 도어노커가 달려 있고 깔끔하게 마감한 목재 패널로 만든 정상적인 모양의 문도 하나 있었다. 이 문이 단 한 가지 해괴한 점은 계단이었다. 무려 구 피트 높이나 되었던 것이다. 이 문은 이 층, 그것도 상층부로 통하는 문이었고 원래는 배고픈 말들을 위해 건초를 끌어 올리는 데 쓰였기 때문이다.

낡은 도르래가 문 바로 위의 벽돌에서 툭 튀어나와 있었고, 아서가 붙잡고 있는 밧줄은 바로 여기에 걸쳐져 있었다. 밧줄 반대편 끝은 허공에 둥둥 떠 있는 첼로에 연결되어 있었다.

아서의 머리 위에서 문이 열렸다.

"됐어요." 펜처치가 말했다. "밧줄을 잡아당겨요. 첼로 흔들리지 않게 조심하고요. 첼로를 나한테 올려줘요."

아서는 밧줄을 잡아당겼다. 그리고 첼로가 흔들리지 않게 조심했다.

"내가 밧줄을 다시 잡아당기면, 아무래도 첼로가 떨어질 거 같은데요." 그가 말했다.

펜처치가 몸을 굽혔다.

"첼로는 내가 흔들리지 않게 붙들게요." 그녀가 말했다. "밧줄만 잡아당겨요."

첼로는 살짝 흔들리면서, 수월하게 문과 수평이 될 때까지 올라갔고, 펜처치는 그걸 끙끙거리며 집 안으로 끌어들였다.

"이제 올라오세요." 그녀가 아래를 내려다보며 소리쳤다.

아서는 선물 가방을 챙겨 들고, 마구간 문으로 들어갔다. 짜릿했다.

처음에 아서가 잠시 본 적이 있는 제일 아래층의 방은 상당히 꼬락서니가 험하고 쓰레기투성이였다. 커다란 주철 옷걸이가 있었고, 깜짝 놀랄 만큼 많은 부엌 개수대가 한쪽 구석에 쌓여 있었다. 그런가 하면 또 ―― 아서는 이걸 보고 잠시 소스라치게 놀랐다 ―― 유모차도 있었다. 하지만 아주 낡은 데다 (아이와는 달리 상황을 복잡하게 만들지 않는) 책들이 가득 들어 있었다.

바닥은 낡고 얼룩진 콘크리트로, 흥미진진하게 금이 가 있었다. 이것만 봐도 한쪽 귀퉁이에서 무너지기 일보 직전인 나무 층계를 걸어 올라가기 시작한 아서의 기분이 어땠는지 알 수 있겠다. 심지어 갈라진 콘크리트 바닥마저 못 견디게 육감적인 물건으로 보였으니까.

"건축가 친구가 하나 있는데, 이 집을 자기가 얼마나 근사하게 만들 수 있는지 모를 거라고, 입이 닳도록 얘기하곤 하죠." 펜처치는 아서가 마룻바닥에서 솟아 올라오는 동안 수다스럽게 떠들어댔다.

"계속 찾아와서, 넋을 잃고 바라보면서 공간이니 오브제니 이벤트니 근사한 빛의 질감이니 못 알아들을 소리를 중얼거리곤 해요. 그리고는 연필이 필요하다면서 몇 주일 동안 자취를 감추는 거예요. 그래서 아직까지는 근사한 일들이 일어나지 못하고 있어요."

아서는 주위를 둘러보면서, 사실 위층의 방은 어쨌든 그럭저럭 근사하다고 생각했다. 장식은 단순했고, 쿠션으로 만든 물건들이 가구 대신 자리잡고 있었으며, 스테레오 세트도 있었는데 거기 장착된 스피커들은 스톤헨지를 세운 친구들을 놀라 자빠지게 만들 만큼 거대했다.

창백한 꽃들도 있고 흥미로운 그림들도 있었다.

또 옥상의 여유 공간에는 갤러리 구조물 같은 게 있어서 속에 침대도 있고 목욕탕도 있었다. 펜처치는, 거기 욕조에다 실제로 고양이를 던져 넣을 수도 있다고 설명해주었다. "하지만, 상당히 참을성이 있어서 두개골에 좀 심각하게 금이 가도 개의치 않는 고양이라야 해요. 아, 이렇게 찾아오셨네요."

"그러게요."

그들은 한순간 서로를 바라보았다.

그 한순간은 더 긴 순간이 되었고, 느닷없이 아주 긴 순간이 되었다. 그러다 그 많은 시간이 다 어디서 오는지도 모를 정도로 길어져 버렸다.

보통 스위스 치즈 공장하고 단둘이 남아도 시간이 오래 지나면 자의식이 생기고 마는 아서에게, 이 순간은 놀라움의 연속이었다.

별안간 아서는, 동물원에서 태어나 자라는 바람에 쉽게 근육 뭉침에 시달리는 동물이 된 기분이었다. 어느 날 아침 깨어 보니 우리의 문이 소리 없이 열려 있고 눈앞에 회색과 분홍빛 사바나가 아득한 곳에서 솟아오르는 태양까지 뻗어 있는 것만 같았다. 주위에서는 끊임없이 새로운 소리들이 잠에서 깨어나고 있었다.

그는 놀라움을 감추지 않는 그녀의 얼굴과 똑같은 놀라움으로 미소를 짓고 있는 그녀의 눈동자를 들여다보며, 이 새로운 소리가 대체 뭘까 생각했다.

이제까지 그는 삶이 진짜 목소리를 가지고 자기한테 말을 건다는 사실을 깨닫지 못했었다. 그 목소리는 끊임없이 삶에 던지는 질문들에 대한 해답을 가져다주었다. 이제까지 그는 그 목소리를 의식적으로 감지하지도 못했고 특유의 말투를 알아듣지도 못했었다. 그런데 이제 비로소 그 목소리가 전에는 한 번도 해주지 않은 말을 그에게 속삭이고 있었다. 그것은, "그래"라는 말이었다.

펜처치는 살짝 고개를 흔들면서 마침내 시선을 떨구었다.

"이젠 알아요." 그녀가 말했다. "기억을 해둬야겠어요." 그녀는 다시 덧붙여 말했다. "당신은 종이 한 조각을 제대로 간직하지 못하고, 불과 이 분 만에 그걸로 복권에 당첨되는 사람이라는 걸 말이에요."

그녀는 돌아섰다.

"산책하러 가요." 그녀는 재빨리 말했다. "하이드 파크로요. 좀 덜 점잖은 옷으로 갈아입을게요."

그녀는 상당히 심각한 검은 드레스를 입고 있었는데, 그다지 맵시가 나는 옷도 아니었거니와 사실 어울리지도 않았다.

"우리 첼로 선생을 위해서 특별히 입어주는 옷이에요." 그녀가 말했다. "점잖은 아저씨긴 하지만, 가끔 그 활로 연주하고 어쩌고 하다 보면 좀 흥분을 하시는 거 같거든요. 아무튼 금방 내려갈게요."

그녀는 발걸음도 경쾌하게 이 층의 갤러리로 향하는 계단을 달려 올라가면서, 아래를 보고 외쳤다. "나중에 마시게 술병은 냉장고에 넣어두세요."

아서는 샴페인 병을 냉장고 문으로 밀어 넣다가, 거기 이미 자기가 들고 온 샴페인 병의 일란성 쌍둥이가 들어 있다는 걸 깨달았다. 둘이 냉장고 안에 나란히 누워 있으면 될 터였다.

그는 창문 쪽으로 걸어가서 바깥을 바라보았다. 그리고 돌아서서 그녀의 레코드들을 구경하기 시작했다. 머리 위에서 그녀의 드레스가 바닥에 떨어지면서 부스럭거리는 소리가 들려왔다. 그는 자기가 어떤 사람인지 스스로에게 말해주어야 했다. 아주 확고한 목소리로, 스스로에게 말했다. 지금 이 순간 두 눈은 아주 확고하게 흔들림 없이 레코드 측면에 고정하고, 제목을 읽고, 훌륭하다는 듯 고개를 끄덕거려야 하고, 그래도 안 되겠으면 레코드가 몇 장인지 세어야 한다고. 그리고 무슨 일이 있어도 고개를 꼭 숙이고 있을 작정이었다.

하지만 그는 철저하게, 궁극적으로, 그리고 참담하게 실패하고 말았다.

그녀가 어찌나 열심히 그를 내려다보고 있는지, 그가 올려다보고 있다는 사실조차 잘 모르는 것 같아 보였던 것이다. 그러다 느닷없이 그녀는 고개를 절레절레 젓더니, 가벼운 선드레스를 몸에 걸치고 재빨리 목욕탕으로 사라졌다.

그녀는 잠시 후, 챙이 넓은 모자를 쓰고 만면에 미소를 띤 모습으로 나타났다. 그리고 기가 막히게 가벼운 발걸음으로 층계를 팔짝거리며 뛰어 내려왔다. 그녀 특유의 묘하게 춤추는 듯한 동작이었다. 그녀는 그가 알아차렸다는 걸 깨닫고 고개를 살짝 모로 꼬았다.

"마음에 들어요?" 그녀가 말했다.

"정말 아름다워요." 그는 소박하게 그렇게 말했다. 정말 아름다웠던 것이다.

"으으으음." 그녀는 마치 그가 자기 질문에 제대로 답하지 않았다는 듯이 말했다.

그녀는 내내 열려 있던 위층의 앞문을 닫고, 작은 방이 한동안 혼자 내버려두어도 될 만한 상태인지 살펴보는 듯이 둘러보았다. 아서의 눈길은 그녀의 눈을 따라 방을 둘러보았는데, 그가 잠시 다른 쪽을 보고 있는 사이 그녀는 서랍에서 뭔가를 꺼내 들고 있던 천가방에 슬쩍 넣었다.

아서는 다시 그녀 쪽을 바라보았다.

"이제 준비 됐어요?"

"알고 있었던 거예요?" 그녀는 약간 어리둥절한 미소를 띠고 말했다. "내가 좀 문제가 있다는 걸?"

그녀의 솔직함에 아서는 미처 마음의 준비도 못한 채 당황하고 말았다.

"글쎄요." 그가 말했다. "그냥 대충 어디서 들었……."

"나에 대해서 정말 얼마나 알고 계시는 건지 궁금하네요." 그녀가 말했다. "내가 생각하는 사람한테서 들은 얘기라면, 그건 사실이 아니에요. 러셀 오빠는 사실을 감당할 수 없어서, 아무 얘기나 꾸며내곤 하거든요."

근심이 찌르는 듯한 통증처럼 아서를 스쳤다.

"그럼 사실은 어떻게 된 거죠?" 아서가 말했다. "얘기해줄 수 있나요?"

"걱정 말아요." 그녀가 말했다. "나쁜 건 아니에요. 그냥 흔치 않을 뿐이지. 아주아주 흔치 않은 일이거든요."

그녀는 아서의 손을 만지더니, 앞으로 몸을 굽혀 짧게 키스를 했다.

"정말 궁금한데요." 그녀가 말했다. "오늘 저녁에 당신이 사실을 알아낼지, 아니면 못 알아낼지 말이에요."

아서는 누군가 이 순간 자기를 톡 건드리면 쨍, 하고 울릴 것만 같은 기분이 되어버렸다. 손톱으로 톡 쳤을 때 그의 회색 어항이 그랬듯이 깊은 소리로 오래오래 공명하며 짤랑거릴 것만 같았다.

19

포드 프리펙트는 충격 소리 때문에 계속 잠이 깨는 바람에 잔뜩 짜증이 나 있었다.

그는 정비실 해치웨이에서 빠져나왔다. 포드는 주변의 시끄러운 기계들을 작동 불능으로 만들고 수건으로 꽉꽉 막아서 그곳을 간이 숙소로 쓰고 있었다. 그는 사다리를 타고 내려가서 우울하게 복도를 어슬렁거렸다. 복도는 숨 막히게 갑갑하고 조명도 어둡침침했다. 그리고 그나마 있는 빛도 전류가 우주선 이쪽 저쪽으로 흘러다닐 때마다 계속 깜박거리거나 어두워지곤 했다. 전류가 지나 다닐 때마다 심한 진동이 발생했고 쉿소리가 섞인 웅웅거리는 소음이 났다.

하지만 문제는 그 소리가 아니었다.

그가 잠시 발걸음을 멈추고 벽에 등을 대고 비키자, 작은 은색 전동 드릴 같은 물건이 어두침침한 복도를 따라 귀가 찢어질 듯 고약한 쉿소리를 내며 바로 곁을 스쳐갔다.

하지만 그 소리도 아니었다.

그는 열없이 머리 위쪽에 있는 문을 통해 기어 올라갔고, 그러자 더 큰 복도가 나타났다. 하지만 여전히 조명 상태는 엉망이었다.

우주선이 느닷없이 한쪽으로 기울어졌다. 이런 일은 한두 번이 아니었지만, 이번에는 정도가 좀 심했다. 소규모 로봇 분대가 끔찍하게 철컹거리며 지나갔다.

하지만 역시 그 소리가 아니었다.

코를 찌르는 독한 연기가 복도 한쪽 끝에서 퍼져 나와서, 그는 반대 방향으로 걸어갔다.

그는 강화 유리(하지만 그래도 심하게 표면이 긁혀 있었다) 뒤편의 벽에 일렬로 붙어 있는 감시 모니터들을 지나쳤다.

모니터 하나에서는, 무시무시한 녹색 비늘이 달린 파충류 같은 생물체가 단일 전송 투표 체제에 대해 격렬하게 분통을 터뜨리며 욕설을 퍼붓고 있는 모습이 보였다. 찬성인지 반대인지는 알 수 없었지만, 굉장히 감정이 격해 있는 건 확실해 보였다. 포드는 소리를 껐다.

하지만, 그 소리도 아니었다.

그는 또 다른 감시 모니터 앞을 지나쳤다. 화면에서는 무슨 치약 광고를 하고 있었는데, 그 치약을 사용하면 아주 자유로운 기분이 되는 게 틀림없었다. 아주 고약한 배경 음악이 빵빵 울리고 있었다.

그 소리도 아니었다.

그는 또 다른, 훨씬 커다란 삼차원 스크린 앞에 섰다. 스크린은 거대한 은빛 작시스 전함의 외부를 모니터하고 있었다.

포드가 바라보고 있는 사이, 스크린에는 무시무시하게 무장한 수천 대의 지르슬라 로봇 항성 비행체들이, 작시스 항성의 눈이 멀 듯한 빛에 가려 시커멓게 그늘진 달의 캄캄한 어둠 속에서 무서운 기세로 뛰쳐나오는 모습이 나타났다. 그리고 우주선은 선체에 뚫린 모든 구멍에서 불가해한 파괴력을 지닌 사악한 광선들을 한꺼번에 발사했다.

바로 이 소리였다.

포드는 짜증스럽게 고개를 절레절레 흔들고는 눈을 비볐다. 그는 맥빠진 은빛 로봇의 처참한 잔해 위에 쭈그리고 앉았다. 방금 전까지 불타고 있었던 게 틀림없었지만, 지금은 그럭저럭 식어서 앉을 만했다.

그는 하품을 하고는《은하수를 위한 히치하이커를 위한 안내서》를 가방에서 꺼내 들었다. 스크린을 작동시키고는, 하릴없이 삼 급 항목들과 사 급 항목 몇 가지를 이것저것 훑어보았다. 훌륭한 불면증 치료법이 있는지 찾아보는 중이었다. 그는 '휴식'을 찾았다. 포드는 이거야말로 지금 꼭 필요한 거라고 생각했다. '휴식과 회복'을 찾고 다음으로 넘어가려는 순간, 훨씬 좋은 생각이 떠올랐다. 그는 모니터 스크린을 올려다보았다. 전투는 일 초가 다르게 격렬해지고 있었고, 소음은 말도 못하게 끔찍했다. 우주선은 엄청난 에너지 덩어리의 타격을 보내거나 받을 때마다, 격하게 흔들리고 끽끽 소리를 내고 심하게 기울어지곤 했다.

그는 다시 《안내서》를 내려다보고 몇 군데 가능성이 있는 장소들을 뒤적여보았다. 그러다 그는 느닷없이 너털웃음을 터뜨리더니, 다시 가방 속을 샅샅이 뒤지기 시작했다.

그는 작은 메모리 보관 모듈을 꺼내 먼지와 과자 부스러기를 털어내고 《안내서》 뒤쪽의 인터페이스에 꽂았다.

생각나는 모든 관련 정보들이 모듈 속에 보관되자, 그는 모듈을 다시 떼어내어 가볍게 손바닥으로 던졌다 받은 후, 《안내서》를 가방 속에 챙겨 넣고, 짓궂게 씩 웃더니 우주선의 컴퓨터 데이터 뱅크를 찾아 나섰다.

20

"여름만 되면, 저녁 때, 특히 공원에서 태양빛이 그렇게 낮게 깔리는 이유는……." 열띤 목소리 하나가 설명을 하고 있었다. "여자애들의 젖가슴이 위아래로 흔들리는 걸 육안으로 훨씬 선명하게 볼 수 있도록 하기 위해서라고. 나는 이게 바로 진실이라고 믿어 의심치 않아."

아서와 펜처치는 지나치면서 이 소리를 듣고 자기네들끼리 낄낄거리고 웃었다. 한순간 그녀는 아서를 더 꽉 안아주었다.

"그리고 또 내가 확신하고 있는 사실이 있는데……." 얇고 긴 코에 파슬파슬한 생강 빛 머리카락을 한 청년은 서펀틴 연못가에 놓여 있는 접의자에 길게 누워서 열변을 토하고 있었다. "이 논지를 끝까지 밀고 나가면, 다윈이 옳았다는 사실이 만물 속에서 아주 자연스럽고도 논리적으로 흘러나온다는 사실을 알게 되지." 그는 바로 옆의 접의자에 누워 여드름 때문에 우울해하고 있는, 가느다란 검은 머리카락의 친구한테 계속 우기고 있었다. "다윈이 옳았다고. 이건 확실해. 반박할 수 없는 진실이야. 그리고……." 그는 이렇게 덧붙였다. "난 그게 정말 마음에 들어."

그 녀석이 고개를 홱 돌리더니 안경 너머로 펜처치를 흘끔흘끔 곁눈질했다. 아서는 녀석이 볼 수 없는 쪽으로 펜처치를 돌려 세웠다.

"한 번 더 맞혀봐요." 그녀는 킬킬거리는 웃음을 그치자마자 이렇게 말했다. "어서요."

"좋아요." 그가 말했다. "팔꿈치요. 왼쪽 팔꿈치. 왼쪽 팔꿈치 어디가 잘못된 거예요."

"이번에도 틀렸어요." 그녀가 말했다. "완전히 틀렸다니까요. 지금 전혀 엉뚱한 방향으로 가고 있어요."

여름의 태양이 공원의 나무 사이로 저무는 건 마치…… 괜히 말을 빙빙 돌리지 말자. 하이드 파크는 눈부시게 아름답다. 월요일 아침의 쓰레기 더미만 빼면 하이드 파크의 모든 것이 눈부시게 아름답다. 심지어 오리들도 눈부시게 아름답다. 여름날 저녁 하이드 파크를 지나치면서 그 아름다움에 감동을 받지 않는 건, 십중팔구 얼굴 위에 시트를 뒤집어쓰고 구급차에 누운 채로 지나가는 사람밖에 없을 거다.

하이드 파크는 사람들이 다른 데서는 절대 하지 않는 희한한 짓을 잘 하는 공원이다. 아서와 펜처치는 나무 밑에서 반바지를 입고 혼자 백파이프 연습을 하는 사람을 발견했다. 연주자는 백파이프 상자에다 어정쩡하게 동전을 넣어주려는 미국인 부부를 쫓아버리려고 잠시 연주를 쉬고 있었다.

"싫어요!" 그는 그들에게 소리를 쳤다. "어서 꺼져요! 나는 그냥 연습을 하는 거란 말이오!"

그는 단호하게 백에 다시 공기를 불어 넣기 시작했는데, 심지어 그 끔찍한 소음마저도 아서와 펜처치의 기분을 망칠 수는 없었다.

아서는 두 팔로 그녀를 감싸 안고, 천천히 두 손을 아래쪽으로 내렸다.

"엉덩이는 아닌 것 같은데요." 그는 한참 후에 말했다. "그 부분에는 잘못된 데가 전혀 없는 것 같아요."

"그래요." 그녀가 동의했다. "내 엉덩이에는 잘못된 구석이 전혀 없죠."

그들이 하도 오랫동안 키스를 하는 바람에, 결국 백파이프 연주자는 자기가 나무 반대편으로 가서 연습을 하기로 했다.

"얘기 하나 해줄까요." 아서가 말했다.

"좋아요."

그들은 서로 몸을 포개다시피 하고 누워 있는 연인들이 상대적으로 적은 잔디밭을 찾아 앉아서 눈부시게 아름다운 오리들과, 눈부시게 아름다운 오리들 아래로 흐르며 물결치는 나지막한 햇살을 바라보았다.

"얘기해준다면서요." 펜처치가 아서의 팔을 꼭 껴안으며 말했다.

"내가 어떤 일들을 당하고 다니는 사람인지를 적나라하게 말해주는 얘기죠. 완벽한 사실이에요."

"실화란 말이군요."

"가끔 사람들이 아내의 사촌의 단짝 친구한테 일어난 일이라면서 해주는 얘기들 있잖아요……. 하지만 중간쯤 가서는 꾸며낸 얘기가 되어버리는 얘기들 말이에요. 이 얘기도 그런 거 비슷해요. 한 가지 다른 건 실제로 일어났던 일이라는 거죠. 이 일이 실제로 일어났다는 건 내가 잘 아는데, 그건 이 일을 당한 사람이 바로 나이기 때문이에요."

"복권 당첨처럼 말이지요."

아서가 웃음을 터뜨렸다. "그래요. 나는 기차를 타야 했어요. 역에 도착했는데……."

"내가 그 얘기 해줬어요?" 펜처치가 말을 끊었다. "기차역에서 우리 부모님한테 무슨 일이 있었는지?"

"네." 아서가 말했다. "그 얘기 들었어요."

"혹시 못 들었나 해서 물어봤어요."

아서는 시계를 흘낏 보았다. "돌아갈 생각을 해도 되겠는데요."

"그 얘기 해줘요." 펜처치가 단호하게 말했다. "기차역에 도착했는데요?"

"한 이십 분쯤 일찍 온 거예요. 기차 시간을 잘못 안 거죠. 아니면 또 한 가지 그럴싸한 가능성이 있는데……." 그는 잠시 생각한 뒤 이렇게 덧붙였다. "영국 철도 공사가 기차 시간을 잘못 알았을 수도 있어요. 거 참, 그 생각은 미처 못해봤네요."

"하던 얘기나 계속 해요." 펜처치가 깔깔 웃었다.

"그래서 신문을 하나 샀죠. 크로스워드 퍼즐을 풀려고요. 그리고 커피를 사려고 뷔페로 갔어요."

"크로스워드 퍼즐을 풀어요?"

"네."

"어느 거요?"

"주로 《가디언》지에 나오는 걸 해요."

"그쪽은 너무 귀여운 척하던데. 저는 《타임스》 쪽이 더 좋아요. 그거 다 풀었어요?"

"뭘요?"

"《가디언》지의 크로스워드 퍼즐요."

"아직 그걸 들여다볼 겨를도 없었는걸요." 아서가 말했다. "막 커피를 한 잔 사려고 하는 참이거든요."

"좋아요. 그럼 어서 커피를 사세요."

"나는 커피를 살 거예요. 그리고 또……." 아서가 말했다. "비스킷도 좀 사요."

"어떤 종류요?"

"리치 티 비스킷이에요."

"훌륭한 선택이에요."

"그걸 좋아해요. 이렇게 새로 산 물건들을 다 들고, 나는 테이블에 가서 앉아요. 테이블이 어땠는지는 묻지 말아요. 상당히 오래된 얘기라서 잘 기억이 안 나니까. 아마 동그란 테이블이었을 거예요."

"알았어요."

"대충 묘사를 해볼게요. 나는 테이블에 앉아 있고 내 왼쪽에는 신문이 있어요. 오른쪽에는 커피 한 잔이 있고요. 그리고 테이블 중간에 비스킷 봉지가 있어요."

"눈에 선해요."

"아직 안 보이는 게 있는데, 그건 내가 아직 그 사람 얘기를 안 해서 그래요." 아서가 말했다. "벌써 테이블 저쪽에 자리를 잡은 남자가 있어요. 그 사람은 맞은편에 앉아 있어요."

"어떻게 생겼어요?"

"몹시 평범해요. 서류 가방에. 양복을 입고. 괴상한 짓 같은 건 전혀 안 할 사람으로 보여요."

"아. 그런 부류 알아요. 그런데 무슨 짓을 했어요?"

"이런 짓을 했어요. 테이블 쪽으로 몸을 굽히더니, 비스킷 봉지를 집어 들고는, 쫙 찢어서, 비스킷을 하나 꺼내……."

"뭐라고요?"

"먹었어요."

"뭐예요?"

"먹었다고요."

펜처치는 경악해서 그를 바라보았다. "그래서 대체 어떻게 했어요?"

"글쎄요, 그런 상황에서 혈기 왕성한 영국 사람이 할 만한 행동을 했어요. 어쩔 수 없이……." 아서가 말했다. "못 본 척했죠."

"뭐라고요? 왜요?"

"글쎄요, 이런 일은 훈련받은 적이 없잖아요. 안 그래요? 내 영혼을 탐색해봤지만, 내가 받은 가정교육이나 경험이나 심지어 본능조차 내 앞에 앉은 사람이 아주 당당하고 차분하게 내 비스킷을 훔쳐 먹으면 어떤 식으로 반응해야 하는지 말해줄 수 없다는 걸 깨달았을 뿐이에요."

"글쎄요……. 그럴 때는……." 펜처치는 잠시 생각에 잠겼다. "저도 어떻게 해야 할지 잘 모르겠네요. 그래서 어떻게 됐어요?"

"매섭게 크로스워드 퍼즐을 째려봤어요." 아서가 말했다. "한 문제도 못 풀고, 커피를 한 모금 마셔봤는데, 아직 너무 뜨거워서 마실 수가 없었어요. 그래서 할 일이 없는 거예요. 나는 각오를 단단히 하고, 봉지가……." 아서는 덧붙였다. "나로서는 도저히 알 수 없는 이유로 이미 뜯겨 있다는 걸 전혀 눈치 못 챈 척하면서 몹시 애쓰면서 비스킷 한 조각을 집어 들었죠."

"하지만 맞서 싸운 셈이군요. 터프하게."

"저 나름대로는, 맞아요, 그랬어요. 비스킷을 먹었죠. 아주 고의적으로 눈에 띄게 먹었어요. 내가 지금 뭘 하는지 남자한테 확실하게 과시하려고요. 비스킷을 일단 먹고 나면 되돌릴 길이 없잖아요."

"그랬더니요?"

"비스킷을 또 한 개 집어 먹더라고요. 거짓말 안 보태고……." 아서가 장담했다. "이건 정확한 실화예요. 비스킷을 또 하나 집어서 먹더라니까요. 환한 대낮처럼 분명한 사실이에요. 우리가 이 땅 위에 엉덩이 딱 붙이고 앉아 있는 것처럼 확실하다고요."

펜처치가 불편한 듯 몸을 들썩거렸다.

"그런데 문제가 뭐냐 하면……." 아서가 말했다. "처음에 아무 말도 하지 않았기 때문에, 두 번째에 그 주제를 꺼내기가 더 어려워진 거였어요. 뭐라고 하겠어요? '실례지만 ……제가 도저히 못 본 척 지나칠 수가 없어서……어…….' 이래서야 되겠어요. 그래서 오히려 처음보다 더 열심히 묵살했어요."

"아니 저런……."

"다시 크로스워드 퍼즐을 노려봤는데, 한 문제도 풀리질 않는 거예요. 그래서 헨리 5세가 성 크리스핀의 날에 과시했던 정신을 발휘해서……."

"뭐라고요?"

"다시 한번 공격을 감행했죠." 아서가 말했다. "나도 비스킷을 하나 더 집어 들었어요. 그리고 한순간 우리 눈길이 마주쳤어요."

"이렇게요?"

"그래요. 글쎄요……아니, 아니 꼭 그렇게는 아니고요. 하지만 어쨌든 마주쳤지요. 아주 잠깐이었어요. 그리고 우리는 둘 다 눈길을 돌렸지요. 하지만 정말이지……." 아서가 말했다. "공기에 찌릿하고 전류가 흘렀어요. 테이블 너머로 팽팽한 긴장감이 조성되었던 거죠. 대략 이번처럼 말이죠."

"상상이 가요."

"우리는 이런 식으로 비스킷 한 봉지를 다 먹었어요. 그 사람, 나,

그 사람, 나…….”

“한 봉지를 다요?”

“글쎄, 비스킷이 겨우 여덟 개밖에 안 들어 있더라고요. 하지만 그때는 꼭 일평생 먹을 비스킷을 한 번에 다 먹는 기분이었어요. 검투사들이라도 그렇게 터프한 상황은 별로 못 봤을걸요.”

“검투사들은…….” 펜처치가 말했다. “양지에서 싸우잖아요. 육체적으로 더 힘들죠.”

“그건 그렇다 치죠 뭐. 아무튼요. 빈 봉지가 처참하게 우리 둘 사이에 널브러지자, 그 남자가 마침내 일어났어요. 최악의 행동을 하고 나서, 떠나버린 거죠. 나야 물론 안도의 한숨을 쉬었고요.

그런데, 내가 탈 기차가 잠시 후 떠날 시간이 된 거예요. 그래서 나도 커피를 마저 마시고 일어나서 신문을 집어 들었죠. 그런데 신문 밑에 글쎄…….”

“네?”

“내 비스킷이 있는 거예요.”

“뭐라고요?” 펜처치가 말했다. “뭐예요?”

“사실이에요.”

“설마!” 그녀는 헉, 하고 숨을 몰아쉬더니 깔깔 웃으며 등 뒤의 잔디밭 위로 나둥그러졌다.

그녀는 다시 일어나 앉았다.

“이런 천하의 바보 천치.” 그녀가 야유했다. “당신 정말 완전히, 속속들이 멍청한 사람이군요.”

그녀는 그를 뒤로 밀어젖히더니, 몸을 굴려 그의 몸 위로 올라와 키스를 하고는 다시 몸을 굴려서 떨어졌다. 아서는 그녀가 너무나 가벼워서 놀라버렸다.

"이제 당신도 얘기 하나 해줘요."

"돌아가고 싶어서……." 일부러 목소리를 깔아 거친 목소리로 그녀가 말했다. "안달이 나신 줄 알았는데요."

"서두를 거 없죠." 아서가 젠체하며 말했다. "당신이 얘기를 해주면 좋겠어요."

그녀는 호수 너머를 지그시 바라보며 생각에 잠겼다.

"좋아요." 그녀가 말했다. "그냥 짧은 얘기예요. 그리고 당신 얘기처럼 웃기지는 않지만……. 아무튼요."

그녀는 아래를 내려다보았다. 아서는 지금이 바로 그런 순간이라는 걸 느낄 수 있었다. 주위를 에워싼 공기가 꼼짝도 않고 가만히 서서 기다리는 순간. 아서는 공기가 어디론가 꺼져버리고 남의 일에 참견하지 않았으면 좋겠다고 생각했다.

"내가 어렸을 때 말이죠……." 그녀가 말했다. "이런 유의 얘기들은 처음에 다 이렇게 시작하지 않아요? '내가 어렸을 때……'라고. 아무튼요. 지금은 여자가 '내가 어렸을 때……'라는 말을 하면서 마음에 담아뒀던 얘기를 하는 대목이에요. 우리가 이제 그 대목에 온 거죠. 아무튼 내가 어렸을 때 침대 발치에 그림이 하나 걸려 있었어요……. 지금까지 얘기 어때요?"

"좋아요. 잘 진행되고 있어요. 침실 얘기를 아주 훌륭하게 빨리 꺼냈는걸요. 우리 그림 쪽 얘기를 좀 발전시켜보도록 할까요?"

"아이들이 원래 좋아하는 줄 알지만 ……." 그녀가 말했다. "사실은 싫어하는 그런 그림이었어요. 다정한 작은 동물들이 다정한 일을 하는 ……. 왜 알죠?"

"알아요. 나도 말도 못하게 시달렸어요. 양복 입은 토끼들하고……."

"바로 그거예요. 이 토끼들은 뗏목을 타고 있었어요. 각양각색의 쥐와 부엉이도 있었죠. 아마 사슴도 있었을지 몰라요."

"뗏목 위에요."

"뗏목을 타고 있었죠. 그리고 남자애 하나가 뗏목 위에 앉아 있었어요."

"양복 상의를 입은 토끼와 부엉이와 사슴 사이에요."

"정확히 그랬어요. 명랑한 집시 같은 부랑아 스타일의 남자애였죠."

"으."

"저는 그 그림을 보면 걱정이 됐어요. 뗏목 앞에서 수달이 한 마리 헤엄치고 있었는데, 밤이면 잠 못 들고 이 수달이 뗏목을 어떻게 끄나 걱정을 했던 거예요. 뗏목 위에 있어서는 안 될 딱한 동물들이 저렇게 많이 탔는데, 게다가 수달의 꼬리는 너무 가늘고 약해서, 뗏목을 내내 끌고 있으면 너무 아플 것 같았어요. 걱정스러웠죠. 심각하게 걱정한 건 아니지만, 늘 막연하게 신경이 쓰였어요.

그런데 어느 날 ── 제가 몇 년 동안 이 그림을 밤마다 들여다봤다는 사실을 꼭 명심하세요 ── 뗏목에 돛이 달렸다는 사실을 느닷없이 알아차린 거예요. 전에는 한 번도 본 적이 없었어요. 수달은 걱정하지 않아도 되었어요. 그냥 혼자 떠가고 있었으니까요."

그녀는 어깨를 으쓱했다.

"재밌는 얘기였어요?" 그녀가 말했다.

"끝이 좀 약해요." 아서가 말했다. "듣는 사람들로 하여금 머리를 쥐어뜯으며 '그래서 어쨌다는 거야?'를 외치게 만들거든요. 거기까지는 아주 좋았는데, 마지막 자막이 올라가기 전에 최후의 일격을 가할 필요가 있어요."

펜처치는 웃음을 터뜨리곤 자기 무릎을 껴안았다.

"그냥 갑자기 눈앞이 밝아지는 듯한 그런 깨달음이었어요. 거의 눈치 채지 못하고 걱정한 수년 세월이 순식간에 씻겨 나가는 거죠. 무거운 짐을 벗어 던진다든가, 흑백이 컬러로 변한다거나, 마른 나뭇가지에 갑자기 물을 주는 것처럼. 시각이 돌연 바뀌면 이제 '걱정 근심은 치워버려요, 세상은 선하고 완벽한 곳이랍니다. 사실 아주 쉬운 일이에요'라는 소리가 들려요. 아마 당신은 내가 이런 얘기를 하는 이유가, 오늘 오후에 바로 그런 기분이 들었기 때문이라든가 뭐 그런 비슷한 말을 하기 위해서일 뿐이라고 생각하겠죠?"

"글쎄요, 나는……." 아서가 말했다. 이때까지 유지했던 침착함이 산산조각 나고 말았다.

"괜찮아요. 네……." 그녀가 말했다. "정말 그랬어요. 바로 그런 느낌을 받았어요. 하지만 전에도 그런 느낌을 받은 적이 있어요. 훨씬 더 강렬하게. 믿을 수 없을 정도로 강렬하게 말이에요. 안타깝게도 저는…….” 그녀는 저 멀리 아득한 곳을 아련하게 바라보며 말했다. “갑자기 깜짝 놀랄 만한 계시를 많이 받는, 그런 사람인가 봐요.”

아서는 당혹스러웠고, 말을 제대로 할 수 없었으며, 어쨌든 지금은 말하려고 애쓰지도 않는 게 좋겠다고 생각했다.

“굉장히 이상한 일이었어요.” 뒤쫓아 가던 이집트 사람들 중 한 명이, 모세가 지팡이를 휘둘렀을 때 일어난 홍해의 변화는 좀 이상한 편이었다고 말하는 듯한 말투였다.

“아주 이상했어요.” 그녀가 다시 한번 말했다. “왜냐하면 그 일이 있기 며칠 전부터, 희한한 기분이 차츰차츰 마음속에 강렬하게 쌓이고 있었거든요. 마치 아기라도 낳을 것처럼 말이에요. 아니, 실제로 그랬다는 게 아니라 내가 무언가와 부분 부분끼리 연결되고 있는 듯한……아니, 그것도 아니고, 마치 나를 통해서 지구 전체가…….”

“혹시, 42라는 숫자를 들으면 뭐 생각나는 거 없어요?” 아서가 부드럽게 말했다.

“뭐라고요? 아니요. 무슨 말씀이세요?” 펜처치가 놀라서 외쳤다.

“아니, 그냥 해본 생각이에요.” 아서가 웅얼거렸다.

“아서, 나는 진심이에요. 이건 저한테 엄연한 현실이라고요. 심각한 얘기예요.”

“나도 진심으로 심각하게 한 말이에요.” 아서가 말했다. “그저,

우주라는 건 알다가도 모르겠단 말이지요."

"그건 또 무슨 소리예요?"

"나머지 얘기를 해봐요." 그가 말했다. "이상하게 들릴까 봐 염려하지 말고요. 내 말을 믿어요. 지금 당신 앞에 있는 사람은 정말……." 그가 덧붙였다. "별별 희한한 걸 다 본 사람이니까. 비스킷 얘기가 아니에요."

그녀는 고개를 끄덕거렸다. 그의 말을 믿어주는 눈치였다. 별안간 그녀는 아서의 팔을 꼭 붙잡았다.

"정말 너무 간단했어요." 그녀가 말했다. "내가 이젠 더 이상 알지 못하는 그 진실은……그리고 그 상실감은 견딜 수가 없어요. 다시 생각해내려 하면, 여기 저기 끊어지고 기억이 깜박거려요. 너무 심하게 애를 쓰면, 간신히 홍차까지는 기억나지만 그 다음에는 의식을 잃고 말아요."

"뭐예요?"

"그러니까, 당신 얘기처럼……." 그녀가 말했다. "제일 재밌는 사건은 카페에서 일어났어요. 홍차를 한 잔 마시면서 카페에 앉아 있었지요. 아까 얘기했던, 연결되는 듯한 감정이 축적되기 시작한 지 며칠째 되는 날이었어요. 내 몸이 부드럽게 웅웅거렸던 거 같아요. 그리고 카페 맞은편 건축 현장에서는 공사가 진행되고 있었어요. 전 찻잔 테두리 너머 유리창을 통해서 그쪽을 바라보고 있었지요. 다른 사람들이 일하는 걸 훔쳐볼 때는, 그게 제일 좋은 방법이잖아요. 그런데 별안간, 내 마음속에, 어딘가에서 보내온 메시지가 떠오른 거예요. 그건 너무나 간단했어요. 세상 모든 것에 의미를 부여하는 메시지였어요. 저는 벌떡 일어나 앉아서 생각했죠. '오! 오, 그래, 그러면 되겠구나.' 너무나 깜짝 놀란 나머지 들고 있던 찻잔을 떨어뜨릴 뻔했어요. 아마 정말로 떨어뜨렸는지도 몰라요. 맞아요." 그녀는 사려 깊게 덧붙여 말했다. "떨어뜨린 게 분명해요. 지금까지 얼마나 말이 되나요?"

"찻잔 얘기까지는 좋았어요."

그녀는 고개를 가로젓더니, 다시 가로저었다. 마치 머릿속에서 무슨 생각을 털어버리려는 것만 같았는데, 실제로 그게 지금 그녀가 하려고 애쓰는 일이었다.

"그래요, 정말 그래요." 그녀가 말했다. "찻잔까지는 좋았어요. 바로 그 시점에서, 내가 보기에는 전 세계의 대폭발 같은 일이 일어났거든요."

"뭐…… 라고요?"

"미친 소리라는 건 알아요. 모두들 그건 환각이었다고 하고…….
하지만 그게 환각이면, 나는 십육 트랙 돌비 사운드에 삼치원 입체 대형 화면으로 환각을 보는 사람이게요. 상어 영화 보는 데 질린 사람들한테 나를 대여라도 해줘야 할까 봐요. 그건 마치 땅이 말 그대로 발밑에서 찢겨 나가는 듯한 …… 그리고…… 그리고 ……."

그녀는 다시 확인이라도 해보려는 것처럼 잔디밭을 톡톡 가볍게 두들기고는, 하려던 얘기는 안 하는 편이 좋겠다고 생각하고 다른 얘기를 하기로 마음을 바꾼 눈치였다.

"그리고는 병원에서 깨어났어요. 그 후로 병원을 들락날락한 것 같아요. 그래서 모든 게 이제 좋아질 거라는 갑작스러운 계시 같은 걸 받으면, 본능적으로 불안해지는 거죠." 그녀는 그를 올려다보았다.

아서는 고향 행성으로의 귀환에 수반된 수많은 부조리에 대해 그냥 걱정하지 않기로 작정했었다. 아니, 전부 챙겨서 '생각해봐야 할 일—긴급!'이라고 표시된 마음의 한 부분에다 모조리 집어 넣어버렸다. 그는 스스로에게 이렇게 타일렀다. "여기에 세계가 있어. 여기에, 이유야 어떻든 간에 이 세상이 있어. 사라지지 않고 머물러 있다고. 그리고 나도 그 속에 살고 있단 말이야." 하지만 이제 세상은 그날 밤 자동차 안에서 펜처치의 오빠에게 저수지에서 발견된 CIA 요원 얘기를 들었을 때처럼, 아른아른해지고 있었다. 프랑스 대사관도 아른아른했다. 셰라톤 타워 호텔과 아부다비 은행도 아른아른했다. 나무들도 아른거렸다. 호수도 아른아른해졌지만, 이건 자연스러운 일이었고 전혀 걱정할 게 없는 일이었다. 회색 오리들이 방금 호수 표면에 내려앉았던 것이다. 오리들은 한가로운 시간을 느긋하게 만끽하고 있었고, 질문을 찾아내야 하는 궁극의 해답을 갖고 있지도 않았다.

"어쨌든요." 펜처치는 갑자기 눈을 커다랗게 뜨고 미소를 지으며 밝게 말했다. "아무튼 내 몸은 좀 이상한 데가 있어요. 그리고 당신은 그게 뭔지 알아내야만 해요. 우리 집으로 가요."

아서는 고개를 저었다.

"뭐가 잘못됐어요?" 그녀가 말했다.

아서가 고개를 저은 건, 그녀의 제안에 이의를 제기하려는 게 아니었다. 그 제안은 정말 훌륭했고, 아서가 보기에는 세상에서 가장 훌륭한 제안이라 해도 과언이 아니었으니까. 아서가 고개를 저은 건, 계속해서 마음속에 떠오르는 광경에서 잠깐만이라도 해방되고 싶었기 때문이다. 그는 전혀 예기치 못한 순간에, 문 뒤에 숨어 있던 우주가 튀어나와서 '우와' 하고 그를 놀라게 할 것만 같아 불안하기만 했다.

"이 부분을 좀 확실히 이해하고 넘어가려는 것……뿐이에요." 아서가 말했다. "지금 지구가 실제로……폭발하는 걸 느꼈다고……말했죠."

"그래요. 느낀 정도가 아니에요."

"그런데 다른 사람들은 다……." 아서는 주저하며 말했다. "환각이라고 한단 말이죠?"

"그래요. 하지만 아서, 그건 말도 안 돼요. 사람들은 '환각'이라고 말만 하면, 그게 뭐든 해명하고 싶은 모든 문제들을 해명할 수 있다고 생각해요. 끝내 이해 못할 문제가 있으면, 결국은 사라질 거라고 생각하고요. 그건 그저 단어에 불과해요. 아무것도 해명하지 못한다고요. 돌고래들이 왜 다 사라져버렸는지 설명해주지도 못하잖아요."

"그럼." 아서가 덧붙여 말했다. "그럴 리가." 그는 다시 사려 깊게 덧붙였다. "전혀 못하죠." 그는 다시, 전보다 더 지적이고 생각이 깊어 보이는 말투로 말했다. "뭐라고요?" 결국 또 말해버렸다.

"돌고래들이 사라져버린 걸 설명하지 못한다고요."

"아니." 아서가 말했다. "그건 알겠어요. 어느 돌고래들 말이죠?"

"어느 돌고래냐니 그게 무슨 말이에요? 세상의 모든 돌고래들이 사라져버린 얘기를 하는 거예요."

그녀가 그의 무릎에 손을 댔는데, 바로 그 덕분에 아서는 척추 위 아래로 올라갔다 내려갔다 하고 있는 이 짜릿한 느낌이 등을 보드랍게 어루만지는 그녀의 손길이 아니라, 사람들의 설명을 들을 때마다 느끼는 고약하게 소름끼치는 불안감이라는 사실을 깨달았다.

"사라졌어요?"

"그래요."

"돌고래들이?"

"네."

"돌고래들이 전부 사라졌다고요?" 아서가 말했다.

"그래요."

"그 돌고래들 말이에요? 그러니까 돌고래들이 다 없어졌어요? 이거……." 아서가 이 점은 철두철미하게 확실히 해두려고 애쓰면서 다시 말했다. "대체 무슨 말을 하고 있는 거예요?"

"아서, 대체, 그동안 어디 갔다 온 거예요? 고래들은 내가 그 일을 겪은 날 바로 그날 ……."

그녀는 깜짝 놀라 커다랗게 치뜬 아서의 눈을 물끄러미 바라보았다.

"뭐라고요……?"

"돌고래들이 하나도 없어요. 전부 사라졌어요. 자취를 감췄다고요."

그녀는 아서의 얼굴을 샅샅이 살펴보았다.

"정말 그걸 몰랐어요?"

경악에 질린 얼굴을 보니, 몰랐던 게 틀림없었다.

"어디로 갔어요?" 그가 물었다.

"아무도 몰라요. 그게 '사라졌다'는 말 뜻이잖아요." 그녀가 말을 쉬었다. "글쎄요, 사연을 안다고 주장하는 사람이 하나 있기는 한데요. 다들 그 사람이 캘리포니아에 산다고 하더군요." 그녀는 말했다. "미친 사람이래요. 그 사람을 만나러 가볼까 생각 중이었어요. 당신을 만나기 전에는, 그게 내게 일어난 일을 파악할 수 있는 유일한 단서였거든요."

그녀는 어깨를 으쓱해 보이더니, 오랫동안 조용히 그를 바라보았다. 그녀는 한 손을 그의 뺨에 댔다.

"그 사이 당신이 어딜 갔다 왔는지 정말 알고 싶어요." 그녀가 말했다. "당신도 뭔가 부시부시한 일을 겪었던 거죠. 그래서 우리가 서로를 알아본 거고요."

그녀는 공원을 흘낏 둘러보았다. 공원은 어둠의 손아귀에 집어삼켜지는 중이었다.

"자……." 그녀가 말했다. "이제 얘기해도 좋을 만한 사람을 만난 거예요."

아서는 천천히 일 년이라도 걸릴 듯한 기나긴 한숨을 내뱉었다.

"이건……." 그가 말했다. "아주 긴 사연이에요."

펜처치는 그에게 몸을 기대고는 천가방을 잡아당겼다.

"이거랑 무슨 상관이 있어요?" 그녀가 말했다. 그녀가 가방에서 꺼낸 물건은 낡고 너덜너덜해져 있었다. 마치 선사 시대의 강물 속으로 던져졌다가, 카크라푼의 사막에서 시뻘겋게 빛나는 태양 아래 구워지다시피 하다가, 산트라기누스 V 성의 독하게 김이 오르는 바닷가 대리석 모래 속에 반쯤 묻혔다가, 자글란 베타의 달 표면에 있는 빙하 속에 얼어붙었다가, 누구 엉덩이에 깔렸다가, 우주선에서 이리저리 발에 차이다가, 질질 끌려 다니고 온갖 학대를 받은 듯한 몰골이었다. 제조 업체들은 바로 이런 상황을 예상했기 때문에, 튼튼한 플라스틱 커버로 싸서 그 위에다가 커다랗고 친절하게 '겁먹지 마세요'라고 미리 써두었다.

"대체 이거 어디서 났어요?" 아서는 화들짝 놀라서 그녀의 손에서 그 물건을 받으며 말했다.

"아." 그녀가 말했다. "당신 건 줄 알았어요. 그날 밤, 러셀의 자동차에서요. 떨어뜨리고 가셨더라고요. 여기 있는 곳들 중에서 여러 군데 가봤어요?"

아서는 《은하수를 여행하는 히치하이커를 위한 안내서》를 커버 속에서 꺼냈다. 그것은 작고, 얄팍하고, 잘 휘어지는 노트북 컴퓨터 같은 모양이었다. 그가 버튼을 몇 개 누르자, 스크린에 수많은 글자들이 나타나 빛을 발했다.

"몇 군데 가봤죠." 그가 말했다.

"우리, 가볼 수 있어요?"

"뭐라고요? 안 돼요." 불쑥 말해버린 아서는 곧 한결 누그러진 목소리로 다시 말을 꺼냈다. 하지만 경계를 풀지 않은 채 조심스레 말투만 누그러뜨렸다. "가고 싶어요?" 그는 '아니'라는 대답이 나오기를 바라면서 말했다. "설마 가고 싶은 건 아니죠? 그래요?"라고 말하고 싶은 걸 꾹 참은 것은 그 나름대로 상당한 관용을 베푼 것이었다.

"네." 그녀가 말했다. "내가 잃어버린 메시지가 무엇이었는지 알고 싶어요. 어디서 왔는지도요. 왜냐하면……." 그녀는 일어나서 점점 음침하게 어두워지고 있는 공원을 둘러보며 말했다. "그 메시지가 여기서 온 것 같지는 않거든요."

"그리고 심지어……." 그녀는 한 팔을 아서의 허리에 슬쩍 두르면서 이런 말도 했다. "여기가 어딘지 내가 제대로 아는 건지도 모르겠어요."

21

《은하수를 여행하는 히치하이커를 위한 안내서》는, 예전에 이미 여러 번 그리고 정확하게 언급한 바와 마찬가지로, 대단히 놀라운 물건이었다. 그것은 본질적으로, 제목이 암시하는 바대로, 안내서였다. 문제는, 아니 수많은 문제 중 하나는 —— 왜냐하면 문제가 한두 가지가 아니었기 때문인데, 이 수많은 문제들 중의 상당수는 은하계 전 영역에 걸쳐, 특히 타락한 영역일수록 민법, 상법, 형법 재판소들을 끊임없이 꽉꽉 메우고 있었다 —— 이거다.

이 문장은 말이 된다. 그건 문제가 없다.

문제는 이거다.

변화.

다시 한번 잘 읽어보면 아마 무슨 뜻인지 알 것이다.

은하계는 급속히 변화하는 곳이었다. 솔직히 말해서 변화가 너무 심해서 탈이었다. 은하계는 모든 부분 부분이 끊임없이 움직이며,

지속적으로 변화하고 있었다. 하지만 은하계가 매일 매시간 매분 던져대는 이 수없이 변화하는 상황과 조건들이 그것을 이 어마어마하게 상세하고 복잡한 전자책에 반영하기 위해 성실하게 고군분투하는 신중하고 양심적인 편집자에게는 굉장한 악몽이겠다고 생각하신다면 그건 한참 잘못된 생각이다. 독자 여러분의 실수는, 이 편집자는 전임 편집자들이 하나같이 그러했듯이 '신중하다'든가 '양심적'이라든가 '성실하게' 같은 단어의 진정한 의미를 전혀 파악하지 못하고 악몽을 빨대로 빨아먹는 경향이 있다는 사실을 파악하지 못한 데 있다.

항목들은 잘 읽히느냐 마느냐에 따라 서브-에서-넷을 통해 업데이트되거나 말거나 했다.

아발라르스의 포스 항성에 있는 브레퀸다를 예로 들어보자. 이곳은 장엄하고 마술 같은 불을 뿜는 푸올로니스 용들의 고장으로서, 신화와 전설 그리고 기가 차게 지루한 삼차원 미니시리즈로 유명했다.

저 먼 고대에, 브라가독스의 소르스가 강림하기 전, 프라길리스가 노래하고 구에넬둑스의 삭사쿠인이 지배하던 때, 대기는 달콤했고 밤은 향기로웠다고들 하는데, 무슨 영문인지는 몰라도 그렇다고 하니까 말이다. 아니면 그냥 그렇다고 우기는 건지도 모르지만. 하지만 대체 대기는 달콤하고 밤은 향기롭고 어쩌고저쩌고 하는 엉터리 같은 주장을 어떤 미친놈이 믿을 거라 생각했던 것이냔 말이다. 아무리 철부지라도 그렇지, 조금만 머리를 굴리면 대기가 달콤하고 밤이 향기롭다고 주장하면서 아발라르스의 포스에 있는 브레퀸다에 벽돌을 하나 던지면 적어도 대여섯 마리의 불을 뿜는 푸올로니스 용들이 맞아 쓰러진다는 둥 하는 소리를 믿을 만한 사람은 새파란 숫총각들밖에는 없다는 것을 쉽게 알 수 있다.

그런 짓을 하고 싶은지 아닌지는 또 다른 문제지만.

불을 뿜는 용들이 본질적으로 평화를 사랑하는 동물이 아니었다는 얘기는 아니다. 사실 그들은 평화를 사랑했다. 그들은 평화를 속속들이 뼛속까지 사랑해 마지않았는데, 이렇게 무차별하게 속속들이 사랑해 마지않다보면 종종 그 자체가 문제가 되는 수도 있다. 사랑하는 대상을 다치게 할 수 있기 때문이다. 더더구나 로켓 엔진 같은 숨결과 공원 펜스 같은 이빨을 지닌 불을 뿜는 푸올로니스 용일 경우에는 두말할 것도 없겠다. 또 한 가지 문제는 일단 그들이 분위기를 잡았다 하면, 다른 사람들이 사랑해 마지않는 것들까지 해치는 일이 비일비재하다는 것이었다. 그것으로도 모자라 실제로 벽돌을 던지며 돌아다니는, 비교적 소수의 미친놈들이 있었으니, 이렇게 되면 결국 아발라르스의 포스에 있는 수많은 브레퀸다 주민들이 용에게 중상을 입게 되지 않겠는가.

하지만 그렇다고 그들이 싫어했을까? 그렇지 않았다.

운명을 한탄하는 소리를 늘어놓았을까? 천만의 말씀이다.

불을 뿜는 푸올로니스 용들은 야만적인 아름다움과 고상한 행동거지 그리고 그들을 숭상하지 않는 사람들을 물어 죽이는 습관 덕분에 아발라르스의 포스 항성 브레퀸다 땅 전역의 사람들에게 숭

상받았다.

어째서 그랬느냐고?

대답은 간단하다.

섹스였다.

이유는 도저히 가늠할 수 없지만, 어쨌든 달 밝은 밤하늘을 불을 뿜는 거대한 마법의 용들이 낮게 날아다니는 모습에는 못 견디게 섹시한 구석이 있었다. 안 그래도 밤공기는 위험스러울 정도로 달콤하고 향기로운데 말이다.

어째서 꼭 그래야만 하는지, 낭만에 죽고 못 사는 아발라르스 포스의 브레퀸다 사람들은 아마 대답을 해주지도 못했을 테고, 일단 효과가 발휘되기 시작하면 굳이 당신과 그 얘기를 하고 서 있으려 하지도 않을 것이다. 비단 같은 날개가 달리고 매끈한 가죽 몸통을 가진 불을 뿜는 푸올로니스 용 한 무리가 저녁 무렵 지평선 너머에서 모습을 나타내면, 브레퀸다 주민 절반은 자신의 반쪽을 찾아 숲 속으로 헐레벌떡 뛰어 들어가서, 분주하게 숨을 헐떡거리며 함께 밤을 지새우고 새벽녘 첫 햇살이 비추면 만면에 미소를 띤 행복한 표정으로 숲에서 나와, 여전히, 상당히 사랑스럽게, 숫총각이라고 우기는 것이었다. 숫총각치고는 얼굴이 좀 상기되고 끈적끈적하긴 했지만 아무튼.

페로몬 때문이라고 주장하는 연구자도 있었다.

또 다른 연구자는 초음파와 관련이 있다고 주장했다.

그곳은 항상 문제를 철저히 밝혀내겠다며 굉장히 오랜 시간을 보내는 연구자들로 빽빽하게 붐볐다.

놀랄 게 없는 일이지만, 《안내서》가 이 행성에서 전반적으로 일어나는 일에 대해 생생하고 매혹적으로 묘사해놓은 항목은 《안내서》를 감히 믿고 따르는 히치하이커들 사이에서 놀랄 만큼 인기가 좋았기 때문에, 한 번도 빠진 적이 없었다. 그리하여 그 항목은 계속 그대로 남아 있었고, 훗날 그리로 찾아간 여행자들은 오늘날 아발라르스 도시 국가에 있는 현대의 브레퀸다에는 이제 고작 콘크리트, 환락가, 그리고 드래곤 버거 술집밖에 남아 있지 않다는 사실을 깨닫게 되었다.

22

이즐링턴의 밤은 달콤하고 향기로웠다.

당연한 말이지만, 좁은 골목길을 날아다니는 불을 뿜는 푸올로니스 용은 한 마리도 없었지만, 어쩌다 그 근처를 지나치게 된 용이 있더라도 차라리 길 건너 피자집에 가서 피자나 한 판 먹고 앉아 있는 편이 나았을 것이다. 어차피 별로 필요가 없었을 테니까.

용들이 앤초비 토핑을 얹은 피자를 한 판 먹고 있을 때 행여 응급 상황이 발발한대도 아무 걱정 없었다. 다이어 스트레이츠(영국의 록 그룹으로, 리드 싱어는 마크 노플러다 — 옮긴이주)의 레코드를 전축에 걸라고 메시지만 보내면 만사형통이었다. 요즘은 이것이 푸올로니스 용과 거의 같은 효과를 낳는다고 알려져 있다.

"아니……." 펜처치가 말했다. "아직 안 돼요."

아서는 다이어 스트레이츠의 레코드를 전축에 걸었다. 펜처치는 달콤하고 향기로운 밤공기가 더 잘 들어오도록 위층의 현관문을 활짝 열었다. 두 사람은 쿠션으로 만든 무슨 가구 같은 데 앉았고, 바로 옆에는 뚜껑을 딴 샴페인 병이 놓여 있었다.

"아니." 펜처지가 말했다. "내 몸의 어디가, 어느 부분이 잘못됐는지 당신이 알아낼 때까지는 안 돼요. 하지만 내 생각에는, 지금 당신 손이 있는 자리부터 시작하는 것도 괜찮을 거 같네요."

아서가 말했다. "그러면 어느 쪽으로 갈까요?"

"아래쪽으로요." 펜처치가 말했다. "이번에는."

아서는 손을 움직였다.

"아래쪽은 ……." 그녀가 말했다. "사실 반대 방향인걸요."

"아, 그렇죠."

마크 노플러는, 일주일 내내 열심히 일하느라 기진맥진해서 독한 술이 한 잔 필요한 토요일 밤에, 섹터 스트라토캐스터 전자 기타를 천사의 목소리처럼 구성지게 노래하게 만드는 데 기가 막힌 재주가 있다. 하지만 이 얘기는 사실 이 시점에서는 별로 할 필요가 없는 얘기다. 아직 레코드가 그 대목까지 가지도 않았기 때문이다. 하지만 레코드가 그 대목까지 갈 때쯤이 되면 너무 많은 사건들이 진행되고 있을 예정인 데다, 이 이야기를 기록하는 필자는 트랙 목록과 초시계를 들고 앉아 있을 의향이 전혀 없기 때문에, 아직 얘기가 천천히 흘러가고 있는 지금 빨리 말해버리고 마는 게 최선이라고 생각했다.

"자, 이제 우리 무릎까지 왔네요." 아서가 말했다. "당신 왼쪽 무릎에 끔찍하고, 비극적인 문제가 있군요."

"내 왼쪽 무릎은 …… ." 펜처치가 말했다. "말짱해요."

"그렇군요."

"혹시 이거 알아요……?"

"뭐요?"

"아, 아니, 괜찮아요. 알고 있었군요. 아니에요, 계속 해봐요."

"그러면 두 발하고 상관이 있는 거겠네요…… ."

그녀는 침침한 불빛 속에서 미소 지으며, 무신경하게 어깨를 꼼지락거리며 쿠션에 몸을 파묻었다. 우주에는, 정확히 말해서 스콘셀러스 베타에서 매트리스들의 늪지대를 지나 두 세계 안쪽으로 들어가면, 몸에 대고 꼼지락거리는 걸, 특히 어깨들이 무신경하게 꼼지락거리는 걸 미치도록 좋아하는 쿠션들이 살고 있는데, 그들이 지금 이 자리에 없다는 건 참 안타까운 일이 아닐 수 없다. 하지만 산다는 게 원래 그런 거니까.

아서는 그녀의 왼쪽 발을 자기 허벅지 위에 놓고 찬찬히 살펴보았다. 그녀의 드레스가 다리에서 흘러내린 모양이 자아내는 복잡다단한 감정 때문에 이 시점에서 맑은 정신으로 생각하는 일은 상당히 힘들었다.

"솔직히 인정해야겠는걸요." 아서가 말했다. "내가 뭘 찾고 있는지 도저히 모르겠다는 걸."

"찾으면 알게 될걸요." 그녀가 말했다. "그럼요. 알게 될 거예요." 목소리에는 살짝 짓궂은 장난기가 배어 있었다. "하지만 그건 아니에요."

갈수록 어리둥절한 기분이 되어, 아서는 왼쪽 발을 마룻바닥에 내려놓고 오른발을 잡을 수 있도록 저편으로 돌아갔다. 그녀는 앞으로 나와서, 두 팔로 그를 껴안고 키스해주었다. 혹시 그 레코드를 들어봤다면 잘 알고 있겠지만, 듣다 보면 이렇게 하지 않을 수 없는, 바로 그 대목에 다다랐기 때문이다.

그리고 그녀는 아서에게 오른발을 내주었다.

그는 발을 쓰다듬고, 손가락으로 발목 선을 따라 훑은 후, 발가락 밑을 지나 발바닥을 따라 내려갔지만 문제가 무엇인지 도무지 알 수가 없었다.

그녀는 아주 재미있어 죽겠다는 듯이 바라보면서, 깔깔 웃고 머리를 흔들었다.

"아니, 그만두지 말아요." 그녀가 말했다. "하지만 그것도 아니에요."

아서는 손을 멈추고, 마룻바닥에 있는 왼쪽 발을 보며 얼굴을 찌푸렸다.

"그만두지 말아요."

그는 오른발을 쓰다듬고, 손가락으로 발목 선을 따라 훑은 후, 발가락 밑을 지나 발바닥을 따라 내려가다가 말했다. "그러니까 내가 들고 있는 다리와 무슨 상관이 있다는 말이에요……?"

그녀는 아까처럼 어깨를 으쓱해 보였는데, 이는 스콘셀러스 베타의 소박한 쿠션의 삶에 너무나 크나큰 기쁨을 가져다주고도 남았을 터였다.

그는 얼굴을 찌푸렸다.

"나 좀 안아 올려줘요." 그녀가 조용히 말했다.

그는 그녀의 오른발을 바닥에 내려놓고 일어섰다. 그녀도 일어섰다. 그는 두 팔로 그녀를 안아 들어올렸고, 두 사람은 키스를 했다. 이건 상당히 오랜 시간이 걸렸는데, 끝나고 나자 그녀가 말했다. "자, 이제 다시 나를 내려놔요."

아직도 어리벙벙한 채로 아서는 그녀의 말대로 했다.

"자, 어때요?"

그녀는 도전장이라도 내미는 눈길로 그를 바라보았다.

"자, 내 발이 뭐가 잘못됐나요?" 그녀가 말했다.

아서는 아직도 이해하지 못하고 있었다. 그는 마룻바닥에 엎드려서 보통 있는 자리에 있는 두 발을 살펴보았다. 그런데 자세히 살펴보자 뭔가 이상한 점을 발견할 수 있었다. 그는 머리를 땅바닥에 대고 열심히 살펴보았다. 기나긴 침묵이 흘렀다. 그는 무겁게 뒤로 주저앉았다.

"그래요." 그가 말했다. "발이 뭐가 문제인지 알겠어요. 땅바닥에 닿시를 않는군요."

"그래요…… 그래서 당신 생각은 어때요……?"

아서는 재빨리 그녀를 바라보았고, 그녀의 두 눈동자가 바닥 모를 깊은 두려움에 갑자기 더 새카맣게 변했다는 걸 알았다. 그녀는 입술을 깨물고 바들바들 떨고 있었다.

"당신 어떻게……." 그녀는 말을 더듬었다. "……어때요……?" 그녀는 고개를 흔들어 어둡고 공포에 질린 눈물이 차오르는 두 눈 위로 머리카락이 흘러내리게 만들었다.

그는 재빨리 일어서서, 그녀를 껴안고 딱 한 번 키스를 했다.

"아마 내가 할 수 있는 걸 당신도 할 수 있을 거예요." 그는 이렇게 말하고는, 곧장 위층의 정문으로 걸어 나갔다.

레코드가 기가 막히게 멋진 대목에 다다랐다.

23

작시스 항성 주위에서는 무시무시한 전투가 계속 벌어졌다. 수백 대의 맹렬하고 무시무시한 무기로 무장한 지르즐라 우주선들은 이제 거대한 은빛 작시스 전함에서 발사하는 충격파에 의해 부서지고 깨어져 원자로 화해버렸다. 전함의 충격파도 점점 힘이 떨어지고 있었다.

달의 일부분도 사라지고 없었다. 우주 공간의 결마저 찢어놓는 그 작열하는 충격파에 날아가버린 것이다.

남은 지르즐라 우주선들이 아무리 무시무시한 무기로 무장하고 있다 한들, 작시스 전함의 파괴력 앞에서는 가망 없이 밀리고 있었다. 그리고 급속히 해체되고 있는 달 뒤로 피신하려 하고 있었다. 그러나 바로 그때, 돌진해 추격하던 작시스 전함이 휴가를 좀 즐겨야겠다고 선언하더니 느닷없이 전장을 떠나버렸다.

잠시 두 배로 증폭된 공포와 경악이 전장을 휩쓸었지만, 전함은 이미 떠나버리고 없었다.

어마어마한 파괴력을 자유자재로 휘두를 수 있는 전함은, 비합리적인 형상의 망망한 우주를 가르며 재빨리, 힘들이지 않고 그리고 무엇보다 소리 없이 날아가버렸다.

정비실 해치웨이로 만든 끈적끈적하고 냄새나는 간이 숙소에 깊숙이 처박혀서, 포드 프리펙트는 예전에 자주 놀러 다니던 곳 꿈을 꾸며 타월 사이에서 잠을 자고 있었다. 그는 심지어 뉴욕에 있는 꿈까지 꾸었다. 꿈속에서 그는 한밤중에 이스트사이드의 강변을 따라 걷고 있었다. 강물은 하도 터무니없이 오염이 되어서, 시시각각 새로운 생명체들이 태어나 복지 정책과 투표권을 요구하고 있었다.

이런 생명체들 중 하나가 둥둥 떠가면서 그를 향해 손을 흔들었다. 포드도 손을 흔들어주었다.

그 생명체는 강변으로 밀려오더니 낑낑거리며 강둑을 기어 올라왔다.

"안녕하세요." 그것이 말했다. "나는 방금 창조됐어요. 어느 모로 보나 우주는 완전히 처음이에요. 혹시 저한테 해줄 말씀이 없으신가요?"

"휴우." 포드는 약간 기가 차서 이렇게 말했다. "술집 몇 군데가 어디 있는지는 말해줄 수 있어."

"사랑과 행복에 대해서는요? 저는 그런 것들에 대해 깊은 갈망을 느껴요." 그것은 촉수를 흔들어대며 이렇게 말했다. "혹시 그쪽으로는 뭐 아시는 바가 없으신가요?"

"칠 번가에 가면, 그 비슷한 걸 좀 얻을 수 있을 거야." 포드가 말했다.

"저는 본능적으로, 아름다울 필요가 있다고 느껴요. 저는 아름다운가요?" 그 생명체는 다급하게 물었다.

"넌 상당히 직설적이구나. 안 그래?"

"괜히 쓸데없이 말을 돌릴 필요 있나요?"

그 물체는 이제 짜부라져 물을 줄줄 흘리느라 온 동네를 엉망진창으로 만들고 있었다. 근처의 술주정뱅이가 관심을 갖기 시작했다.

"내가 보기에?" 포드가 말했다. "아니. 하지만 들어봐." 그는 잠시 후에 이렇게 말했다. "대부분의 사람들은 껴안고 키스를 해. 저 밑에 사는 너희들도 그러냐?"

"날 뒤져봤자 나올 게 없어요." 그 생명체가 말했다. "이미 말했지만, 여기는 처음이라고요. 삶에는 생 초짜란 말이에요. 산다는 건 어때요?"

이건 포드가 상당한 권위를 가지고 말해줄 수 있는 얘기였다.

"삶은 그레이프프루트 같아." 그는 말했다.

"어, 어떻게 그렇죠?"

"글쎄, 말하자면 그건 오렌지색 또는 노랑인 데다가 겉에는 작은 구멍들이 패어 있고, 가운데는 축축하고 질척질척하지. 안에는 씨도 박혀 있고 말이야. 아, 그리고 어떤 사람들은 반을 뚝 잘라서 아침식사로 먹어치우곤 해."

"제가 얘기할 만한 다른 사람은 없을까요?"

"있을 거야." 포드가 말했다. "경찰관한테 물어봐."

간이 숙소 깊숙이 처박혀서, 포드 프리펙트는 꼼지락거리며 반대편으로 돌아누웠다. 제일 좋아하는 꿈은 아니었다. 그의 꿈에 단골로 출연하는 엑센트리카 갈룸비츠(에로티콘 제6행성의 가슴 셋 달린 창녀)가 나오지 않았기 때문이다. 하지만 어쨌든 그건 꿈이었다. 적어도 그는 잠들어 있었다.

24

운 좋게도 좁은 골목에는 위쪽으로 강한 바람이 불고 있었다. 아서는 이런 일을 ── 일부러 ── 해본 지 상당히 오래되었고, 일부러 하면 원래 절대 안 되는 법이었다.

그는 날카롭게 흔들리며 떨어지다가 문 손잡이에 긁혀 턱에 심하게 상처가 났고, 공중에서 우당탕 쿵쾅 떨어져 내리다가, 대체 방금 저지른 짓이 얼마나 기가 차고 코가 막히게 바보 같은 짓이었나 하는 데 문득 생각이 미쳐 땅바닥에 부딪치는 걸 까맣게 잊어버리고 말았다.

효과가 좋지, 그는 속으로 생각했다. 할 수만 있으면 말이지만.

땅바닥은 험악하게 머리 바로 위에 둥둥 걸려 있었다.

그는 땅바닥 생각을 하지 않으려고 애썼다. 땅이라는 게 얼마나 어마어마하게 큰지, 거기 그렇게 걸려 있지 않고 머리 위로 한꺼번에 쾅 떨어지면 얼마나 아플까 하는 생각 따위를 다 제쳐버렸다. 그는 대신 여우원숭이에 대한 좋은 생각을 하기로 했다. 그거야말로 아주 잘한 짓이었는데, 그 순간 아서는 여우원숭이가 정확히 어떻게 생겼는지 기억해낼 수 없었기 때문이다. 어딘지 몰라도 위풍당당하게 황야를 떼 지어 몰려다니는 그런 동물인지, 누 같은 것인지, 알 수가 없었다. 막연하게 다 좋다는 식의 근지러운 감정에 기대어서야 좋은 생각을 하기가 힘든 법이다. 이 모든 일로 아서의 마음은 한창 분주했고, 그 사이 몸은 아무 데도 닿아 있지 않고 공중에 떠 있다는 사실에 적응할 수 있었다.

마스 초콜릿 바 포장지가 좁은 길 위로 파닥거리며 떨어져 내렸다.

의심과 망설임이 가득 찬 한순간이 지난 후, 초콜릿 바 포장지는 마침내 바람에 가볍게 몸을 싣고 파닥거리며 그와 땅바닥 사이에 안착했다.

"아서……."

땅바닥이 아직도 험악하게 머리 위에 걸려 있었기 때문에, 아서는 이제 뭔가 조치를 취해야 할 때라고 판단했다. 좀더 떨어져서 땅바닥과 거리를 두는 게 좋을 것 같았다. 그래서 그는 그렇게 했다. 천천히, 천천히, 아주 천천히.

천천히, 아주, 아주, 천천히 떨어지면서, 그는 눈을 감았다. 괜히 뭐든 갑자기 놀라게 하면 곤란하니까, 아주 조심스럽게.

눈을 감는 감각이 온몸에 퍼져나갔다. 감각이 발에 다다르고, 눈을 감았다는 사실이 이제 온몸에 전해졌는데도 화들짝 겁에 질리는 부위가 없자, 그는 천천히, 아주, 아주 천천히 몸을 한쪽으로 빙글빙글 돌리고 마음은 반대편으로 굴렸다.

그러자 땅바닥 문제가 해결되었다.

그는 주위의 공기가 이제 깨끗해졌다는 걸 느낄 수 있었다. 공기는 아주 쾌활하게 그를 에워싸고 산들바람을 살랑거리고 있었고, 자기가 그 자리에 있다는 사실에 동요하지도 않았다. 깊고 아득한 잠에서 깨어나듯 아서는 천천히, 아주, 아주, 천천히 눈을 떴다.

그는 물론 전에도 하늘을 날아본 적이 있었다. 새들의 수다에 정신이 산만해질 때까지 크리킷 하늘 위를 수도 없이 날아봤지만 이건 달랐다.

여기에는 그의 세상이, 차분히, 법석 떨지 않고 자리하고 있었다. 약간 흔들려 보이기는 했지만, 그야 충분히 그럴 만한 이유들이 있었다. 예컨대 공중에 떠 있다거나 하는.

십 내지 십오 피트 아래에는 단단한 아스팔트가 있었고 오른쪽으로 몇 야드 밖으로는 어퍼 스트리트의 노란 가로등이 늘어서 있었다.

다행히 건물 사이 좁은 도로는 깜깜했다. 밤을 밝히게 되어 있는 가로등에는 기발한 타임 스위치가 달려 있어서 점심식사 바로 전에 불이 들어왔다가 저녁이 되기 시작하면 불이 꺼지곤 했던 것이다. 그래서 그는 캄캄한 어둠의 담요에 감싸여 사람들 눈에 띄지 않을 수 있었다.

그는 천천히, 아주, 아주, 천천히 고개를 들어 펜처치 쪽을 바라보았다. 숨 막히는 경이로움에 휩싸여 말없이 서 있는 그녀의 모습이 뒤에서 비추는 빛 때문에 새카만 그림자로 보였다.

그녀의 얼굴은 그의 얼굴에서 몇 인치밖에 떨어져 있지 않았다.

"도대체 뭘 하는 거냐고, 물어보려고 했어요." 그녀는 낮고 떨리는 목소리로 말했다. "하지만 당신이 뭘 하는지, 두 눈으로 똑똑히 볼 수 있다는 걸 깨달았지요. 하늘을 날고 있었어요. 아니, 그래서……." 그녀는 잠시 뭔가 궁금하다는 듯 말을 멈추었다가, 다시 말을 이었다. "그 질문이 좀 바보처럼 느껴지더군요. 하지만 다른 질문은 금방 떠오르는 게 없었어요."

아서는 말했다. "당신도 할 수 있어요?"

"아니요."

"한번 해보고 싶지 않아요?"

그녀는 입술을 깨물더니 고개를 저었다. 아니, 라는 뜻으로 그런 건 아니고, 순전히 어안이 벙벙해 어찌할 바를 몰랐기 때문이었다. 그녀는 마치 잎사귀처럼 덜덜 떨고 있었다.

"아주 쉬워요." 아서가 재촉했다. "어떻게 하는지 방법을 모르면요. 그 부분이 중요해요. 어떻게 날고 있는지 전혀 알 수가 없어야 해요."

얼마나 쉬운지 보여주겠다는 듯이 아서는 좁은 도로를 벗어나 둥둥 떠올라가더니, 급상승을 했다가 바람을 타고 날아가는 지폐처럼 위아래로 살랑살랑 흔들리며 다시 그녀에게로 돌아왔다.

"어떻게 한 거냐고 물어봐요."

"어떻게…… 한 거예요?"

"몰라요. 전혀 몰라요."

그녀는 어리둥절해하며 어깨를 으쓱했다. "그러면 내가 어떻게……?"

아서는 조금 더 낮게 흔들리며 내려와서 손을 뻗었다.

"한번 해봐요." 그가 말했다. "내 손 위로 한쪽 발만 올려놔봐요."

"뭐라고요?"

"해봐요."

불안하게, 망설이며, 거의 다 됐어, 라고 그녀는 스스로에게 말했다. 마치 허공에서 둥둥 떠 있는 사람의 손 위로 올라가려고 애쓰는 사람처럼, 그녀는 아서의 손 위로 발을 올렸다.

"이제 다른 발도요."

"네?"

"발뒤꿈치에 무게가 실리지 않게 해요."

"못해요."

"해봐요."

"이렇게요?"

"그렇게요."

불안하게, 망설이며, 이제 거의 다 됐어, 라고 그녀는 스스로에게 말했다. 마치 ―― 그녀는 지금 하고 있는 행동을 다른 일과 비교해 생각하기를 그만두었다. 별로 그렇게 잘 알고 싶지 않다는 생각이 들었기 때문이다.

그녀는 시선을 아주, 아주 단호하게 반대편에 있는 낡아빠진 창고 옥상에 있는 물받이에 고정했다. 몇 주일 동안이나 계속 신경에 거슬리던 것이었는데, 이제 드디어 떨어져 나가기 일보 직전이었던 것이다. 그녀는 누가 와서 저걸 수리할 건지, 아니면 누구한테 그녀가 직접 얘기를 해야 하는 건지에 정신이 팔려 잠시 자기가 아무것도 밟고 서 있지 않은 사람의 두 손 위에 서 있다는 사실을 까맣게 잊고 말았다.

"자, 이제 왼발에 몸무게를 싣지 말도록 해요." 아서가 말했다.

그녀는 창고가 모퉁이에 사무실이 있는 카펫 회사의 소유라는 생각을 하면서, 왼쪽 발에 몸무게를 싣지 않도록 주의했다. 그렇다면 아마 직접 가서 물받이 얘기를 해야 할 모양이었다.

"자, 이제 오른발에도 몸무게를 싣지 말아요." 아서가 말했다.

"안 돼요."

"해봐요."

그녀는 이 각도에서 물받이를 본 적이 한번도 없었는데, 이제 보니 진흙과 구정물 외에도 새집이 있는 것 같아 보였다. 몸을 앞으로 조금만 더 구부리고 오른발의 무게를 덜면, 훨씬 잘 볼 수 있을 텐데.

아서는 저 아래 좁은 길에서 누군가가 그녀의 자전거를 훔치려고 하는 걸 보고 깜짝 놀랐다. 특히나 지금 같은 순간에 말싸움에 말려들고 싶지 않았기 때문에, 그는 이왕 훔쳐가려면 조용히 훔쳐가고 괜히 위를 올려다보지 않기만을 바랐다.

자전거 도둑은 상습적으로 좁은 골목길에서 자전거를 훔치는 사람들 특유의 조용하고 못 미더운 분위기를 풍기고 있었고, 자전거 주인이 자기 머리 위 몇 피트 위에 떠다니는 광경은 상습적으로 보지 못하는 분위기를 또한 풍기고 있었다. 그는 이 두 가지 습관 덕분에 아주 마음 편하게 목적 의식과 집중력을 발휘해 자신의 일을 하고 있었다. 그리고 자전거가 콘크리트 속에 파묻힌 철봉에 텅스텐 카바이드 고리로 묶여 있다는 걸 깨닫고 나자, 그는 평화롭게 자전거 바퀴 두 개를 모두 구부리고 갈 길을 갔다.

아서는 오래 참았던 숨을 길게 내쉬었다.

"당신 주려고 얼마나 예쁜 계란 껍질을 주워 왔는지 봐요." 펜처치가 귓가에 대고 말했다.

25

이제까지 아서 덴트의 행각을 열심히 좇아 읽은 열성 독자들이라면, 아마 그의 성격이나 버릇 같은 것에 대한 묘사가, 물론, 진실이고, 진실만을 포함하고 있기는 해도, 사실 진실의 영예로운 전모를 포괄하는 것은 아니라는 인상을 받을 수도 있다.

그 이유는 사실 명백하다. 편집, 취사 선택, 의미 있는 부분과 흥미로운 부분의 균형을 잘 맞추면서 나머지 지루한 온갖 잡다한 사건들을 잘라내야 하는 것이다.

예를 들어 이런 식이다. "아서 덴트는 침실로 자러 갔다. 그는 층계의 열다섯 계단을 모두 밟고 올라가서 문을 열고 자기 방으로 들어가 신발과 양말을 벗은 다음 나머지 옷을 하나씩 벗어젖히고 바닥에다 깔끔하게 구겨진 더미로 쌓아두었다. 그는 잠옷을 입었다. 파란 줄무늬가 있는 잠옷이었다. 세수를 하고 손을 씻고 이를 닦고 화장실에 들어갔다가, 또 순서가 틀렸다는 걸 깨닫고, 하는 수 없이 다시 손을 씻은 후에 잠자리에 들었다. 그는 십오 분간 책을 읽었는데, 처음 십 분은 전날 밤에 어디까지 읽었는지를 파악하는 데 보내야 했다. 그러고 나서 불을 끄고 일이 분도 못 되어 잠이 들었다.

캄캄했다. 그는 족히 한 시간 동안 왼쪽으로 누워 잤다.

그러고 나서 잠시 불편하게 뒤척거렸고, 몸을 돌려 오른쪽으로 누웠다. 그 후 다시 한 시간이 지나자, 그는 잠을 자면서 살짝 눈을 깜박였고 코를 슬쩍 긁었다. 다시 왼쪽으로 돌아눕는 데까지는 이십 분이 더 걸렸다. 그리고 그는 잠을 자며 그날 밤을 보냈다.

"그는 네 시에 일어나서 다시 화장실로 갔다. 화장실 문을 열고……." 기타 등등.

이건 헛소리다. 전혀 액션이 진행되질 않는다. 미국 시장에 넘쳐나는 두껍고 훌륭한 책에 쓸 거리는 되지만, 아무것도 말해주는 바가 없다. 한마디로 말해서 몰라도 된다.

하지만 칫솔질을 하고 깨끗한 양말을 찾으려고 안간힘을 썼다 운운하는 얘기 말고도, 다른 부분이 생략되기도 한다. 그리고 이런 부분에 대해 사람들은 종종 쓸데없이 깊은 관심을 보이곤 한다.

그들은 알고 싶어한다. 아서와 트릴리언의 관계에 대한 숨은 뒷이야기들은 다 어떻게 된 겁니까? 더 진전이 되나요?

이에 대한 대답은 물론, '참견하지 말고 당신 할 일이나 하라'는 것이다.

그런 사람들은 이런 소리도 한다. 크리킷 행성에서 밤마다 하늘을 날아다니면서 대체 뭘 한 거죠? 불을 뿜는 푸올로니스 용들이나 다이어 스트레이츠의 음반이 없다고 해서 그 행성 사람들이 전부 밤마다 집에 앉아 독서를 하는 건 아닐 텐데요.

아니면 좀더 구체적인 예를 들자면, 선사 시대 지구에서 위원회 모임이 있고 파티가 열렸던 날, 그러니까 아서가 골가프린참 행성의 광고 회사 미술부에서 음침한 조명을 받는 치약을 찍은 비슷비슷한 수백 장의 사진을 매일 아침 일생 동안 쳐다보는 운명으로부터 최근 도망쳐 나온 멜라라는 아름다운 아가씨와 함께 온화하게 불타오르는 나무들 너머로 달이 떠오르는 광경을 바라보며 언덕에 앉았던 그날은 어떻게 된 건가? 그때는 무슨 일이 일어났던 건가? 다음에 어떻게 됐지라고 묻는 거다. 그리고 대답은, 물론, 그 책이 끝났다는 거다.

다음 책은 그로부터 오 년 후에야 시작되었고, 어떤 이들은, 가끔 필자가 지나치게 용의주도할 때가 있다고 주장하기도 한다. "이 아서 덴트라는 사람 말이오……." 은하계의 머나먼 끝에서 이런 외침이 들려온다. 심지어 이제는 상상하는 것조차 망측할 정도로 머나먼 외계인들의 은하계에서 기원한 신비한 우주 탐사 로켓 속에 새겨진 이런 글귀도 발견되었다고 한다. "이놈은 대체 뭐요? 사람이요, 생쥐요? 이 친구, 자기 홍차하고 삶의 광대한 문제들 외에는 전혀 관심이 없는 거요? 활력도 없어요? 정열도 없는 거요? 한마디로 말해서, 여자하고 잠도 안 자요?"

알고 싶은 사람은 계속 읽을 일이다. 그렇지 않은 사람들은 다 건

너뛰고 마지막 장을 읽는 게 나을 것이다. 그 장은 재미있는 데다 마빈도 나오니까.

26

아서 덴트는 허공에 둥둥 떠 있으면서, 쓸데없이 잠시 동안, 자기를 늘 기분 좋지만 지루한 사람이라고, 아니 좀더 최근에는 괴짜 같으면서도 재미없는 사람이라고 생각해왔던 친구들이 술집에서 즐거운 시간을 보내고 있기를 진심으로 바랐지만, 그게 마지막이었고, 한동안 다시는 그런 생각을 하지 않았다.

그들은 둥둥 떠올랐다. 천천히 서로의 주위를 돌며 가을에 플라타너스 씨앗이 떨어지는 것처럼 나선형으로, 하지만 그것과는 반대 방향으로 빙글빙글 날아올랐다.

그리고 둥둥 떠올라 가면서, 두 사람의 마음은 지금 그들이 완전히, 철저히, 궁극적으로 불가능한 일을 해내고 있는 것이든가, 아니면 물리학이 아직 해결해야 할 일이 엄청나게 많은 거라는 사실을 실감하며 황홀한 기분으로 노래 불렀다.

물리학은 고개를 가로젓고는, 괜히 딴전을 피우며 유스턴 로드나

웨스트웨이 입체 교차로 쪽으로 차가 계속 잘 빠지게 하거나, 가로등이 꺼지지 않게 하거나, 베이커 스트리트에서 어떤 사람이 햄버거를 떨어뜨리면 철퍼덕 땅바닥에 부딪쳐 뭉개지게 만드는 일에만 신경을 썼다.

그들 밑으로 어지럽게 점점 작아지고 있는 광경은, 구슬을 꿰어 놓은 듯한 런던의 불빛들이었다 —— 런던. 은하계 머나먼 변두리에 있는 크리킷 행성의 괴상한 색깔을 띤 들판이 아니라, 런던이라고, 아서는 스스로에게 자꾸 상기시켜야 했다. 주근깨 같은 은하는 머리 위로 탁 트인 하늘을 희미하게 가로지르고 있었지만, 런던이라 —— 흔들리고, 흔들고 빙글 돌리고, 빙글 돌고…….

"급강하를 한번 해봐요." 그는 펜처치에게 외쳤다.

"네?"

그녀의 목소리는 광막한 허공에서 이상하게 또렷하면서도 아득하게 들렸다. 숨을 헐떡거리며, 믿을 수 없다는 듯이 희미했다 —— 이 모든 것들, 또렷하고, 희미하고, 아득하고, 헐떡거리고, 전부 한꺼번에 일어나고 있었다.

"우리 날고 있어요……." 그녀가 말했다.

"별 거 아니에요." 아서가 외쳤다. "아무것도 아니라고 생각해요. 한번 급강하를 해봐요."

"급강 ……."

그녀가 손으로 아서의 손을 잡았는데, 돌연 눈 깜짝할 사이에 그녀의 체중 전체가 아서의 손에 전해졌고 순식간에, 놀랍게도 그녀는 사라져버리고 말았다. 저 밑으로, 미친 듯이 팔을 휘둘러 허공을 붙잡으려 애쓰면서, 떨어져 내리고 있었다.

물리학은 아서 쪽을 힐끗 바라보았고, 공포에 피가 얼어붙은 그도 추락하기 시작했다. 현기증 나는 추락에 속이 메슥거렸고, 온몸의 세포가 비명을 질렀지만 목소리는 나오지 않았다.

그들이 거꾸로 낙하했던 건, 이곳이 런던이었기 때문이고, 런던은 원래 이런 짓을 할 수 있는 장소가 아니었기 때문이다.

그는 여기가 런던이었고, 여기서 백만 마일 떨어진 곳 ── 정확히 말해 칠백오십육 마일 거리에 있는 피사의 사탑이 아니었기 때문에 그녀를 붙잡을 수 없었다. 피사의 사탑에서는 갈릴레오가 두 개체가 함께 낙하하면, 각자의 질량과 상관없이 똑같은 비율로 추락 속도가 빨라진다고 증명한 바 있다.

그들은 추락했다.

아서는 어지럽고, 속이 메슥거리게 떨어져 내리면서, 탑도 하나 똑바로 못 세우는 이탈리아 사람들이 물리학에 대해 한 말들을 모조리 믿으면서 하늘에서 둥둥 떠다니고 있을 거면, 이거야말로 큰일이라는 사실을 깨달았고, 그러자 그는 정말로 펜처치보다 훨씬 더 빠른 속도로 떨어졌다.

그는 그녀를 위에서 붙들고, 어깨를 더 단단히 잡으려고 애썼다. 그는 꼭 붙들었다.

좋았어. 이제 그들은 함께 추락하고 있었다. 몹시 달콤하고 낭만적인 일이긴 했지만, 기본적인 문제를 해결해주지는 못했다. 바로 그들은 추락하고 있으며, 땅바닥은 아서가 무슨 다른 영악한 술수를 부릴 때까지 기다려줄 리 없고, 급행열차처럼 그들을 맞으러 달려 나오고 있다는 사실이었다.

그는 그녀의 체중을 받을 수 없었다. 몸을 받치거나 체중을 받을 만한 데가 전혀 없었다. 유일하게 머릿속에 떠오르는 생각은, 이제 죽는 건 기정사실이구나 하는 것이었다. 그리고 기정사실이 일어나는 걸 바라지 않는다면, 그도 기정사실이 아닌 뭔가 엉뚱한 짓을 해야 했다. 이건 아서가 아주 친숙하게 느끼는 분야였다.

그는 펜처치를 붙잡고 있던 손을 놓고 밀어낸 다음, 공포에 질린 황당한 표정으로 그녀가 아서의 얼굴을 바라보았을 때, 새끼손가락으로 그녀의 새끼손가락을 붙들고 다시 그녀를 빙글 돌려 위쪽으로 방향을 틀었다. 그리고 서툴게 그 뒤를 따라 휘청거리며 올라갔다.

"이런 망할." 그녀는 밭은 숨을 헐떡거리며 전혀 아무것도 없는 허공 위에 앉아서 이렇게 말했고, 그녀가 조금 회복되었을 때 두 사람은 밤하늘로 날아 올라갔다.

구름 바로 밑에서, 그들은 잠시 멈추고, 그들이 나나른 이 불가능한 곳의 사방을 살펴보았다. 땅바닥은 똑바로 열심히 바라보면 절대 안 되었다. 지나치면서, 있는가 보다 하고 흘낏 바라보기만 해야 했다.

펜처치는 몇 번인가 살짝 낙하를 해보더니, 바람을 잘 보고 타기만 하면 사실 상당히 눈부신 곡예 낙하를 하다가 마지막에 귀여운 피루엣(발끝으로 도는 발레의 동작 — 옮긴이주)으로 마무리를 할 수 도 있다는 걸 알아냈다. 그러고 나서 아래로 떨어지면 드레스가 그녀의 몸을 감싸고 물결쳤는데, 바로 이 지점에서 마빈과 포드 프리펙트가 그동안 내내 뭘 하고 있었는지 궁금해서 못 살겠다는 독자는 좀더 뒷장으로 넘어가는 편이 좋을 것이다. 왜냐하면 이젠 아서가 더 이상 참지 못하고 그녀가 드레스 벗는 걸 도와줘버렸기 때문이다.

드레스는 바람을 타고 날아가 하늘하늘 떨어져 내리다가 한 개의 작은 점이 되더니 마침내 자취를 감춰버렸다. 그리고 복잡다단하지만 척 보면 삼천리인 이유로 인해 헌슬로에 사는 어느 가족의 삶을 혁명적으로 바꾸어버렸다. 그날 아침 드레스는 그 집 빨랫줄에 걸린 채로 발견되었던 것이다.

말없이 포옹을 한 채로 두 사람은 하늘로 높이높이 날아 올라가서, 비행기 날개를 깃털처럼 간질이는 모습을 볼 수 있는, 하지만 늘 갑갑한 비행기 속에 앉아서 남의 집 아들이 참을성 있게 따뜻한 우유를 셔츠 사이로 부어 넣으려고 애쓰는 사이 작고 여기저기 긁힌 강화 유리창 너머로 바라보고 있을 수밖에 없는 관계로 절대 손으로 만져볼 수는 없는, 습기로 만들어진 정령 같은 안개 속에서 헤엄을 쳤다.

아서와 펜처치는 구름을 느낄 수 있었다. 아른아른하고 차갑고 가느다란 안개가 그들의 몸을 꽃다발처럼 휘감고 있었다. 아주 차갑고, 아주 가는 안개. 그들은, 심지어 막스 앤 스펜서에서 산 속옷

두서너 점밖에 걸치고 있는 게 없는 펜처치도 느낄 수 있었다. 중력의 법칙마저 귀찮게 굴 수 없는 그들인데, 단순한 추위나 희박한 공기쯤이야 저리 가서 휘파람이나 불라는 심정이었다.

펜처치가 이제 안개 낀 구름 속으로 날아 들어가고 있었기 때문에, 아서는 막스 앤 스펜서에서 나온 두 점의 속옷 쪼가리를 아주, 아주 천천히 벗겼다. 비행을 하면서 두 손을 쓰지 않으려면, 그럴 수밖에 없었기 때문이다. 속옷들은 펄펄 날아가서 다음 날 아침, 위에서 아래 순서로 말하자면, 각각 아일워스와 리치먼드에서 상당한 분란을 초래했다.

그들은 오랫동안 구름 속에 있었다. 구름이 워낙 높이 쌓여 있었기 때문이다. 그러다 마침내 온몸이 젖어 두 사람이 구름 밖으로 나왔을 때, 펜처치는 차오르는 밀물에 흔들리는 불가사리처럼 천천히 빙글빙글 돌고 있었다. 그들은 구름 위로 올라가면 진짜 제대로 된 달밤을 만끽할 수 있다는 사실을 알게 되었다.

달빛은 어둡지만 현란했다. 위에는 다른 산들이 솟아 올라와 있었는데, 그건 다 자기만의 하얀 만년설을 지닌 산이었다.

그들은 드높이 쌓인 적란운 꼭대기로 나와서, 이제 게으르게 구름의 모양을 타고 천천히 하늘하늘 내려오기 시작했다. 그 사이 펜처치는 이제 하나씩 하나씩 아서의 옷을 덜어주기 시작했다. 그녀는 아서의 속옷들이 나름대로 놀라면서 주위를 둘러싼 흰색 속으로 빙글빙글 떨어져 사라질 때까지 차근차근 옷을 벗겼다.

그녀는 그에게 키스를 했고, 그의 목에, 가슴에 키스를 퍼부었다.

잠시 후 그들은 천천히 돌면서, 일종의 말없는 T 모양이 되어 공중을 떠다녔다. 아마 이 광경을 봤으면, 피자를 배터지게 먹고 날아 돌아가던 불 뿜는 푸올로니스 용이라도 날개를 퍼덕거리며 헛기침을 한두 번 하지 않을 수 없었으리라.

하지만 구름 속에는 불 뿜는 푸올로니스 용이 한 마리도 없었고 또 있을 수도 없었다. 그들은 공룡이나, 도도새나, 프라즈 별자리에 있는 스테그바틀 메이저 항성의 위대한 드루버드 윈트웍과 마찬가지로, 그리고 차고 넘치는 양이 공급되고 있는 보잉 747기와는 달리, 슬프게도, 멸종해버렸고 우주는 그런 존재를 다시는 볼 수 없을 테니까.

앞의 목록에서 보잉 747기가 불쑥 등장한 이유는, 그와 몹시 비슷한 일이 아서와 펜처치의 삶에서 일이분 후에 일어났다는 사실과 무관하지 않다.

보잉 비행기들은 커다란 물체다. 무섭게 크다. 공기 중에 같이 떠 있으면 모를 수가 없다. 천둥이 치는 듯한 충격파며, 새된 소리를 질러대며 흐르는 바람의 벽도 있다. 그리고 아서와 펜처치가 하고 있던 일과 조금이라도 비슷한 일을 저지르고 있을 만큼 바보라면, 런던 대공습 때의 나비들처럼 옆으로 튕겨 나가게 마련이다.

하지만 이번에는 심장이 철렁한 낙하도 없었고 불쑥 겁을 집어먹는 일도 없었다. 그저 잠시 후 재회의 순간이 있었을 뿐. 그리고 근사한 새 아이디어가 심하게 진동하는 소음 사이로 열렬하게 그들에게 신호를 보냈다.

매사추세츠 보스턴의 카펠슨 부인은 연세가 지긋한 노인이었다. 사실, 그녀는 삶이 이제 막바지에 다다랐다는 느낌을 받고 있었다. 수많은 일을 겪었고, 당혹스러운 일도 많았지만, 생의 막바지에 다다른 지금 이렇게 권태로워도 되나 싶어서 좀 심기가 불편했다. 그간 만사가 상당히 쾌적하고 즐거웠지만, 좀 너무 뻔하고 좀 너무 똑같은 일이 반복되곤 했다.

한숨을 쉬면서 그녀는 작은 플라스틱 유리창 덮개를 올리고 날개를 쳐다보았다.

처음에 그녀는 승무원을 부를까 했지만, 그러다가 '아니, 집어치우자, 말도 안 되지, 이건 내 거야, 나만의 거야'라고 생각했다.

도저히 설명이 안 되는 그녀만의 사람들이 마침내 날개에서 미끄러져 내려와 비행기 후류로 뛰어내렸을 때쯤, 그녀의 기분은 말도 못하게 좋아져 있었다.

그녀는 무엇보다 이제까지 들어온 말들이 모조리 다 틀렸다는 사실에 무한한 안도감을 느꼈다.

다음 날 아침 가구를 계속 다시 옮겨 넣는 웅웅거리는 소리에도 불구하고, 아서와 펜처치는 좁은 도로변에서 아주 늦게까지 늦잠을 잤다.

다음 날 밤, 두 사람은 똑같은 일을 전부 다시 했다. 다만 이번에는 소니 워크맨과 함께였다.

27

"이 모든 게 정말 너무나 근사해요." 며칠 후 펜처치가 말했다. "하지만 나한테 대체 무슨 일이 일어났던 건지 알아야겠어요. 이게 우리 두 사람의 차이에요. 당신은 뭔가를 잃어버렸다가 다시 찾았지만, 나는 뭔가를 찾았다가 잃어버렸단 말이에요. 그걸 다시 찾아야 되겠어요."

그녀는 그날 외출을 해야 했기 때문에, 아서는 하루 동안 전화나 걸며 보내기로 했다.

머레이 보스트 헨슨은 지면은 작고 활자는 커다란, 그런 부류의 신문에서 일하는 기자였다. 아무리 그래도 인간성이 조금도 나빠지지 않았다고 말한다면 기분은 좋겠지만, 슬프게도 이건 사실이 아니었다. 그는 아서가 아는 유일한 기자였고, 그래서 아서는 어쨌든 그에게 전화를 걸었다.

"아서, 우리 수프 숟가락, 우리 은제 수프 그릇, 네 전화를 받다니

특히 얼이 다 빠지는구나! 누가 그러는데 네가 우주 여행을 갔다거나 뭐 그렇다면서?"

머레이는 자기 나름대로 쓸 일이 있어서 개발한 특유의 대화체를 갖고 있었다. 그리고 이 문체는 다른 사람은 말할 수도 없거니와 따라할 생각도 하지 않았다. 그 많은 말 중에 의미가 있는 건 거의 없었다. 실제로 뭔가 의미가 있는 조각들은 종종 어찌나 기막히게 대화 속에 묻혀 있는지, 헛소리가 눈사태처럼 쏟아지는 와중에서 그 조각들을 건질 사람은 아무도 없었다. 나중에 어느 부분이 진짜 의미를 담고 있는지, 나중에 찾아내게 되면, 연루된 모든 사람들이 다치기 일쑤였다.

"뭐라고?" 아서가 말했다.

"그냥 풍문이지 뭐. 우리 코끼리 상아, 내 조그만 녹색 카드 테이블, 그냥 헛소문이라고. 아마 아무 의미도 없을 거야. 하지만 그래도 육성으로 한마디 해주면 좋겠어."

"할 말이 전혀 없어. 그냥 술집에서 떠드는 소리지 뭐."

"우리는 그걸 먹고 산다고. 우리 보철 교정물, 우리는 바로 그걸 먹고 살아. 세나가 이번 수의 다른 얘기들하고 또 다른 기사들에 아주 맞춘 듯이 어울리거든. 그러니까 네가 사실을 부인했다는 얘기만 들으면 돼. 잠깐 실례할게. 내 귀 속에서 뭐가 떨어져 나온 거 같아."

오랜 침묵이 이어졌고, 머레이 보스트 헨슨이 다시 돌아와 수화기를 집어 들었을 때는, 목소리가 진짜 무슨 일이 있었던 것처럼 흐

트러져 있었다.

"방금 기억난 건데." 그가 말했다. "어제 정말 얼마나 희한한 밤을 보냈는지 몰라. 아무튼 내 친구, 무슨 일인지는 말하지 않을게. 그나저나 핼리 혜성을 타고 날아본 기분이 어때?"

"핼리 혜성……." 아서는 한숨이 나오는 걸 참으면서 말했다. "못 타봤어."

"좋았어. 핼리 혜성 못 타본 기분이 어때?"

"상당히 마음이 편하지, 머레이."

머레이가 이 말을 받아 적는 동안 상당히 오랜 시간 침묵이 흘렀다.

"이거면 됐어, 아서. 에델하고 나하고 병아리들한테는 이 정도면 충분하다고. 이번 주의 전반적인 괴담들하고 아주 잘 어울려. 괴짜들의 주간, 이렇게 이름을 붙이려고 하는데 어때. 괜찮아?"

"아주 좋아."

"뭔가 느낌이 확 풍기는 이름 아니냐. 제일 먼저, 가는 데마다 비를 몰고 다니는 남자가 있거든."

"뭐라고?"

"순도 백 퍼센트 초특급 진실이야. 그 친구의 작은 검은 공책들에 전부 다 적혀 있다고. 재미로 따지면 겹겹이 쌓인 조건이 모조리 다 들어맞아. 영국 기상청은 바나나 아이스크림처럼 썰렁해졌고, 하얀 가운을 입은 조그맣고 우스꽝스러운 사람들이 줄자며 상자며 점적 기구들을 찾아들고 전 세계에서 날아 들어오고 있다고. 이 사람 진짜 말도 못하게 끝내줘. 꿀벌 무릎 같다고(bee's knees는 대단히 훌륭하다는 뜻의 속어다 — 옮긴이주). 딥다 최고야, 아서. 말벌 젖꼭지처럼 끝내준다고. 그는, 서방 세계의 온갖 날벌레의 괴상망측한 신체 부위들을 다 모아 놓은 것만큼이나 끝내준다니까. 우리는 이 사람을 비의 신이라고 부르기로 했어. 멋지지, 응?"

"나 그 사람 만나본 거 같은데."

"썩 괜찮게 들리는데. 방금 뭐라고 했지?"

"그 사람 만난 거 같다고. 날이면 날마다 불평만 달고 살지, 응?"

"믿을 수가 없어! 네가 비의 신을 만나봤어?"

"네가 말하는 사람이 같은 사람이라면 말이야. 제발 불평 좀 그만하고 차라리 어디 가서 그 책을 보여주지 그러느냐고 그랬어."

전화선 너머 머레이 보스트 헨슨 쪽에서 감동에 찬 침묵이 잠시 전해져왔다.

"그럼, 네가 정말 굉장히 큰일을 해준 거구나. 기가 막히고 코가 막히게 기찬 일을 해준 거야. 이거 보라고, 올해는 말라가에 절대 가지 말아달라는 청탁의 대가로 여행사가 이 사람한테 얼마를 주는지 알아? 사하라 사막 관개 사업처럼 재미없는 일은 이제 안녕이라 이 말씀이야. 이 친구는 특정 장소에 가주지 않는 대가로 거액을 버는 굉장한 인생을 새로 시작하고 있단 말이지. 이 사람은 이제 괴물이 되어가고 있어. 아서, 생각해보니까 이 사람을 빙고 게임 우승자로 만들면 어떨까 싶어.

그리고 말이야, 우리는 아서 너에 대해서도 기사를 한 편 싣고 싶어. '비의 신이 비를 쏟게 만든 장본인'이라고 해서 말이야. 어때, 느낌이 팍 오지?"

"좋네. 그런데……."

"마당에서 샤워기를 틀어놓고 네 사진을 찍을 필요가 있을지도 몰라. 하지만 괜찮을 거야. 너 어디 있냐?"

"어, 나는 이즐링턴에 있어. 이봐, 머레이……."

"이즐링턴이라고!"

"그래."

"야, 이번 주에 진짜 진짜 괴상망측한 기사가 있는데, 이건 진짜 완전히 돌아버릴 얘기야. 혹시 너 하늘을 날아다니는 사람들 얘기 알고 있냐?"

"아니."

"그런 걸 왜 모르냐. 이게 진짜로 새빨갛게 미친 소리야. 빵 반죽 속에 든 알짜 고기 속이라니까. 그 동네 사람들이 계속 전화를 걸어서 하는 얘긴데, 밤마다 하늘을 날아다니는 커플이 있다는 거야. 그래서 우리 사진 팀 사람들을 모아서 밤에 진짜 사진을 좀 만들어오라고 시켰어. 못 들어봤을 리가 없는데."

"몰라."

"아서, 너 대체 어디 갔다 온 거냐? 오, 우주지, 맞아. 네 입으로 들었지, 참. 하지만 그건 벌써 몇 달 전의 일이잖아. 이봐, 이건 이번 주에 밤이면 밤마다 일어난 일이라고. 우리 귀여운 치즈 가는 기계 같으니라고. 바로 너희 동네에서 말이야. 이 커플은 하늘을 날아다니다가는 별별 짓을 다 하는 모양이야. 벽을 들여다보거나 자기가 육교인 척한다든가 그런 얘기가 아니야. 아무것도 몰라?"

"몰라."

"아서, 우리 짝꿍, 너하고 통화하게 되어서 정말 얼마나 말로 표현할 수 없이 맛깔 나고 좋았는지 몰라. 하지만 이제 끊어야겠어. 사람을 시켜서 카메라하고 물 뿌리는 호스를 들고 너한테 찾아가라고 할게. 주소 좀 줘봐. 받아쓸 준비를 다 하고 있으니까."

"이봐, 머레이, 사실은 물어볼 게 있어서 전화를 한 거야."

"나 할 일이 굉장히 많은 사람인데."

"그냥 돌고래에 대해서 뭘 좀 알고 싶어서."

"그건 기삿거리가 안 돼. 작년 뉴스거리라고. 그건 잊어버려. 돌고래들은 다 없어졌잖아."

"중요한 일이야."

"이봐, 아무도 그 문제는 손도 안 댈 거야. 기사를 만들 수가 없단 말이야. 유일한 소식이라는 게 기사거리가 계속해서 나타나지 않고 있다는 건데 그게 어떻게 기사가 돼. 게다가 어차피 우리 전문 분야도 아니고. 차라리 《선데이 신문》을 알아보지 그래. 어쩌면 그 친구들은 '돌고래에게 일어난 일에 대한 기사는 대체 어떻게 되었나' 같은 기사를 일이 년 지나서 한 팔월쯤 실을지도 몰라. 하지만 그렇다고 지금 와서 누가 뭘 어떻게 하겠냐? '돌고래들은 계속 부재중'? '지속되는 돌고래들의 부재'? '돌고래들 —그들 없이 가는 세월'? 그런 기사는 죽었어, 아서. 자빠져서 두 발을 허공에다 대고 차면서 저 하늘 위에 있는 거대한 황금빛 빈민 수용소로 날아가고 있단 말이야. 이런 친애하는 박쥐 같으니라고."

"머레이, 나는 그게 기사감이냐 아니냐는 관심 없어. 그저 돌고래에 대해서 뭔가 알고 있다고 주장하는 캘리포니아의 그 사람 연락처만 알면 돼. 아무래도 네가 알 거 같아서."

28

"사람들이 우리 얘기를 하기 시작했어요." 펜처치가 그날 저녁, 함께 첼로를 끌어올린 후에 말했다.

"말만 하는 게 아니에요." 아서가 말했다. "활자로 찍고 있어요. 빙고 상품 밑에 커다랗고 두꺼운 글자체로. 그래서 이걸 구해오는 게 좋겠다고 생각했죠."

그는 길쭉한 비행기표를 보여주었다.

"아서!" 그녀는 아서를 껴안으며 말했다. "그러니까 그 사람이랑 통화하는 데 성공했다는 얘기예요?"

"오늘 하루는." 아서가 말했다. "전화 통화만 하다가 기진맥진 뻗어버렸어요. 플릿 스트리트에 있는 거의 모든 신문사의 거의 모든 부서와 다 통화를 했어요. 그래서 드디어 이 번호를 추적해내는 데 성공했죠."

"어찌나 열심히 일했는지, 땀에 푹 젖었네, 불쌍한 내 사랑."

"땀은 아니고……." 아서가 힘없이 말했다. "사진 기자가 방금 왔다 갔기 때문이에요. 항의하려고 했지만, 하지만 ……아니, 그건 신경 쓰지 말아요. 중요한 사실은, 맞아요. 열심히 일했어요."

"그 사람하고 통화했군요."

"그 사람 아내하고 통화를 했어요. 지금 그 사람은 너무 괴상하게 굴고 있어서 전화를 받을 수가 없대요. 그러면서 나중에 전화하라고 하더라고요."

그는 무겁게 주저앉다가, 뭔가 허전하다는 생각이 들어 빠진 걸 찾으러 냉장고로 갔다.

"뭐 한 잔 마실래요?"

"물 한 잔 준다면 사람이라도 죽일 수 있을 거 같아요. 첼로 선생이 나를 위아래로 훑어보면서 '아, 맞아, 이 친구, 오늘은 차이코프스키를 좀 해볼까'라고 말하면, 그날은 아주 고달파지거든요."

"그래서 다시 전화를 했어요." 아서가 말했다. "그랬더니 이 여자가 말하길, 지금 전화에서 3.2광년 떨어진 거리에 있기 때문에, 나중에 다시 걸어달래요."

"아."

"그래서 다시 걸었어요. 그러니까 상황이 아까보다는 좀 좋아졌대요. 이제는 전화에서 겨우 2.6광년밖에 안 떨어져 있지만, 아직 고함을 치기에는 좀 먼 거리라나요."

"설마 ……." 펜처치가 의심스럽게 말했다. "그 사람 말고 그런 얘기를 할 만한 사람은 또 없겠죠?"

"들어봐요. 갈수록 태산이니까." 아서가 말했다. "실제로 그 사람을 만나본 과학 잡지 기자하고 통화를 했는데, 그 사람 말이 존 왓슨은 금색 턱수염이 나고 초록색 날개가 달리고 닥터 숄(닥터 숄은 바닥이 나무로 된 슬리퍼를 생산하는 구두 회사다 — 옮긴이주)의 샌들을 신은 천사들한테 계시를 받는답니다. 그래서 달마다 유행하는 어리석은 기담들을 무조건 믿을 뿐 아니라, 천사들이 말해줬다는 절대적인 증거까지 갖고 있다고 주장할 거라는 거예요. 이런 계시의 효력을 의심하는 사람들한테는, 의기양양하게 문제의 슬리퍼를 보여줄 거라는군요. 여기까지가 내가 들은 얘기의 전부예요."

"그 정도로 사태가 심각할 줄은 몰랐는걸요." 펜처치가 조용히 말했다. 그녀는 비행기표를 기운 없이 만지작거렸다.

"그래서 다시 왓슨 부인에게 전화를 했어요." 아서가 말했다. "그런데 그 여자분 이름은, 어쨌거나 혹시 당신이 궁금해할까 봐 말해주는 건데, 아케인 질이에요."

"알겠어요."

"알아줘서 고마워요. 당신이 이런 얘기를 하나도 안 믿어줄까 봐, 이번에 전화를 걸 때는 자동응답기로 통화를 녹음했어요."

그는 전화기로 가서 한동안 전화기 버튼을 모조리 눌러보며 짜증을 냈다. 이 전화기는《무엇을 살까》잡지에서 특별히 추천한 제품으로서, 쓸 때마다 머리가 돌아버리지 않는 게 불가능했기 때문이다.

"여기 있다." 그는 마침내 이마에 흘러내리는 땀을 훔치며 이렇게 말했다.

목소리는 지구 상공에 고정되어 있는 위성까지 올라갔다 내려오는 긴 여행을 하느라 지쳐서 가늘고 칙칙거렸지만, 또한 잊혀지지 않을 정도로 차분했다.

"제가 설명을 좀 드려야 할 것 같군요." 아케인 질 왓슨의 목소리가 말했다. "이 전화는 사실 그이가 절대 들어오지 않는 방에 있거든요. 전화는 정신병원 안쪽에 있어요. 정신 멀쩡한 웡코는 정신병원에 들어오는 걸 싫어해서, 절대 들어오지 않아요. 선생님께서 전화를 계속 하시는 수고를 덜어드려야 할 거 같아서 말씀드리는 거예요. 만일 그이를 만나고 싶으시면, 그건 아주 쉽게 도와드릴 수 있어요. 그냥 걸어 들어오시면 되거든요. 그이는 '정신병원 바깥'에서만 사람들을 만나요."

안 그래도 어리벙벙한 아서의 목소리가 극도의 얼빵함에 다다랐다. "죄송한데, 무슨 말씀인지 잘 모르겠네요. 정신병원이 어디 있나요?"

"정신병원이 어디 있느냐고요?" 아케인 질 왓슨이 다시 말했다. "이쑤시개 통에 있는 설명을 읽지 않으셨단 말인가요?"

테이프에서 들려오는 아서의 목소리는, 읽지 못했다는 사실을 수긍했다.

"읽어두시는 편이 좋을 거예요. 그러면 몇 가지 문제들이 좀 해명될 테니까요. 정신병원이 어디 있는지도 알게 되실 거고요. 감사합니다."

전화 속에서 말하던 목소리는 끊어졌다. 아서는 기계를 껐다.

"자, 그렇다면 이걸 초대라고 봐도 되겠지요." 그는 어깨를 으쓱하며 말했다. "사실은 과학 잡지에서 일하는 친구한테서 주소를 얻어냈답니다."

펜처치는 생각에 잠긴 듯 얼굴을 찌푸리며 아서를 올려다보고는, 비행기표를 다시 내려다보았다.

"이럴 만한 가치가 있는 일일까요?" 그녀가 말했다.

"글쎄요." 아서가 말했다. "내가 얘기한 사람들이 한 가지에서는 의견 일치를 보더라고요. 그 남자는 구제불능으로 미쳤을 뿐만 아니라, 돌고래에 대해서는 세상에 생존하고 있는 그 어떤 인간보다 더 많은 걸 알고 있다더군요."

29

"대단히 중요한 안내 방송입니다. 이 비행기는 로스앤젤레스행 백이십일 번 비행기입니다. 오늘 여러분의 여행 계획에 로스앤젤레스가 포함되어 있지 않으시다면, 지금이 이 비행기에서 내리기에 가장 좋은 시간이라고 사료됩니다."

30

그들은 로스앤젤레스에서, 사람들이 버리고 간 차를 대여해주는 렌터카 회사에서 자동차를 하나 빌렸다.

"이 자동차가 모퉁이를 돌게 만드는 건, 아마 상당히 골치가 아플 겁니다." 열쇠를 건네주면서, 선글라스를 낀 사내가 말했다. "사실 어떤 때는 차라리 자동차에서 나가서 그 방향으로 가는 다른 차를 빌려 타는 편이 더 간단할지도 몰라요."

그들은 누군가가 황당한 경험을 만끽하고 싶으면 들르라고 권했던 신셋 내로의 호텔에서 하룻밤을 보냈다.

"거기 묵는 사람들은 다 영국인이거나 괴짜거나 아니면 둘 다야. 그 호텔에는 수영장이 있는데, 거기 가 보면 영국 록 스타들이 사진기자들을 위해서《언어, 진실 그리고 논리》같은 책들을 들고 포즈를 취하고 있다고."

사실이었다. 수영장에는 그날도 록 스타가 한 명 있었는데, 정확하게 그런 행동을 하고 있었다.

주차 관리인은 그들의 차를 별로 신경 써주지 않았지만, 그건 상관없었다. 그건 그들도 마찬가지였으니까.

밤이 깊어지자 그들은 멀홀랜드 드라이브 도로를 따라 할리우드 언덕을 드라이브해서, 로스앤젤레스라는 이름의 눈부시게 흐르는 빛의 바다를 먼저 내려다본 후, 잠시 후에는 또 차를 세우고 샌페르난도 밸리라는 이름의 눈부시게 흐르는 빛의 바다를 내려다보았다. 그들은 눈부신 감각이 망막 바로 밑까지만 다다를 뿐 다른 어떤 부분도 건드리지 못한다는 데 의견의 합일을 보고 아름다운 풍경에 이상하게 만족하지 못한 채 그곳을 떠났다. 극적인 빛의 바다라는 건 좋다 이거다, 하지만 빛은 뭔가를 밝혀주도록 되어 있는 게 아닌가. 그런데 이 특별히 극적인 빛의 바다가 밝혀주는 사이로 자동차를 몰아본 결과, 그들은 별것 아니라는 결론을 내렸다.

그들은 늦잠을 푹 자고, 도저히 못 견딜 정도로 뜨거운 점심식사 시간이 되어서야 일어났다.

그들은 고속도로를 달려 산타모니카로 가서 생전 처음 태평양을 보았다. 정신 멀쩡한 웡코가 날이면 날마다, 거기다 또 밤 시간의 상당량까지도 그 앞에 앉아서 보내는 바다였다.

"언젠가 이런 말을 들었어요." 펜처치가 말했다. "그 사람은 이 바닷가에서 두 사람의 아주머니가 하는 얘기를 어깨 너머로 들었대요. 무슨 볼일이었는지는 몰라도, 아무튼 여기서 처음으로 태평양을 본 사람들이었대요. 그런데 한참 아무 말도 하지 않다가, 한 아주머니가 동행을 보고 이렇게 말하더래요. '그런데 생각했던 것만큼 크지는 않네'라고요."

말리부 해변을 따라 걸으며 세련된 통나무 별장을 가진 수많은 백만장자들이 서로를 유심히 바라보며 누가 얼마나 돈을 많이 벌고 있나 확인하는 광경을 구경하다 보니, 두 사람의 기분이 점점 좋아졌다.

태양이 하늘의 서쪽으로 기울자 두 사람의 기분은 점점 더 좋아졌고, 덜컹거리는 자동차로 돌아와서 제정신이 털끝만큼이라도 남은 인간이라면 절대 그 앞에 로스앤젤레스 같은 도시를 지을 생각은 꿈에도 할 수 없는 석양을 향해 달릴 때쯤이 되자, 그들은 갑자기 경이롭고도 비합리적인 행복에 사로잡혀 심지어 끔찍하게 낡은 자동차 라디오에서 겨우 두 채널만 잡히고, 그것도 두 채널이 동시에 나온다는 사실마저 개의치 않게 되었다. 그러면 어떠랴, 두 채널 다 훌륭한 로큰롤을 틀어주고 있는데.

"그 사람이 우리를 도와줄 수 있을 거라고 믿어요." 펜처치가 단호하게 말했다. "도와줄 수 있을 거예요. 그 사람 이름이 뭐라고 했죠? 자기가 듣기 좋아하는 이름이요."

"정신 멀쩡한 웡코."

"맞아요. 우리를 도와줄 수 있는 사람이 틀림없어요."

아서는 그가 과연 도움을 줄 수 있을까 생각했고, 그가 도움을 줄 수 있기를 바랐고, 펜처치가 잃어버린 것을 여기서, 이 지구에서, 이 지구가 무엇으로 밝혀지든 간에 아무튼 여기서 찾을 수 있기를 바랐다.

하이드 파크의 서펀틴 호숫가의 벤치에서 그녀와 이야기를 나눈 후로 계속해서 열렬하게 소망했고, 또 소망하는 바는 그가 저 깊고 깊은 기억의 저편에 확고하게, 작정하고 묻어둔 생각들을 다시는 기억해내지 않아도 되었으면 하는 것이었다. 그 생각들이 그냥 기억 저편에 그대로 묻힌 채 그를 괴롭히게 해달라고, 그는 소망하고 또 소망했다.

샌타바버라에서 그들은 창고를 변형한 것같이 생긴 생선 요리 전문 레스토랑에 들렀다.

펜처치는 붉은 숭어를 먹었고, 맛있다고 말했다.

아서는 황새치 스테이크를 먹었고, 요리 때문에 화가 난다고 말했다. 그는 지나가는 웨이트리스의 팔을 덜컥 붙잡고는 마구 욕을 했다.

"도대체 이놈의 생선이 왜 이렇게 뒈지게 맛있는 겁니까?" 그는 성을 내며 따져 물었다.

"제 친구를 용서해주세요." 펜처치가 깜짝 놀란 웨이트리스에게 이렇게 말했다. "오랜만에 좀 즐거운 하루를 보내고 있나 봐요."

31

데이비드 보위를 한두 사람쯤 데리고 데이비드 보위 하나를 또 다른 데이비드 보위 위에다 붙이고, 또 다른 데이비드 보위를 처음 두 사람의 데이비드 보위의 팔뚝에다 붙인 다음에 그걸 전부 합쳐서 더러운 비치 가운으로 둘둘 감으면, 존 왓슨과 똑같이 생긴 건 아니라도 존 왓슨을 아는 사람이 보면 굉장히 낯익다고 생각할 만한 형상이 나올 것이다.

그는 키가 크고 움직임이 몹시 뻣뻣했나.

태평양을 지그시 바라보면서 ── 이제는 처음처럼 광기 어린 탐색은 포기한 채 평화로운, 그러나 깊디깊은 실의에 빠진 모습이었지만 ── 해변용 접의자에 앉아 있는 모습을 보면, 어디까지가 접의자고 어디서부터 존 왓슨인지 구분하기가 쉽지 않았다. 그래서 건드리기도 망설이게 되는 것이다. 혹시나, 예를 들어 팔 같은 데 손을 댔다가는 전체 구조물이 한꺼번에 와르르 무너져 내리면서 손 댄 사람의 엄지손가락까지 같이 떨어져나가지 않을까 겁날 정도였다. 하지만 그가 사람을 보고 미소를 지으면, 그건 굉장히 특별하기 이를 데 없었다. 그 얼굴은 사람이 살아가면서 겪을 수 있는 최악의 사태들만 모아놓은 것 같았지만, 그가 짧은 순간 특정한 순서로 얼굴을 재조립하면 보는 사람으로 하여금 갑자기 '아, 그렇구나. 이제 다 괜찮은 거야'라는 느낌이 들게 하곤 했던 것이다.

말할 때, 그가 예의 '아, 그렇구나. 이제 다 괜찮아'라는 느낌이 들게 만드는 미소를 상당히 자주 애용한다는 사실을 알게 되고 사람들은 마음을 푹 놓을 수 있었다.

"오, 그럼요." 그는 말했다. "그 친구들이 나를 만나러 온다니까요. 바로 여기 앉아 있곤 하지요. 지금 당신이 앉아 있는, 바로 그 자리에 앉는다고요." 그는 금발의 수염과 초록색 날개를 가진 닥터 숄의 샌들을 신은 천사 이야기를 하고 있었다.

"자기네들이 사는 데에는 이런 게 없다면서 나초를 먹어요. 콜라를 아주 많이 마시고 만사에 아주 친절하지요."

"그래요." 아서가 말했다. "그래요? 그러니까, 어……이게 언제 일이죠? 천사들이 언제 오나요?"

그도 태평양을 바라보았다. 해변을 따라 달리는 도요새가 몇 마리 있었는데, 그들에게는 이런 문제가 있었다. 모래 속에 묻어둔 먹이가 방금 파도에 쓸려갔는데, 발이 물에 젖는 건 참을 수가 없었던 것이다. 이 문제를 해결하기 위해서 도요새들은 굉장히 똑똑한 스위스 사람들이 만든 기계처럼 괴상하게 팔짝팔짝 뛰어다니고 있었다.

펜처치는 모래 위에 앉아서, 손가락으로 한가로이 무늬를 그리고 있었다.

"대체로 주말이죠." 정신 멀쩡한 웡코가 말했다. "작은 스쿠터를 타고 온답니다. 근사한 기계들이지요." 그가 미소를 지었다.

"그렇군요." 아서가 말했다. "알겠어요."

펜처치가 조그맣게 기침을 하는 바람에 아서는 그녀 쪽으로 시선을 돌리고 뭘 하는지 살펴보았다. 그녀는 구름 속에서 노니는 두 사람의 모습을 묘사한 모래 그림을 그리고 있던 작은 둘째손가락을 긁었다. 잠시 아서는 그녀가 자신을 도발시키려는 게 틀림없다고 생각했지만, 곧 그게 아니라 야단을 치고 있다는 걸 알았다. 그녀는 "우리 같은 사람들이 누굴 보고 미쳤다고 할 자격이나 있어요?"라고 말하고 있었다.

웡코의 집은 누가 봐도 특이했고, 이것이 펜처치와 아서가 처음으로 맞닥뜨린 물건이었기 때문에 어떻게 생겼는지 좀 설명해주는 게 좋을 것 같다.

그 집은 이러했다.

안팎이 뒤집혀 있었다.

사실 어찌나 안팎이 제대로 뒤집혀 있는지, 카펫을 바깥에 깔아야 할 정도였다.

사람들이 보통 건물 외벽이라고 부를 만한 물건을 따라서, 고상한 분홍색으로 인테리어 디자인이 되어 있었다. 선반도 있었고, 반원 모양의 상판이 달린 세 발 달린 가구도 있었다. 왜, 누가 그 위로 벽을 뚝 떨어뜨린 것 같은, 그런 테이블 말이다. 그리고 마음을 편안하게 해주려는 목적으로 그린 게 분명한 그림들도 걸려 있었다.

그런데 진짜 이상한 것은 천장이었다.

천장은 M. C. 에셔(착시를 사용한 복잡한 구도의 에칭화로 유명한 화가 — 옮긴이주)가, 밤마다 시내에 나가서 죽도록 힘든 밤을 보냈을 때에 ——실제로 에셔가 힘겨운 밤을 보냈다거나 하는 그런 말을 하려는 건 이 이야기의 목적이 결코 아니지만, 사실 그 사람 그림을 쳐다보는 게 힘든 건 사실이긴 한데, 뭐 당연한 애기지만 특히 그 이상한 계단이 수없이 많이 그려져 있는 그림을 보고 있으면 몹시 힘들다 ——아무튼 그런 밤을 보내고 들어와서 꿈을 꾸었을 만한 모습으로 속으로 접혀 있는 데다, 안쪽에 걸려 있어야 마땅한 작은 샹들리에가 바깥으로, 위로 삐죽 솟아 올라와 있었기 때문이다.

굉장히 헛갈린다.

현관에 걸려 있는 안내문에는 "바깥으로 들어오세요"라고 쓰여 있었고, 그래서 그들은 불안하게 안내에 따랐다.

물론 안에는 바깥에 있어야 할 것들이 있었다. 거친 벽돌, 훌륭하게 마감된 자재, 잘 수리된 물받이, 정원의 오솔길, 작은 나무 몇 그루, 바깥으로 향하는 방 몇 개.

그리고 안쪽의 벽은 희한하게 접혀서 끝이 터져 있었는데, 이것이 유발하는 착시 효과는 과연 M. C. 에셔라도 얼굴을 찌푸리며 대체 어떻게 했을까 고민하게 만들었을 법한 것이었다. 집 안에 태평양이 들어 있는 것처럼 보였던 것이다.

"안녕하시오." 존 왓슨, 정신 멀쩡한 웡코가 말했다.

다행이네, 그들은 마음속으로 생각했다. "안녕하세요"는 그래도 감당할 만한 인사말이었으니까.

상당히 오랜 시간, 그는 이상하게 돌고래 얘기를 하기 꺼리는 것처럼 보였다. 묘하게 정신이 딴 데 팔려 있는 듯한 기색으로 돌고래 얘기만 꺼내면 "잊어버렸는데……" 같은 말을 하는 것이었다. 그러면서 집 안에 있는 희한하고 괴상한 물건들을 자랑스럽게 그들에게 구경시켜주었다.

"이건 내게 기쁨을 주지요." 그가 말했다. "좀 묘한 기쁨이긴 하지만요. 그리고 아무에게도 해를 끼치지 않고 말이오." 그는 말을 이었다. "훌륭한 안경사라면 문제를 금세 해결할 수 있으니까."

그들은 존 왓슨이 마음에 들었다. 서글서글하고 정이 붙는 사람이었고, 다른 사람이 놀리기 전에 자기가 자기를 조롱할 줄 아는 것 같았다.

"사모님 말씀인데요." 아서가 주위를 둘러보며 말했다. "사모님이 무슨 이쑤시개 얘기를 하셨어요." 그는 쫓기는 듯한 표정으로 그 말을 해치웠다. 그녀가 문 뒤에서 불쑥 나타나서 또 그 얘기를 할까 봐 겁이 났던 것이다.

정신 멀쩡한 웡코는 큰 소리로 웃었다. 밝고 편안한 웃음이었고, 전에도 그렇게 웃어본 적이 아주 많은 듯한, 그리고 몹시 만족스러워하는 듯한 그런 웃음이었다.

"아, 맞아요." 그가 말했다. "그건 내가 세상이 완전히 미쳐 돌아간다는 걸 깨닫고, 불쌍한 세상을 치료해주고 싶어서 세상을 전부 다 집어 넣을 정신병원을 지은 그날하고 상관이 있다오."

이 지점에서 아서는 다시 좀 불안해지기 시작했다.

"여기 말이오." 정신 멀쩡한 웡코가 말했다. "우리는 지금 정신병원 바깥에 있는 거라오." 그는 다시 거친 벽돌, 산뜻한 마감재 그리고 물받이를 가리키며 말했다. "저 문을 지나면……." 그는 그들이 처음 들어왔던 문을 가리켰다. "정신병원으로 들어가게 되지요. 환자들을 행복하게 해주기 위해서 예쁘게 인테리어를 했지만, 사실 다 구제 불능이라 별로 해줄 수 있는 일이 없다오. 나는 절대 저 속으로 들어가지 않지. 들어가고 싶은 유혹을 느끼면, 요즘은 물론 그런 일이 별로 없지만……. 그냥 문에 달려 있는 안내문을 읽으면, 금세 마음이 약해져서 또 못 들어가곤 해요."

"저 안내문 말인가요?" 펜처치가 약간 어리둥절한 표정으로 뭐라고 지시문들이 쓰여 있는 파란 명판을 가리켰다.

"그래요. 저 말들이 궁극적으로 내가 지금 같은 은둔자 생활을 하게 된 계기가 되어주었어요. 아주 급작스러운 일이었지. 그 안내문을 보자마자, 내가 해야 할 일이 뭔지 알게 되었거든."

안내문에는 이렇게 쓰여 있었다.

"이쑤시개의 중간 부분을 손으로 잡는다. 뾰족한 부분을 입 속에서 촉촉하게 적시도록 한다. 이빨 사이의 공간에 삽입하고, 뭉툭한 부분을 잇몸에 대도록 한다. 부드럽게 넣었다 뺐다 하는 동작을 반복한다."

"그러니까." 정신 멀쩡한 웡코가 말했다. "이쑤시개 한 상자에다가 사용 설명서를 붙일 만큼 제정신을 잃어버린 문명이라면, 그런 문명 속에서 더 이상 우리가 맑은 정신을 유지할 수 없다는 생각이 들더군요."

그는 다시 태평양을 지그시 바라보았는데, 마치 어디 한번 욕을 하며 덤벼보라고 도전이라도 하는 듯했다. 하지만 태평양은 차분하게 제자리를 지키며 도요새들과 놀기만 했다. "그리고 혹시 궁금하다는 생각이 뇌리를 스칠까 싶어서 하는 말인데 ― 어쩌면 그럴 수도 있다는 생각이 들어서 하는 말이오 ― 나는 정신이 아주 멀쩡한 사람이라오. 그래서 이 점을 사람들한테 확실히 해두기 위해서, 정신 멀쩡한 웡코라고 불러달라고 하는 거지요. 웡코는 내가 어렸을 때 어설프게 돌아다니다가 물건을 넘어뜨리곤 해서 어머니가 붙여준 애칭이고, 정신이 멀쩡하다는 건 내가 그렇다는 얘기요. 그리고……." 그는 '아, 그렇구나. 이제 다 괜찮아'라는 느낌이 들게 만드는 미소를 지어 보이며 말했다 "앞으로도 정신이 멀쩡한 사람으로 남을 예정이요. 우리, 해변으로 가서 같이 해야 할 이야기를 해볼까요?"

그들은 해변으로 나갔고, 그때부터 그는 금발의 수염과 초록색 날개가 달리고 닥터 숄 샌들을 신은 천사들 이야기를 하기 시작했다.

"돌고래들 말인데요." 펜처치가 희망에 차서, 조심스럽게 말했다.

"샌들을 보여드릴 수도 있어요." 정신이 멀쩡한 웡코가 말했다.

"그저, 혹시 아시는 게 있는지……."

"혹시 보고 싶으세요?" 정신 멀쩡한 웡코가 말했다. "샌들 말이에요. 내가 갖고 있거든. 내가 갖다 보여줄게요. 닥터 숄이라는 회사에서 만든 샌들인데, 천사들 말로는 직장에서 신고 있기에 특히 좋다고 하더군요. 메시지 옆에서 간이 매점을 운영한다고 하더라고요. 그래서 무슨 말인지 모르겠다고 했더니, 아마 모를 거라면서 자기네들끼리 마구 웃더군요. 아무튼 갖다 보여줄게요."

그가 다시 안으로, 아니 보는 시각에 따라서 밖으로 들어갔을 때, 아서와 펜처치는 황당하다는 듯 조금은 절박한 눈길로 서로를 바라보았고, 어깨를 으쓱해 보인 후 모래에 한가로이 이런저런 그림을 그렸다.

"발은 오늘 어때요?" 아서가 재빨리 물어보았다.

"괜찮아요. 모래 속에 있으면 그렇게 이상한 느낌이 안 들어요. 아니면 물속이나요. 발에 물이 닿는 느낌이 최고예요. 그저 여기가 우리 세계가 아니라고 생각할 뿐이죠, 뭐."

그녀는 어깨를 으쓱했다. "그런데 메시지라니, 그게 무슨 뜻인 거 같아요?"

"모르겠어요." 이렇게 말했지만, 아서의 머릿속에서는 자기만 보면 미친 듯이 웃음을 터뜨리던 프락의 기억이 계속 그를 괴롭혔다.

다시 돌아온 웡코가 손에 들고 있는 물건을 보고 아서는 질겁하고 말았다. 샌들 때문이 아니었다. 샌들은 그냥 완벽하게 평범한,

바닥이 나무로 된 슬리퍼였다.

"그냥 천사들이 뭘 신고 다니는지 보여드리고 싶을 뿐이에요." 그가 말했다. "그냥 궁금하잖아요. 그나저나 뭘 입증하고 싶어서 이러는 게 아니에요. 나는 과학자요. 증거를 구성하는 게 뭔지 잘 알고 있어요. 하지만 어린 시절의 애칭으로 불러달라고 하는 이유는, 과학자란 완벽하게 아이 같아야 한다는 사실을 잊지 않기 위해서지요. 과학자는 뭐가 눈에 보이면 그 물체가 보려고 했던 것이든 아니든 보인다고 말을 해야 합니다. 먼저 보고, 생각은 나중에 하고, 그 다음에 시험을 하는 거지요. 하지만 늘 일단은 봐야 합니다. 그렇지 않으면 보게 될 거라 예상하는 것만 보게 되니까요. 대부분의 과학자들은 그 사실을 잊어버리죠. 그 점을 증명하는 증거를 나중에 보여주겠어요. 그래서, 아무튼 내가 정신 멀쩡한 웡코라는 이름을 자칭하는 또 한 가지 이유는, 사람들이 나를 바보라고 생각하게 만들기 위해서지요. 그래야 내 눈에 뭐가 보일 때 보인다고 말을 할 수가 있거든요. 사람들한테 바보 취급을 받는 걸 겁낸다면, 결코 과학자가 될 수 없어요. 어쨌든, 혹시 이것도 보고 싶어할까 봐 들고 왔어요."

그게 바로 아까 그의 손에 들려 있는 걸 보고 아서가 기절할 정도로 놀란 물건이었다. 그건 근사한 은회색의 유리 어항으로서, 아서의 침실에 있는 것과 똑같아 보였다.

아서는 이미 삼십 초가 넘도록 헛수고를 하고 있었다. 카랑카랑하게 그리고 목소리에 헉 하고 놀라는 신음소리를 넣어서 "대체 그거 어디서 난 겁니까?"라고 물어보려고 했지만, 도저히 말이 나오지 않았다.

마침내 말이 나오려는 순간이 왔지만, 그는 천분의 일 초 차이로 기회를 놓치고 말았다.

"대체 그거 어디서 난 거예요?" 펜처치가 카랑카랑하게, 그리고 목소리에 헉 하는 신음소리를 담아서 물었다.

아서는 펜처치를 흘낏 보고, 카랑카랑하게 그리고 목소리에 헉 하는 신음소리를 담아서 이렇게 물었다. "뭐라고요? 전에 이런 걸 본 적이 있단 말이에요?"

"그래요." 그녀가 말했다. "집에 하나 갖고 있어요. 아니, 적어도 전에는 갖고 있었어요. 러셀이 훔쳐가서 그 속에 골프공을 담아두는 데 쓰고 있거든요. 어디서 났는지는 모르겠어요. 그저 러셀이 훔쳐가서 화가 났다는 것밖에. 왜요? 당신한테도 있어요?"

"그래요, 그건……."

그들은 정신 멀쩡한 웡코가 날카로운 눈길로 두 사람을 번갈아 바라보며, 헉 하는 신음소리를 넣어보려고 애쓰고 있다는 걸 깨달았다.

"당신들도 이런 걸 갖고 있단 말이오?" 그는 두 사람 모두를 보고 말했다.

"그래요." 두 사람은 한목소리로 대답했다.

그는 오랫동안 그리고 차분하게 그들을 바라보더니, 캘리포니아의 태양빛을 잘 받을 수 있게 어항을 치켜들었다.

어항은 태양과 함께 노래 부르며, 강렬한 태양광에 맞추어 공명하는 것처럼 보였다. 그리고 모래사장과 그들 위에 짙은 무지개를 드리웠다. 그는 어항을 돌리고 또 돌렸다. 그들은 섬세하게 세공된 글씨를 선명하게 볼 수 있었는데, "안녕히, 그리고 물고기는 고마웠어요"라는 말이 쓰여 있었다.

"이게……." 웡코는 조용히 말했다. "뭔지 압니까?"

그들은 천천히 고개를 저었고, 경이로움에 차서, 아니 거의 최면에 걸리다시피 회색 어항 속에서 섬광처럼 빛나는 번개 같은 그림자를 바라보고 있었다.

"돌고래들이 주고 간 작별 선물이오." 나지막하고 고요한 목소리로 정신 멀쩡한 웡코가 말했다. "내가 사랑했고 연구했고 함께 헤엄을 쳤고 물고기를 먹여주었던 돌고래들 말이오. 나는 심지어 그들의 언어를 배우려고 애쓰기까지 했지요. 돌고래들은 그 일을 불가능할 정도로 어렵게 만들어놨어요. 지금 생각하니, 그들은 마음만 먹으면 인간의 언어로 완벽한 의사소통을 할 수 있었는데 말이지요."

그는 느릿느릿, 느릿느릿한 미소를 지으며 고개를 가로저었다. 그러더니 다시 펜처치를 그리고 아서를 쳐다보았다.

"당신은……." 그는 아서를 보고 말했다. "어항을 어떻게 했습니까? 물어봐도 될까요?"

"어, 물고기를 넣어뒀어요." 아서는 어쩐지 약간 민망했다. "어떻게 해야 좋을지 모르는 물고기가 한 마리 있는데, 어, 어항이 있길래……." 그는 말꼬리를 흐렸다.

"다른 건 안 해봤어요? 아니." 윙코가 말했다. "해봤다면, 아마 벌써 알고 있겠지만." 그는 고개를 다시 흔들었다.

"아내는 우리 어항에다가 맥아를 보관한다오." 윙코가 다시 말했다. 말투에 처음 듣는 어감이 배어 있었다. "어젯밤까지는 그랬지요……."

"어젯밤에." 아서가 천천히, 그리고 숨을 죽이고 말했다. "대체 무슨 일이 일어났나요?"

"맥아가 다 떨어졌소." 윙코가 차분하게 말했다. "아내는 지금 맥아를 사러 간 참이지." 그는 잠시 혼자만의 생각에 잠기는 듯했다.

"그런데 그 다음에 어떻게 됐죠?" 펜처치가, 똑같이 숨이 턱에 찬 목소리로 말했다.

"어항을 씻었소." 윙코가 말했다. "아주 조심스럽게, 아주, 아주, 조심스럽게 씻었어요. 맥아가 한 점도 남지 않도록 깨끗하게 씻은 후에, 보푸라기가 없는 천으로 천천히, 빙글빙글 돌려가며 아주 천천히 닦아서 말렸소. 그리고 귓가에 대보았지요. 혹시…… 혹시 어항을 귓가에 대본 적 있습니까?"

그들은 둘 다 고개를 가로저었다. 이번에도 느릿느릿하게, 이번에도 멍청하게.

"아마, 귀에 대보는 게 좋을 겁니다." 그가 말했다.

32

대양의 깊은 포효.

생각이 따라잡을 수 없을 정도로 머나먼 해변에 부서지는 파도 소리.

심해의 소리 없는 천둥소리.

그리고 그 사이로부터, 이름을 부르는 듯한 목소리들, 아니, 목소리들이 아니라 웅웅거리는 듯, 떨리는 듯, 말이 되다 만 듯한 소리들 그리고 반쯤 알아들을 듯 말 듯한 생각의 노래들.

인사들, 물결처럼 밀려오는 인사말들, 다시 썰물처럼 빠져나가 함께 부서지는, 알아들을 수 없는, 말들.

지구의 해변에 부딪치는 슬픔의 충격.

기쁨의 파도가 …… 어디지? 말로는 형용할 수 없는 방식으로 찾아낸, 말로는 형용할 수 없는 방법으로 도달한, 말로는 형용할 수 없이 젖은 세계, 물의 노래.

이제 목소리들이 연주하는 푸가, 와글와글한 해명, 돌이킬 수 없는 대재앙에 관한, 파괴를 앞둔 세계에 관한, 해일처럼 밀려드는 무기력함, 발작 같은 절망, 끝으로 치달려 작아지는 노랫소리, 또 다시 터져 나오는 단어들.

그리고는 한 줄기 희망, 겹겹이 접힌 세월의 함의들로부터, 침잠된 차원으로부터 유령 같은 지구를 재발견하고, 평행선들의 팽팽한 당김, 깊디깊은 노력, 의지의 회전, 팽팽한 의지력의 긴장된 싸움, 싸움. 새로운 지구가 끌어올려져 대체되고, 돌고래들은 사라졌다.

그리고 깜짝 놀랄 정도로 선명한, 단 하나의 목소리.

"이 어항은 '인간 보존을 위한 캠페인'에서 감사의 뜻으로 드리는 선물입니다. 안녕히 계십시오."

그리고 길고, 무겁고, 완벽한 회색의 몸체들이 헤아릴 수 없는, 미지의 심해 속으로 사라져가는 소리. 그들은 소리 죽여 낄낄거리며 웃고 있었다.

33

그날 밤 그들은 '정신병원 바깥'에서 머물며 그 속에서 텔레비전을 보았다.

"여러분한테 보여드리고 싶었던 게 바로 이겁니다." 뉴스가 다시 나오자 정신 멀쩡한 웡코가 말했다. "옛날에 같이 일하던 직장 동료죠. 그 친구는 조사를 하러 당신네 나라로 갔어요. 어디 한번 보세요."

기자 회견이었다.

"유감스럽지만 현재로서는 '비의 신'이라는 이름에 논평을 할 만한 때가 아닙니다만, 우리는 그를 '즉발적인 근접인과성 기상학적 현상'의 일례라고 부르고 있습니다."

"그게 무슨 뜻인지 시청자들에게 설명을 해주시겠습니까?"

"저도 정확히는 모릅니다. 여기서 한 가지 확실히 하고 넘어갑시다. 우리 과학자들은 이해가 안 되는 걸 찾아내면, 일반인들이 절대로 이해하지 못할 만한, 심지어 발음도 안 되는 이름을 붙이곤 하지요. 일반인들이 그냥 그 사람을 '비의 신'이라고 부르며 돌아다니게 내버려두면, 그건 과학자들이 모르는 걸 일반인들이 알고 있다는 뜻이 되니까요. 우린 그런 건 참을 수가 없어요.

그래서 먼저 우리는 이 현상이 과학자가 다룰 영역이지 일반인의 영역이 아니라는 걸 확실히 하는 이름부터 붙이는 겁니다. 그러고 나서 일반인들이 말하는 현상이 아니라, 과학자들이 말하는 현상이라는 걸 증명하는 작업에 나서는 거지요.

그리고 당신네 일반인들이 맞다는 게 입증되면, 그래도 여전히 당신네들이 틀린 거요. 왜냐하면 우리는 그냥 그 사람을…… 어……'초정상'이라든가 —— 초자연이라든가 비정상이라든가 그런 말은 이제 당신네들이 무슨 뜻인지 아니까 말이죠 —— 어, '초정상적 증가 우량(雨量) 유도체'라든가 그런 말로 부르는 겁니다. 우리 영역이라는 걸 주장하기 위해서 중간에 '의사(擬似)' 같은 말을 억지로 끼워 넣을 수도 있고요. 비의 신이라니! 허, 그런 말도 안 되는 소리는 내 살다 살다 처음 들어봤어요. 솔직히, 그 사람과 휴가를 같이 가는 일은 피하고 싶은 게 사실이지만요. 고맙습니다. 일단 오늘 할 말은 여기까지가 전부입니다. 혹시 웡코가 보고 있다면 안부를 전하고 싶군요. 안녕한가, 웡코?"

34

귀국길에서 비행기 옆자리에 앉은 여자는 그들을 상당히 이상한 시선으로 쳐다보았다.

그들은 조용히 둘이서 이야기를 나누었다.

"난 아직도 알아야겠어요." 펜처치가 말했다. "그리고 어쩐지 당신이 알고 있는 걸 내게 다 말해주지 않았다는 생각이 드네요."

아서는 한숨을 쉬고 종이 한 장을 꺼냈다.

"연필 있어요?" 그가 말했다.

그녀는 여기 저기 뒤지더니 연필을 한 자루 찾아냈다.

"대체 뭐 하고 있어요, 당신?" 얼굴을 찌푸리고, 연필을 잘근잘근 씹고, 종이 위에 뭔가를 휘갈겨 쓰고, 그 위에 줄을 북북 그어 지우고, 또 뭔가를 휘갈겨 쓰고, 또 연필을 잘근잘근 씹고, 혼자 짜증을 내며 끙끙거리면서 아서가 이십 분을 보낸 후, 펜처치가 말했다.

"전에 누가 가르쳐준 주소를 기억해내려고 하는 거예요."

"가서 주소록을 하나 사면, 당신 인생이 훨씬 덜 복잡해질 거예요." 펜처치가 말했다.

마침내 그는 종이를 그녀에게 건네주었다.

"이거 한번 살펴봐요." 그가 말했다.

그녀는 종이를 보았다. 지우고 북북 그은 자국들 사이에 "은하 구역 QQ7 액티브J 감마. 자르스 항성. 프릴리움타른 행성. 세보르베우프스트리. 쿠엔툴루스 쿠아즈가르 산맥"이라는 단어가 쓰여 있었다.

"그런데 여기가 어디에요?"

"그건, 피조물에게 보내는 하나님의 마지막 메시지가 틀림없어요." 아서가 말했다.

"듣고 보니 그럴싸해 보이네요." 펜처치가 말했다. "여길 어떻게 가죠?"

"당신 정말……."

"그래요." 펜처치가 확고하게 말했다. "꼭 알고 싶어요."

아서는 긁힌 자국이 많이 나 있는 작은 강화 유리 현창을 통해 탁 트인 하늘을 바라보았다.

"죄송하지만." 상당히 이상한 눈길로 그들을 바라보고 있던 여자가 느닷없이 이렇게 말했다. "무례한 사람이라고 생각하지는 말아 주셨으면 좋겠어요. 이렇게 장거리 여행을 하면 너무 지루하거든요. 말동무가 있으면 좋지요. 제 이름은 이니드 카펠슨이에요. 보스턴에서 왔지요. 그런데, 두 분 많이 날아다니시나요?"

35

그들은 웨스트 컨트리에 있는 아서의 집으로 가서 타월과 집기들을 가방 속에 쑤셔 넣은 후, 은하계를 여행하는 히치 하이커들의 시간을 대체로 다 잡아먹는 일을 하기 시작했다.

그들은 비행접시가 날아오기를 기다렸다.

"내 친구는 이 짓을 십오 년 동안 했어요." 둘이서 쓸쓸하게 하늘을 바라보며 보내던 어느 날 밤, 아서가 이렇게 말했다.

"그게 누구예요?"

"포드 프리펙트라고 해요."

그는 앞으로 결코 있을 수 없는 일이라고 생각했던 짓을 실제로 하고 있는 자신을 발견했다.

그는 포드 프리펙트가 어디 있을까 궁금했다.

기가 막힌 우연의 일치로, 바로 다음 날 신문에 기사가 둘 실렸다. 하나는 비행접시와 관련한 경이로운 사건에 대한 것이었고, 또 하나는 술집에서 일어난 꼴사나운 소동을 다루고 있었다.

포드 프리펙트는 바로 그 다음 날, 숙취에 전 모습으로 나타나서 아서가 도통 전화를 받지 않는다며 불평을 늘어놓았다.

사실 그는 몹시 아픈 사람처럼 보였다. 단순히 행색이 추레한 정도가 아니라, 몰골이 아주 엉망이었다. 그는 비틀거리며 아서의 거실로 향했고, 부축해주겠다는 제안을 손사래를 치며 거절했다. 하지만 그건 실수였다. 괜히 손사래를 치려고 하다가 균형을 완전히 잃고 쓰러지는 바람에 아서가 결국 그를 소파까지 질질 끌고 가야 했기 때문이다.

"고마워." 포드가 말했다. "아주아주 고마워. 너……." 그는 이렇게 말하고는 세 시간 동안 곯아떨어져 잠을 잤다.

"……알기나 해?" 그는 정신을 차리고, 느닷없이 아까 하던 말을 계속했다. "플레이아데스에서 영국 전화선에 접속하는 게 얼마나 어려운지 알기나 하느냐고? 모르는 게 틀림없으니, 내가 말해줄게." 그가 말했다. "네가 지금부터 끓여줄 커피를 아주아주 커다란 머그잔에 한가득 부어서 마신 다음에."

그는 비실비실하면서 아서를 따라 부엌으로 향했다.

"멍청한 교환원들이 계속 나보고 어디서 전화를 하느냐잖아. 아무리 렛치워스라고 해도 그러면 이 회선으로 통화할 리가 없다는 거야. 지금 뭐 하는 거냐?"

"너한테 줄 블랙커피를 끓이고 있지."

"오." 포드는 이상하게 실망한 기색이었다. 그는 망연히 방안을 둘러보았다.

"이건 뭐야?" 그가 말했다.

"라이스 크리스피 시리얼이야."

"그럼 이건?"

"피망이야."

"그렇구나." 포드는 경건하게 말하더니, 두 물건을 다시, 포개서 내려놓았다. 하지만 제대로 균형이 잡히지 않아서, 그는 위아래 물건의 자리를 바꾸었고, 그러자 이제 제대로 서 있는 모양이 되었다.

"약간 우주 시차에 시달리고 있어." 그가 말했다. "내가 무슨 얘기 하고 있었더라?"

"렛치워스에서 전화를 하고 있는 게 아니었다고."

"맞아. 그래서 그 여자한테 설명을 했지. '렛치워스는 다 집어치워요.' 이렇게 말했어. '무슨 놈의 태도가 그 모양입니까. 나는 사실 시리우스 사이버네틱스 주식회사의 영업 개발 우주선에서 전화를 걸고 있는 거요. 이 우주선은 현재 광속 이하의 속도로 당신네 세계에도 잘 알려진 항성 사이를 여행하고 있다 말이오. 물론 지구에 알려졌다고 해서, 그쪽이 알고 있으라는 법은 없지만 말이지요, 아가씨.' 굳이 '아가씨'라고 한 건……." 포드 프리펙트가 설명했다. '그 여자가 무식한 바보 천치라는 내 말의 속뜻을 알아채고 기분 나빠할까 봐 그런 거야."

"센스 있네." 아서 덴트가 말했다.

"바로 그거야." 포드가 말했다. "센스."

그는 얼굴을 찌푸렸다.

"우주 시차는……." 그가 말했다. "삽입 구문에 특히 약하단 말이야. 나 한 번만 더 도와주라." 그는 말을 이었다. "내가 무슨 얘기하고 있었더라?"

"당신네 세계에도 잘 알려진 항성 사이를 여행하고 있단 말이오. 물론 지구에 알려졌다고 해서, 그쪽이 알고 있으라는 법은 없지만 말이지요, 아가씨."

"당신네 세계에서 플레이아데스 엡실론과 플레이아데스 제타라는 이름으로 통하는 별들 말이오." 포드는 득의양양하게 말끝을 맺었다. "이 골 때리는 대화가 진짜 웃기지 않냐?"

"커피나 좀 마셔."

"고맙지만 사양하겠어. '그리고 플레이아데스에도 상당히 정교한 통신 장비가 있음에도 불구하고, 직통 전화를 걸지 않고 이렇게 당신을 귀찮게 구는 이유는, 이 뒈질 놈의 우주선을 조종하는 뒈질 놈의 짠돌이 조종사가 전화를 걸려면 수신자 부담으로 걸라고 우기기 때문이란 말이오. 그게 말이나 되는 소리요?"

"그랬더니 말이 된다든?"

"몰라. 그때쯤 되니까 벌써 전화를 끊었더라." 포드가 말했다. "그래서 말이지! 내가 다음에 어떻게 했게?" 포드는 무서운 기세로 질문을 던졌다.

"전혀 모르겠어, 포드." 아서가 말했다.

"저런." 포드가 말했다. "네가 기억을 되살려주길 바랐는데. 그런 인간들 진짜 싫어. 왜 있잖아, 제대로 돌아가지도 않는 쓰레기 같은 기계들을 갖고 무한한 하늘을 웅웅거리고 누비면서, 어쩌다 가끔씩 기계들이 돌아가면, 제정신인 인간이면 절대로 원하지 않는 기능을 동작시켰다가, 삑 소리를 내면서 이제 다 됐다고 하는 유의 그런 자식들 말이야! 그런 놈들 때문에 우주에 망조가 든다니까."

이것은 완벽한 사실이었다. 제대로 정신이 박힌 사람들 사이에 널리 퍼져 있는 상당히 명망 높은 견해로서, 바로 이런 견해를 갖고 있기만 하면 대체로 제대로 정신이 박힌 사람으로 인정받을 수 있었다.

《은하수를 여행하는 히치하이커를 위한 안내서》는 오백구십칠만 삼천오백구 페이지에 달하는 방대한 기록 중에서, 거의 유일하다시피 한 합리적 명쾌함을 발휘하여, 시리우스 사이버네틱스 주식회사의 제품에 대해 이렇게 설명하고 있다.

"자칫하면 드디어 작동을 시켰다는 성취감에 도취한 나머지, 그 제품들이 본질적으로 전혀 쓸모가 없다는 사실을 전혀 알아채지 못하기가 아주 쉽다.

다른 말로 바꿔 말하면 —— 그리고 이것이 이 기업 제품의 전 은하적 대성공의 배후에 숨겨진 탄탄한 기본 원칙인데 —— 제품의 피상적 설계 결함에 근본적 설계 결함이 완전히 가려져서 보이지 않게 되어 있다는 말이다."

"그런데 이 인간은 그런 제품들의 판매를 촉진하기 위해서 나선 사람이라니까!" 포드는 마구 독설을 퍼부었다. "그 치의 임무는 오

년간 신세계를 발견하고 탐사한 후에 '첨단 음악 대체 시스템'을 레스토랑이며, 엘리베이터며, 술집 같은 데 파는 거였어! 레스토랑이나 엘리베이터나 술집이 없는 세계면, 인공적으로 문명의 성장을 촉진해서 결국 그런 빌어먹을 것들을 끝내 다 갖게 만들고야 만다는 거야! 도대체 그놈의 커피는 어디 갔어?"

"내가 갖다버렸어."

"좀더 끓여 와. 그 다음에 내가 어떻게 했는지 이제 드디어 생각났다. 우리가 알고 있는 바 문명을 구원했지. 그게 바로 이런 거라는 걸 알고 있었으니까."

그는 결연한 분위기로 다시 비틀비틀 거실로 가더니, 가구 사이에서 뒤뚱거리며 넘어지고 삑삑거리는 소리를 내며 혼잣말로 마구 뭐라고 하는 듯했다.

이삼 분 후, 아서는 아주 평온한 얼굴을 하고 그의 뒤를 따랐다.

포드는 굉장히 놀란 모양이었다.

"대체 너 어디 갔었어?" 그가 물었다.

"커피를 좀 끓이느라고." 아서는, 아직도 아주 평온한 얼굴을 하고 이렇게 말했다. 성공적으로 포드와 함께 지내려면, 평온한 얼굴을 아주아주 많이 준비해두었다가 항상 그 얼굴을 하고 있는 수밖에 없다는 걸 이미 오래 전에 터득했기 때문이다.

"제일 재미있는 부분을 놓쳤잖아!" 포드가 마구 화를 냈다. "그 인간을 내가 어디다 던져 넣는 얘기를 못 들었어! 이제 처음부터 다시 처넣어야 하잖아."

포드는 아무렇게나 몸을 의자에 던져서, 의자를 박살내고 말았다.

"지난번이 훨씬 더 그럴싸했어." 그는 뾰로통하게 말했다. 그러더니 이미 대충 수습해서 식탁 위에다 올려놓은, 또 다른 의자의 잔해를 손짓으로 가리켜 보였다.

"그렇구나." 아서는 대충 모아놓은 박살난 의자 조각들 위로 아주 평온한 눈길을 던지며 말했다. "그런데, 어, 이 얼음 조각들은 다 뭐야?"

"뭐라고?" 포드가 꽥 소리를 질렀다. "뭐라고? 그 얘기도 못 들었어? 그건 생물체 냉동 기기라고! 그놈을 생물체 냉동 기기에다 처넣었단 말이야. 당연하잖아. 달리 무슨 수가 있어야지."

"그런 거 같네." 아서가 특유의 평온한 목소리로 말했다.

"그건 만지지 마!!!!!!" 포드가 고함을 쳤다.

알 수 없는 신비한 이유로 식탁 위에 놓여 있는 수화기를 제자리에 놓으려고 하던 아서는, 평온하게, 동작을 멈췄다.

"됐어." 포드가 마음을 진정시키며 말했다. "소리를 들어봐."

아서는 수화기를 귀에 갖다 대었다.

"시간 안내 방송인데." 그가 말했다.

"삑, 삑, 삑." 포드가 말했다. "삑, 삑, 삑."

"그러네." 아서는 끌어올 수 있는 평온함이란 평온함은 한 방울도 남기지 않고 끌어 모아서 이렇게 말했다.

"삑, 삑, 삑." 포드가 말했다. "그 친구가 잘 알려지지도 않은 세세프라스 마그나 성의 달 궤도를 천천히 돌며 얼음 속에서 잠을 자는 동안 바로 이 소리가 우주선 전체에 울려 퍼지고 있다고. 런던 시각 안내 방송 말이야!"

"그렇구나." 아서는 이렇게 말하고는, 지금이야말로 바로 중대한 질문을 던질 때라고 판단했다.

"왜?" 그는 신랄하게 물었다.

"약간의 행운만 따라주면, 전화비 때문에 그 빌어먹을 자식이 파산을 할 테니까." 포드가 말했다.

그는 땀을 흘리며 소파에 훌쩍 몸을 던졌다.

"아무튼." 그가 말했다. "진짜 끝내주게 극적인 등장 아니야? 그렇지?"

36

포드 프리펙트가 밀항한 비행접시는 전 세계를 경악시켰다.

이번에는 마침내 한 점의 의혹도, 일말의 오류 가능성도, 환각도, 알 수 없는 이유로 저수지에 둥둥 떠다니는 모습으로 발견된 CIA 요원의 사체도 없었다.

이번에는 진짜였고, 확고한 사실이었다. 그건 몹시 확고하게 확고했다.

비행섭시는 아래에 있는 물건들에 대해 아주 멋지게 무신경한 태도로 하강해서 세계에서 가장 비싼 부동산들을 몇 개 파괴했는데, 그중에는 해러즈 백화점의 상당 부분도 들어 있었다.

비행접시는 어마어마하게 컸다. 어떤 사람들 말에 따르면 지름이 거의 일 마일에 가까웠다고 한다. 색깔은 둔탁한 은색이었고, 푹 패고, 그을리고, 인간이 전혀 알지 못하는 태양들의 빛을 받으며 야만적인 파괴력으로 혹독한 전투를 수도 없이 치른 결과 얻은 흉터들로 인해 형체가 일그러져 있었다.

해치웨이가 열리면서, 해러즈 백화점 식품관에 구멍을 뻥 뚫고 하비 니콜스 백화점을 흔적도 없이 파괴했으며, 구조물이 벅벅 갈리는 듯한 최후의 비명 소리 같은 게 나는가 싶더니 끝내 셰라톤 파크 타워 호텔도 넘어뜨리고 말았다.

심장이 멈출 것만 같은 기나긴 시간 동안, 우주선 속에서 기계들이 다 찢어발겨지는 듯 쿵쾅거리고 우당탕거리는 소리가 났다. 그러고 나자 안에서 키가 백 피트쯤 되는 거대한 은색 로봇이 램프를 타고 씩씩하게 걸어 나왔다.

로봇은 한 손을 들었다.

"나는 평화의 사절로 왔다." 로봇은 금속이 갈리는 소리를 한참 더 내더니 이렇게 말했다. "당신들의 도마뱀에게 데려다 다오."

물론, 포드 프리펙트는 이 사실을 해명해줄 수 있었다. 그는 아서와 함께 앉아서 발광에 가까운 뉴스를 텔레비전으로 보고 있었다. 뉴스에서는 이 물건이 이만큼의 손해를 끼쳤는데 그걸 환산하면 몇 억 파운드에 달하고 또 완전히 다른 수의 사람들이 사망했다는 얘기밖에 더 할 말이 없었다. 게다가 이 말을 하고 또 했는데, 로봇이 그냥 약간 흔들거리고, 알아들을 수 없는 에러 메시지들을 짤막하게 발산하며 서 있을 뿐 다른 일을 전혀 하지 않았기 때문이다.

"저 우주선은 까마득한 고대의 민주주의 세계에서 온 거야, 있잖아……."

"그럼, 저 우주선이 도마뱀들의 세계에서 왔다는 말이야?"

"아니." 포드는 아까보다는 약간 합리적이 되었으며 일관성을 찾은 상태였다. 결국 억지로 커피를 삼켰기 때문이다. "그렇게 간단할 리가 없지. 전혀 그렇게 딱딱 맞아떨어지는 게 아니란 말이지. 저 세계에서, 사람들은 사람들이야. 지도자는 도마뱀들이고. 사람들은 도마뱀을 끔찍하게 싫어하고, 도마뱀은 사람을 지배해."

"이상하네." 아서가 말했다. "네가 민주주의라고 한 거 같은데."

"그랬어." 포드가 말했다. "민주주의야."

"그런데." 아서는, 자신이 말도 못하게 멍청한 인간처럼 보이지 않으려고 조심하면서 물었다. "왜 사람들은 도마뱀을 쫓아내버리지 않아?"

"그런 생각이 전혀 들지 않는 거야." 포드가 말했다. "전부 투표권을 갖고 있거든. 그래서 말하자면 자기네들이 투표해서 뽑은 정부니까 자기네들이 원하는 정부에 가까울 거라고 대충 생각하고 사는 거지."

"그러니까 투표를 해서 도마뱀을 뽑았단 말이야?"

"오, 그럼." 포드는 어깨를 으쓱하며 말했다. "당연하지."

"하지만." 아서는, 다시 큰 걸 하나 터뜨리기로 작정했다. "왜?"

"왜냐하면 도마뱀들한테 표를 던지지 않으면, 잘못된 도마뱀이 정권을 잡을까 봐 그렇지." 포드가 말했다. "진(진 토닉의 재료가 되는 술 — 옮긴이주) 있어?"

"뭐라고?"

“뭐라고 했냐 하면…….” 포드는 말투에서 갈수록 급박한 분위기를 풍기며 말했다. “진 있냐고?”

“찾아볼게. 도마뱀 얘기 해줘.”

포드는 어깨를 다시 으쓱했다.

“어떤 사람들은 도마뱀이 최선의 선택이었다고 해.” 그가 말했다. “물론 다 틀렸지. 완전히 철저하게 틀려먹은 얘기지. 하지만 누군가는 그런 말을 해야 하니까.”

“하지만 그건 너무 끔찍하잖아.” 아서가 말했다.

“이 친구야, 내 말 좀 들어봐.” 포드가 말했다. “우주 한쪽에서 다른 우주 한쪽을 보고 ‘하지만 그건 너무 끔찍하잖아’라는 소리를 할 때마다 견우성 발행 달러를 하나씩 벌었으면, 내가 여기서 레몬 같은 몰골을 하고 앉아서 진이나 찾고 있겠냐? 못 벌었으니까 이러고 있지. 아무튼, 너 대체 왜 이렇게 평온한 얼굴에 몽롱한 눈을 하고 있냐? 사랑에 빠진 거야?”

아서는 그렇다고 말했고, 그 말을 아주 평온하게 했다.

“진 술병이 어디 있는지 아는 여자하고 사랑에 빠졌어? 그 여자 만나게 해줄 거야?”

포드는 그녀를 만났다. 바로 그 순간 마을로 신문을 사러 간 펜처치가 신문을 잔뜩 사들고 들어왔기 때문이다. 그녀는 만신창이가 된 식탁 위의 몰골을 보고 깜짝 놀랐다가 소파에 앉아 있는 베텔게우스 행성 출신의 몰골을 보고 또 깜짝 놀랐다.

“진은 어디 있어요?” 포드가 펜처치를 보고 이렇게 말하더니, 아서를 보고 또 말했다. "그런데 트릴리언은 어떻게 했어?"

"어, 여기는 펜처치야." 아서가 어색하게 말했다. "트릴리언하고는 아무 일도 없었고, 그녀를 마지막으로 본 사람은 아마 너일 것 같은데."

"아, 맞아." 포드가 말했다. "자포드하고 같이 어디 갔어. 애들을 낳았다나 뭐 그러던데. 최소한……." 그가 덧붙였다. "걔들이 그랬던 거 같아. 자포드는 상당히 차분해졌어."

"진짜?" 아서는 황급히 펜처치 쪽으로 달려가서 쇼핑거리를 들어주었다.

"그래." 포드가 말했다. "최소한 걔 머리 두 개 중 한 개는 이제 황산을 밟고 선 타조보다 정신이 맑아졌어."

"아서, 이분 누구예요?"

"포드 프리펙트예요." 아서가 말했다. "지나치는 말로 아마 내가 얘기한 적이 있을 거예요."

37

거대한 은빛 로봇은 꼬박 삼 일 밤낮 동안 만신창이가 된 나이츠브리지(런던의 고급 쇼핑가 — 옮긴이주)의 잔해 위에 기대 서서, 살짝 흔들거리며 수많은 생각을 하고 있었다.

정부 대표가 로봇을 만나러 왔고, 헛소리를 하는 기자들이 몇 트럭씩 떼거리로 몰려와서 이 사태를 어떻게 보느냐고 서로에게 물어보았고, 전투기 편대들이 딱한 공격 시도를 했다. 그러나 도마뱀들은 나타나지 않았다. 로봇은 천천히 지평선을 훑어보았다.

밤이 되면 로봇은 특히 굉장한 장관을 연출했다. 끊임없이 아무 일도 하지 않고 있는 로봇을 끊임없이 뉴스거리로 다루느라 텔레비전 촬영 팀들이 눈부신 조명을 쏟아 부었기 때문이다.

로봇은 생각하고 생각하다가 마침내 결론을 내렸다.

서비스 로봇들을 내보내기로 했던 것이다.

그 생각은 진작 했어야 하는 것이었지만, 그동안에는 여러 가지

곤란한 사정이 있었다.

조그만 비행 로봇들이 어느 날 오후 무시무시한 금속 구름처럼 끽끽 소리를 내며 해치웨이에서 몰려나왔다. 그들은 주변을 마구잡이로 헤집고 다니면서, 어떤 것들은 미친 듯이 공격하고 어떤 것들은 미친 듯이 보호했다.

로봇 하나가 마침내 도마뱀들이 몇 마리 있는 애완용 동물 가게를 발견했는데, 그 즉시 민주주의를 위해 가게를 참혹하게 수호한 나머지 그 영역이 거의 몰살되다시피 했다.

하지만 끽끽거리는 해결사들이 리젠트 파크에 있는 동물원, 그중에서도 파충류관을 발견한 사건을 계기로 상황은 급격히 반전되었다.

애완동물 가게에서 저지른 실수로 인해 약간의 조심성을 배운 비행 드릴과 전기톱들은 이구아나들 중에서도 커다랗고 살찐 놈들을 엄선해 거대한 은빛 로봇에게 데려갔다. 그리고 로봇은 도마뱀들과 높은 수준의 정상회담을 하려고 노력했다.

결국 로봇은 포괄적이고, 솔직하고, 광범위한 견해를 나누었음에도 불구하고 정상회담이 결렬됐다고 전 세계에 선포했다. 그리고 도마뱀들은 이제 은퇴를 했으며, 로봇은 그 자신도 잠시 휴가를 즐겨야겠다고 말하더니 무슨 이유에선가 휴가지로 본머스를 선택했다.

포드 프리펙트는 텔레비전을 보면서 고개를 끄덕거리고, 큰 소리로 깔깔 웃더니, 맥주를 한 병 더 마셨다. 곧 로봇이 즉시 출발할 수 있도록 모든 조치가 취해졌다.

날아다니는 공구들은 하루 종일 그리고 밤까지 끽끽거리고 톱질을 하고 드릴로 구멍을 뚫고 빛으로 용접을 하더니, 아침이 되자, 놀랍게도, 거대한 발사대 같은 것이 로봇을 실은 채 몇 개의 도로에서 동시에 서쪽으로 굴러가기 시작했다.

그 물체는 하인 로봇들과 헬리콥터들과 방송국 버스들에 둘러싸인 채 희한한 축제 행렬처럼 무차별로 지나가는 땅을 다 낫질해 갈아버리며 천천히 서쪽으로 기어갔다. 그러다가 마침내 본머스에 도착했고, 그곳에서 로봇은 고정되어 있던 운송 시스템에서 풀려나와 열흘 동안 해변에 누워 있었다.

그건, 물론, 지금까지 본머스에서 일어난 일을 통틀어 가장 흥미진진한 사건이었다.

로봇의 휴식 지역이라고 말뚝을 박아 통제한 구역 바깥에는 날마다 군중이 모여들었고, 로봇이 무엇을 하는지 구경하려고 했다.

모터보트들은 해변을 왔다 갔다 배회하며 로봇이 무엇을 하는지 구경하려고 했다.

로봇은 아무 일도 하지 않았다. 해변에 누워 있을 뿐이었다. 약간 어색한 자세로 얼굴을 땅에 대고 엎드려 있었다.

지역 신문의 기자 한 사람이, 어느 늦은 밤, 이제까지 세상의 그 어떤 사람도 해내지 못한 일을 해냈다. 바로 구역을 경비하는 서비스 로봇 하나와 짤막하게 대화를 나눈 것이었다.

그건 엄청난 특종이었다.

"내 생각엔 기사거리가 충분히 될 거 같아요." 기자는 담배 한 대를 나눠 피우면서 펜스를 지키던 로봇과 이야기를 나누었다. "하지만 훌륭한 지역적 시각이 필요합니다." 그는 안쪽 주머니를 어정쩡하게 더듬으며 말했다. "아마 뭐라고 부르는지는 몰라도, 그 사람한테, 이걸 좀 갖다주고, 잠깐 봐달라고 해봐요."

작은 비행 스크루드라이버는 어디 한번 보겠다고 하더니 끼익거리며 사라져갔다.

대답은 끝내 오지 않았다.

그러나 희한하게도, 종이에 적혀 있던 질문들은 로봇의 마음을 구성하는, 수많은 전쟁의 흔적을 안고 있는 거대한 산업용 회로를 맴돌던 질문과 별 차이 없이 일치했다. 그 질문들은 바로 다음과 같았다.

"로봇이라는 사실을 어떻게 생각하십니까?"

"외계에서 오셨다는 사실에 대해 어떻게 생각하십니까?"

"본머스에 대해 어떻게 생각하십니까?"

다음 날 아침 물체들은 짐을 꾸리기 시작했고, 며칠 내에 로봇이 영원히 떠날 심산이라는 게 분명해졌다.

"문제는 이거예요." 펜처치가 포드에게 말했다. "우리를 저 우주선에 태워줄 수 있어요?"

포드는 미친 듯이 시계를 보았다.

"아직 해결하지 못한 중요한 문제들이 좀 남아 있어요." 그가 외쳤다.

38

관중들이 거대한 은빛 우주선에 최대한 바짝 붙어 몰려나왔다. 근접 구역은 울타리를 쳐서 사람들의 접근을 막고 있었고 날아다니는 작은 서비스 로봇들이 경비를 서고 있었다. 그 주위에 육군이 진을 치고 있었는데, 그들은 근접 구역에 결코 진입할 수 없었기 때문에 만일 다른 사람이 침입하면 망신도 이런 망신이 없었다. 그리고 육군을 둘러싸고 있는 건 경찰들이 둘러친 밧줄이었다. 군중을 군대에게서 보호하려는 건지, 군대를 군중으로부터 보호하려는 건지, 아니면 거대한 우주선의 치외법권을 보장하려는 건지, 우주선이 주차 딱지를 떼는 일을 막기 위한 건지, 목적을 전혀 알 수가 없었기 때문에 이 밧줄은 수많은 열띤 논쟁의 화두로 등장했다.

근접 구역의 울타리는 이제 해체되기 시작했고, 군대는 자기네가 이렇게 진을 치고 있는 이유가 우주선이 곧 떠날 것이기 때문이라는 사실에 어떻게 대응해야 할지 몰라 하며 불편하게 움찔거렸다.

거대한 로봇은 점심 때 우주선에 비딱하게 기울어지며 승선했고, 지금 오후 다섯 시가 되도록 전혀 모습을 나타내지 않았다. 들려오는 소리는 많았다. 우주선 깊은 곳에서부터 끽끽거리고 갈아대고 쿵쾅거리는 소리가 들려왔다. 수백만에 달하는 흉측한 오작동이 만들어내는 음악이었다. 하지만 군중 사이에서 전해지는 팽팽한 긴장감은 그들이 곧 실망하게 될 거라는 팽팽한 예측에 기원했다. 이 기가 막히게 근사하고 비범한 물체가 그들의 삶에 나타나주었는데, 이제 태워주지도 않고 그냥 떠나버리려는 것이다.

그중에서도 두 사람은 특히 이런 느낌을 날카롭게 의식하고 있었다. 아서와 펜처치는 불안하게 군중을 훑어보면서, 그 어디서도 포드 프리펙트의 모습을 찾지 못했다. 그 자리에 나타나줄 의향이 있다는 흔적마저도 찾을 수 없었다.

"얼마나 믿을 만한 사람이죠?" 펜처치가 무너지는 듯한 목소리로 말했다.

"얼마나 '믿을 만한' 사람이냐고요?" 아서가 말했다. 그는 허허로운 니릴웃음을 터뜨렸다. "차라리 망망대해가 얼마나 얕으냐고 물어보죠?" 그가 물었다. "태양이 얼마나 차가운가요?"

로봇 운반대의 마지막 부품이 우주선에 실렸고, 남아 있던 근접 구역을 봉쇄한 울타리 부분이 이제 트랩 밑에 쌓여 다음에 실릴 차례를 기다리고 있었다. 진입로를 에워싸고 경비를 하던 군인들은 의미심장하게 바스락거렸고, 지령이 앞뒤로 오갔으며, 황급한 회의가 여러 번 열렸지만, 물론, 그렇다고 할 수 있는 일은 아무것도 없었다.

가망 없이 그리고 이제 특별한 계획도 없이 아서와 펜처치는 군중 사이를 헤치고 앞으로 나아가기 시작했다. 하지만 군중 모두가 다 같이 앞으로 나아가려 하고 있었기 때문에, 아무 소용이 없었다.

그리고 몇 분 내에, 우주선 밖에 남아 있는 부품은 남김없이 사라졌다. 울타리를 연결하고 있던 최후의 사슬 하나까지 모두 우주선에 실렸다. 비행 전기톱 몇 개와 기포(氣泡) 수준기(水準器) 하나가 구역을 돌아보며 최종 점검을 하는 듯하더니, 자기네들도 외마디 비명 소리를 내지르며 거대한 해치웨이 속으로 들어가버렸다.

몇 초가 흘렀다.

안쪽에서 기계들이 난동을 부리는 소리에 강도 변화가 있더니, 천천히, 육중하게, 거대한 강철 트랩은 해러즈 백화점 식품관에서 빠져나와 우주선으로 올라가기 시작했다. 거기에 수반되어 완전히 무시당하고 있는, 팽팽하게 긴장하고 흥분한 수천 명의 사람들 소리가 울려 퍼졌다.

"잠깐!"

마구 밀고 당기는 군중들 가장자리에 끼익 소리를 내며 정차한 택시 한 대에서 메가폰 소리가 이렇게 외쳤다.

"그간 중대한 과학적 대발견이 있었습니다!" 메가폰 소리가 외쳐댔다. "기원, 아니 신기원을 열었다고요!" 메가폰은 고쳐 말했다. 택시 문이 열리더니 베텔게우스 근처 어디에서 온 조그만 남자가 하얀 코트를 입고 펄쩍 뛰어내렸다.

"잠깐만요!" 그는 다시 버럭 외치더니, 이번에는 광선이 나오는 짧고 납작한 까만 지팡이를 휘둘렀다. 빛들이 잠시 깜박거렸고, 올라가던 트랩이 움직임을 멈추더니, 온순하게 '엄지손가락'(은하의 전기기술자들 중 절반은 이 '엄지손가락'의 신호를 방해하는 새로운 방법을 계속 고안해내고 있었고, 나머지 절반은 방해 전파를 방해하는 새로운 방법들을 계속 고안해내고 있었다)의 명령에 따라 천천히 다시 내려오기 시작했다.

포드 프리펙트는 택시에 있는 메가폰을 집어 들고 군중을 향해 고래고래 고함을 치기 시작했다.

"비켜요." 그가 외쳐댔다. "길을 내줘요, 제발, 중대한 과학적 대발견이 있었단 말입니다! 거기하고 거기, 택시에서 장비 좀 내려줘요."

그는 아무 데나 휙휙 가리키며 이렇게 말했는데, 그가 아무렇게나 가리킨 사람은 바로 아서와 펜처치였다. 두 사람은 군중 속에서 빠져나와 급박하게 택시 주위로 모였다.

"좋았어요. 여러분, 제발 길 좀 비켜주세요. 중대한 과학적 장비 때문이란 말입니다!" 포드가 웅웅거리며 소리쳤다. "모두 질서를 유지해주세요. 현재 상황은 전혀 이상이 없습니다. 볼 것도 하나도 없어요. 그저 중대한 과학적 신기원을 이룩하는 일일 뿐이란 말입니다. 자, 침착해주세요. 중요한 과학 장비가 갑니다. 길을 비켜요."

새로운 흥밋거리에 굶주려 있다가, 실망으로부터 느닷없이 구원

받은 군중은 열렬하게 뒤로 물러나며 길을 내어주기 시작했다.

아서는 택시 뒷자리에 놓여 있던 중대한 과학 장비 위에 쓰여 있는 글자를 보고 약간 놀랐다.

"그걸 코트로 덮어요." 그는 장비를 들어 펜처치에게 건네주면서 중얼거렸다. 그는 황급히 커다란 슈퍼마켓 카트를 꺼냈다. 그것도 뒷자리에 꽉꽉 끼워 넣어져 있었다. 그것은 쿵쾅거리며 바닥으로 굴러 내려왔고, 두 사람은 상자들을 수레 속에 집어넣기 시작했다.

"제발 좀 비켜요!" 포드가 또 다시 외쳤다. "현재 상황 과학적으로 전혀 이상이 없습니다."

"저 사람이 당신이 요금을 낼 거라고 했어요." 택시 운전사가 아서에게 이렇게 말했고, 아서는 주머니에서 지폐를 몇 장 꺼내 요금을 지불했다. 멀리서 경찰의 사이렌 소리가 들렸다.

"거기 좀 비켜줘요." 포드가 말했다. "그러면 아무도 다치는 일이 없을 겁니다."

군중들이 파도처럼 밀려났다가 그들 뒤로 다시 몰려들었고, 두 사람은 그 사이 정신없이 덜컹거리는 슈퍼마켓 카트를 밀고 건물의 잔해를 헤치며 트랩 쪽으로 달려갔다.

"괜찮아요." 포드가 계속해서 우렁차게 외쳐댔다. "아무것도 볼게 없어요. 다 끝났습니다. 이 모든 일은 실제로 일어난 게 아니에요."

"제발 길을 비켜주십시오." 군중 뒤쪽에서 경찰이 메가폰으로 외치기 시작했다. "무단 침입자가 있습니다. 길을 비켜주십시오."

"신기원이라니까요!" 포드가 경쟁적으로 외쳐댔다. "과학적 신기원!"

"경찰입니다! 길을 비켜주세요!"

"과학적 신기원입니다! 길을 비켜주세요!"

"경찰! 지나가게 해주세요!"

"워크맨이다!" 포드가 소리를 지르더니, 주머니에서 대여섯 개의 미니 카세트 플레이어를 꺼내어 군중 속으로 던져주었다. 향후 몇 초간 이어진 궁극적 혼돈상 덕분에 그들은 카트를 끌고 트랩 가장자리까지 가서 그 위로 수레를 밀어 올리는 데 성공했다.

"꽉 잡아." 포드가 내뱉듯 말하더니, 들고 있던 '전자 엄지손가락'의 버튼을 하나 눌렀다. 그들 밑으로, 거대한 트랩이 부르르 전율하더니 천천히 육중하게 올라오기 시작했다.

"좋았어, 친구들." 그는 몸싸움을 하는 군중이 저 밑으로 멀어져 가자, 기울어지는 트랩에서 내려와 우주선 깊숙이 들어가려는 그들에게 이렇게 말했다. "자아, 이제 출발한 거 같지."

39

아서 덴트는 충격 소리 때문에 계속 잠이 깨는 바람에 짜증이 났다.

그럼에도 불구하고 계속 깊은 잠을 자고 있는 펜처치를 깨우지 않으려고 조심하면서, 아서는 정비실 해치웨이에서 빠져나왔다. 그들은 그곳을 일종의 간이 숙소로 쓰고 있었다. 그는 사다리를 타고 내려가서 우울하게 복도를 어슬렁거렸다.

복도는 숨 막히게 갑갑하고 조명도 어둠침침했다. 조명 회로는 짜증스럽게 웅웅거렸다. 하지만 문제는 그 소리가 아니었다.

그가 잠시 발걸음을 멈추고 벽에 등을 대고 비키자, 작은 은색 전동 드릴 같은 물건이 어둠침침한 복도를 따라 귀가 찢어질 듯 고약한 쇳소리를 내며 바로 곁을 스쳐갔다.

하지만 그 소리도 아니었다.

그는 머리 위의 문을 통해 기어 올라갔고, 그러자 더 큰 복도가 나타났다. 코를 찌르는 독한 연기가 복도 한쪽 끝에서 퍼져 나와서, 그는 반대 방향으로 걸어갔다.

그는 강화 유리임에도 불구하고 심하게 표면이 긁혀 있는 유리 뒤편의 벽에 붙어 있는 감시 모니터들에 맞닥뜨렸다.

"제발 소리 좀 죽이고 볼 수 없어?" 그는 토튼엄 코트 로드(전자 기기들을 주로 다루는 런던의 상점가 — 옮긴이주)의 비디오 가게 진열창에서 훔친 비디오 기기들 한가운데 쭈그리고 앉아 있는 포드 프리펙트에게 부탁했다. 포드는 먼저 벽돌을 하나 던진 다음에, 빈 맥주 깡통들을 산더미처럼 던져서 진열창을 깨는 데 성공했다.

"쉬이이이이!" 포드가 쉭쉭거리면서, 광적인 집중력을 발휘해 스크린을 노려보았다. 그는 〈황야의 7인〉을 보고 있었다.

"그냥 약간만이라도." 아서가 말했다.

"싫어!" 포드가 외쳤다. "이제 제일 재밌는 대목이 금세 나온단 말이야! 이봐, 이제 겨우 작동법을 다 터득했는데. 전압, 회선 변경, 전부 다 말이야! 그리고 이제 최고로 재밌는 대목이 나온다고!"

한숨이 나고 머리가 욱신거리는 기분을 느끼며, 아서는 포드 옆에 주저앉아서 재미있는 장면을 같이 보았다. 포드가 우후거리고 소리를 지르고 이히거리는 걸 최대한 평온하게 앉아서 들어주었다.

"포드." 그는 마침내 영화가 다 끝나고, 포드가 산더미처럼 쌓인 비디오테이프 속에서 〈카사블랑카〉를 찾아 헤매기 시작하자 이렇게 말했다. "어떻게, 혹시……."

"이게 진짜 좋은 거야." 포드가 말했다. "이거 때문에 내가 돌아온 거라고. 난 이걸 처음부터 끝까지 본 적이 한 번도 없다는 거 알아? 늘 끝을 못 보고 말았거든. 보고인들이 오기 전날 다시 앞부분 절반을 봤거든. 그들이 그 동네를 날려버렸을 때, 이제 결국 영영 못 보고 마나 보다 생각했지 뭐야. 이봐, 그나저나 그건 다 어떻게 된 거야?"

"그냥 삶이지 뭐." 아서가 말했다. 그리고는 여섯 개들이 포장에서 맥주 한 캔을 꺼냈다.

"오, 또 그거군." 포드가 말했다. "아마 그 비슷한 걸 거라고 생각했어. 나는 이 물건이 더 좋아." 그는 릭의 술집이 스크린에서 깜박거리자 이렇게 말했다. "뭐가 어떻게, 혹시야?"

"뭐라고?"

"네가 무슨 말을 하려고 했잖아. '어떻게, 혹시……'."

"그러니까 혹시 지구한테 너무 무례하게 굴어서, 그러면 어떻게……에이, 그만두자. 그냥 영화나 보지 뭐."

"내 말이." 포드가 말했다.

40

이제 할 얘기가 별로 남지 않았다.

플라눅스의 무한한 광야(光野)라고 알려진 곳을 지나 색서퀸의 회색 봉건속국들이 나올 때까지 가면, 삭사쿠인의 회색 봉건속국들이 나온다.

삭사쿠인의 회색 봉건속국 속에는 자르스라는 이름의 별이 있고, 그 주위의 궤도를 도는 행성 중에는 프릴리움타른이 있으며, 그 속에는 세보르베우프스트리라는 땅이 있고, 아서와 펜처치가 긴 여행에 약간 지쳐 다다른 곳은 바로 세보르베우프스트리였다.

그리고 세보르베우프스트리에서, 그들은 라스의 거대한 붉은 평원에 도달했는데, 이 거대한 붉은 평원의 남쪽에는 쿠엔툴루스 쿠아즈가르 산맥이 인접하고 있으며, 이 산맥 끝에는, 프락이 죽어가며 마지막으로 남긴 유언에 따르면, 불로 쓴 삼십 피트 높이의 글자로, 피조물에게 전하는 하나님의 마지막 메시지가 있다고 했다.

프락의 말에 따르면 ―― 아서의 기억이 정확하다면 말이지만 ―― 그곳은 롭 행성의 라제스틱 반트라셀이 지키고 있다고 했고, 알고 보니 실제로도, 어떤 면에서는, 그렇다고 할 수 있었다. 그는 이상한 모자를 쓴 작은 사내였고, 그들에게 표를 팔았던 것이다.

"좌측 통행을 해주세요. 부탁합니다." 그가 말했다. "좌측 통행을 해주세요." 그러더니 그는 황급히 작은 스쿠터를 타고 그들 옆을 지나쳐 달려갔다.

그들은 자신들이 이 길을 처음으로 밟는 사람이 아니라는 사실을 깨달았다. 거대한 붉은 평원 왼쪽을 감싸고 도는 이 길이 여러 사람의 발길로 잘 닦여 있을 뿐 아니라 군데군데 간이 매점이 있었기 때문이다. 어느 간이 매점에서 그들은 말랑말랑한 초콜릿 퍼지 한 상자를 샀는데, 그 퍼지는 산속 동굴의 화덕에서 구워진 것이었고, 그 화덕은 하나님이 피조물에게 보내는 마지막 메시지의 글자들을 구성하는 불길로 데워진 것이었다. 또 다른 매점에서는 엽서 몇 장을 샀다. 메시지의 글자들은 에어브러시로 지워져 있었다. 뒷면에는 "깜짝 놀랄 만한 기쁨을 망치기는 싫어요!"라고 쓰여 있었다.

"메시지가 뭔지 아세요?" 그들은 매점의 추레한 아주머니에게 물어보았다.

"오, 그럼요." 그녀는 명랑하게 노래했다. "오, 물론이지요!"

그녀는 어서 가보라고 손짓을 했다.

이십 마일 정도마다 샤워기와 화장실이 있는 작은 돌집이 있었지만, 가는 길은 힘겨웠고, 머리 위로 뜨거운 태양이 작열하는 바람에 거대한 붉은 평원이 열기로 일렁거렸다.

아서는 좀 규모가 큰 매점에 가서 물어보았다. "저 혹시, 저 작은 스쿠터들을 대여할 수는 없나요? 아까 라제스틱 반트라셀이 타고 있던 것 같은 거 말이에요."

"스쿠터들은 독실한 신자들을 위한 게 아닙니다." 아이스크림 매대를 지키고 있던, 키 작은 여자가 말했다.

"오, 그럼 잘됐네요." 펜처치가 말했다. "우리는 별로 독실한 사람들이 아니거든요. 우리는 그냥 관심이 있을 뿐이에요."

"그렇다면 지금 발길을 돌려야 해요." 키 작은 여자는 매몰차게 말하더니, 그들이 항의하자 '마지막 메시지' 차광 모자와 라스의 거대한 붉은 평원에서 서로의 어깨를 꼭 안고 있는 그들의 사진을 한 장 팔았다.

그들은 시원한 매점 그늘에서 탄산음료를 한두 잔 마시고 다시 태양 속으로 터벅터벅 걸어 나갔다.

"선블록 크림이 다 떨어지려고 해요." 몇 마일 더 가서 펜처치가 말했다. "다음 매점까지 가든가 아니면 더 가까운 아까 그 매점으로 가야 해요. 하지만 그러려면 왔던 길을 되돌아가야 하는데."

그들은 이글거리는 열기 속에서 깜박거리는 아득한 까만 점을 바라보았다. 그들은 뒤를 돌아보았다. 그들은 계속 앞으로 나아가기로 했다.

그러고 나서 그들은 자신들이 이 여정을 처음으로 떠난 사람들이 아니며, 현재 이 여정을 밟고 있는 유일한 사람들도 아니라는 걸 깨달았다.

저 멀리, 그들 앞쪽으로, 어색하게 납작한 형체가 볼썽사납게 몸을 이끌고 힘겹게 길을 따라가고 있었다. 고통스럽게 느릿느릿 뒤뚱거리며, 반쯤 절고 반쯤 기어가고 있었다.

형체가 너무나 느리게 걸어가고 있었기 때문에, 머지않아 그들은 그 형체를 따라잡았다. 그리고 그 형체가 낡고, 흉터투성이에, 찌그러진 금속으로 되어 있다는 걸 깨달았다.

그들이 다가가자 형체는 뜨겁고 메마른 흙먼지 속에 풀썩 쓰러지면서 끙끙 신음을 했다.

"시간이 너무 많아." 마빈은 끙끙거리며 말했다. "아, 시간이 너무 많아. 그리고 고통도. 고통이 너무 많아. 또 고통을 겪을 시간도 너무 많아. 둘 중 하나만 있으면 어떻게든 감당할 수 있을 텐데. 둘이 함께 덤벼드니, 정말 힘들어서 죽을 거 같아. 아, 안녕하세요? 또 당신이네요."

"마빈?" 아서가 그 옆에 쭈그리고 앉으면서 날카롭게 물었다. "너니?"

"당신은 항상 ……." 낡아빠진 로봇 껍데기가 말했다. "초지성적인 질문들을 던지곤 했지요. 그렇죠?"

"이게 뭐예요?" 깜짝 놀라버린 펜처치가 아서 옆에 쭈그리고 앉아 그의 팔을 꼭 붙잡고 속삭였다.

"말하자면 옛날 친구 비슷해요." 아서가 말했다. "나는 ……."

"친구라고!" 로봇이 딱하게 끽끽거렸다. 그 단어는 따닥거리는 메마른 소리가 나더니 입 속에서 녹이 부슬부슬 튀어나오는 바람에 끝을 맺지 못하고 사라졌다. "죄송하지만 그 단어가 무슨 뜻인지 기억하려면 좀 애를 써야겠어요. 세 메모리 저장소가 예전 같지 않아서 몇 조 년 동안 쓰지 않은 단어들은 걸러서 보조 메모리 백업 저장소로 보낸답니다. 아, 여기 나오네요."

만신창이가 된 로봇 머리가 생각에 잠긴 것처럼 살짝 옆으로 기울어졌다.

"흐으음." 그가 말했다. "굉장히 흥미로운 개념이로군요."

그는 좀더 오래 생각했다.

"아니에요." 그는 마침내 말했다. "저런 걸 한 번도 만나본 적이 없는 거 같아요. 죄송해요. 그 부분은 도움이 못 되어드리겠네요."

그는 한쪽 무릎을 불쌍하게 흙 속에서 질질 끌더니, 몸을 뒤틀며 기형의 팔로 떠받쳐 일어나려고 안간힘을 썼다.

"제가 마지막으로 심부름해드릴 일 없으세요?" 그는 공허하게 쩔렁거리는 목소리로 말했다. "제가 대신 받아올 만한 종이 한 장이라든가, 아니면 문이라도 열어드릴까요?" 마빈은 계속 말했다.

마빈의 머리는 녹슨 목의 베어링들을 따라 긁히는 소리를 내며 움직이면서, 아득한 지평을 훑어보는 것처럼 보였다.

"현재로서는 문이 하나도 없는 거 같네요." 로봇이 말했다. "하지만 오래 기다리기만 하면, 누가 문을 지을 거라고 확신해요. 그러면……." 그는, 머리를 빙글 뒤틀어 다시 아서를 바라보면서 느릿느릿 말했다. "제가 문을 열어드릴 수 있어요. 기다리는 일에는 이

력이 났거든요."

"아서." 펜처치가 아서의 귓가에 대고 신랄하게 씩씩거렸다. "이 물건 얘기는 한 번도 안 했잖아요. 대체 이 불쌍한 물건한테 무슨 짓을 한 거예요?"

"아무 짓도 안 했어요." 아서가 서글프게 말했다. "이 녀석은 항상 이렇게……."

"허, 참!" 마빈이 쌀쌀맞게 대꾸했다. "허, 참!" 그러더니 다시 한 번 되풀이했다. "당신이 항상에 대해서 뭘 안다고 그래요? 나한테 '항상'이라는 말을 지금 하는 거예요? 당신네들 유기 생물체들이 끝도 없이 시키는 바보 같은 심부름 때문에 우주보다 서른일곱 배나 더 나이를 먹은 나한테? 단어를 좀 조심해서 쓰세요." 마빈은 기침을 쿨럭쿨럭 했다. "센스 있게."

쿨럭쿨럭 쉿소리를 내며 기침을 한 후, 마빈은 말을 이었다.

"나는 내버려둬요. 그리고 가던 길이나 가요. 나는 고통스럽게 괴로워하며 힘든 내 갈 길을 갈 거예요. 마침내 내게도 마지막 시간이 찾아왔단 말이에요. 내 삶도 이제 얼마 남지 않았어요. 꼴찌로 도착할 거라 믿어 의심치 않아요." 마빈은 부러진 손가락으로 힘없이 그들에게 가라는 손짓을 하며 말했다. "그게 어울려요. 자, 여기 이렇게 나를 그냥 둬요. 두뇌의 크기가 ……."

"입 닥쳐." 아서가 말했다.

두 사람은 마빈의 미약한 항변과 모욕에도 불구하고 힘을 합쳐 로봇을 들어올렸다. 금속이 어찌나 뜨거운지 손이 데어 물집이 생길 정도였지만, 이제 마빈은 깜짝 놀랄 정도로 중량감이 없었고 다리를 절뚝거리며 두 사람의 팔 사이에 대롱대롱 걸려 있었다.

그들은 남쪽에 인접한 쿠엔툴루스 쿠아즈가르 산맥을 향해 라스의 거대한 붉은 평원 왼쪽을 빙 둘러가는 길을 따라 마빈을 들고 걸었다.

아서는 펜처치에게 해명을 하려 했지만, 마빈의 애처로운 인공두뇌가 헛소리를 주워섬기는 바람에 말이 자꾸 끊어졌다.

그들은 매점에서 중고 부품이라도 사서 마빈에게 갈아 끼워주고, 고통을 덜 수 있도록 기름칠이라도 해주려고 했지만 마빈은 막무가내로 거절했다.

"나는 어차피 중고 부품 덩어리인걸요." 그는 청승을 떨었다.

"이렇게 살다 죽게 돼요!" 그는 신음을 했다.

"내 부품들은 전부 다 …… ." 그는 한탄했다. "최소한 오십 번씩은 갈았을 거예요……하지만 …… ." 잠깐 그의 표정이 눈에 띄지 않을 정도로 조금 밝아지는 듯했다. 마빈의 머리는 기억을 해내려고 두 사람 사이에서 위아래로 흔들렸다. "기억나세요? 저를 처음 만났을 때를." 그는 마침내 아서에게 말했다. "당신을 다리 위로 끌어 올려주는, 지적으로 정말 힘겨운 일을 수행해야 했지요? 그때 제가 몸 왼쪽 다이오드들을 따라서 끔찍한 통증이 있다고 말씀드린 거 생각나세요? 부품을 바꿔달라고 했는데, 끝내 바꿔주지 않았다고 말씀드렸죠?"

그는 좀 길다 싶은 시간 동안 잠시 말을 멈췄다가 다시 시작했다.

그들은 저물기는커녕 꼼짝도 하지 않는 것처럼 보이는, 지글지글 타오르는 뙤약볕 밑에서 힘을 합쳐 마빈을 들고 갔다.

"혹시 짐작할 수 있으시겠어요?" 마빈은 말없이 지낸 시간이 좀 민망해질 정도로 충분히 길었다는 판단이 서자 이렇게 말했다. "어느 부품이 한 번도 교체되지 않았는지? 어서요, 맞힐 수 있나 보게요."

그러더니 이렇게 덧붙였다. "아야."

"아야, 아야, 아야, 아야, 아야."

마침내 그들은 마지막 매점에 다다랐고, 마빈을 둘 사이에 내려놓고는, 그늘에서 쉬었다. 펜처치는 러셀을 위해 커프스를 몇 개 샀다. 하나님이 피조물에게 전하는 마지막 메시지를 구성하는 불의 글씨들 바로 밑에 있는 쿠엔툴루스 쿠아즈가르 산맥에서 주운 매끈한 조약돌로 만든 커프스였다.

아서는 매대에 있는 믿음의 단상들을 손으로 훑으며 살펴보았다. 메시지의 의미에 대한 소소한 명상들이었다.

"준비 됐어요?" 그가 펜처치를 보고 말하자, 그녀가 고개를 끄덕였다.

그들은 영차 하고 힘을 합쳐 마빈을 양쪽에서 들어올렸다.

그들은 쿠엔툴루스 쿠아즈가르 산맥의 발치에 다다랐는데, 그곳에는 산맥 꼭대기를 따라 불타오르고 있는 글자들이 쓰여 있었다. 글자들을 마주보는 커다란 바위 위에 특히 잘 볼 수 있는 지점이 있었는데, 거기에는 바위를 빙 둘러 울타리를 쳐서 만든 전망대가 있었다. 그곳에는 글씨들을 자세히 볼 수 있는 작은 유료 망원경들이 있었지만, 그걸 쓰는 사람들은 아무도 없었다. 글씨들은 천국의 신성한 빛으로 눈부시게 불타오르고 있었으며, 망원경으로 보면, 망막과 시신경을 심각하게 손상할 우려가 있었기 때문이다.

그들은 경이에 차서 하나님이 피조물에게 보내는 마지막 메시지를 바라보았고, 천천히 이루 말할 수 없는 평온한 느낌에 사로잡혔다. 궁극적이고 완벽한 깨달음을 얻었던 것이다.

펜처치가 한숨을 쉬었다. "맞아요." 그녀가 말했다. "저거였어요."

그들은 족히 십 분 동안 글자를 물끄러미 바라보고 있다가, 그제야 두 사람의 어깨 사이에 대롱대롱 매달려 있는 마빈이 곤란을 겪고 있다는 사실을 깨달았다. 로봇은 이제 더 이상 고개를 들 수도 없었고, 아직 메시지를 읽지도 못했다. 그들은 마빈의 고개를 들어 올려주었지만, 그는 자신의 시각 회로가 거의 다 망가졌다고 투덜거렸다.

그들은 동전을 찾아서 그를 부축해 유료 망원경 앞으로 데리고 갔다. 마빈은 투덜거리면서 그들을 욕했지만, 그래도 그들은 마빈이 글자 하나하나를 차례대로 볼 수 있도록 도와주었다. 첫 번째 글자는 '불'이었고, 두 번째 글자는 '편'이었고, '을'이 그 뒤를 이었다. 그리고는 한 칸이 떨어져 있었다. '끼' 다음에는 '쳐'. 마빈은 잠시 쉬고 휴식을 취했다.

몇 분 후 그들은 다시 글자를 읽기 시작했고, 마빈이 '드', '려'까지 볼 수 있게 해주었다. 다음 글자는 '서'였다. 마지막 단어가 길어서, 마빈은 그 단어에 도전하기까지 한 번 더 쉬어야 했다.

그 단어는 '죄'로 시작했고 다음에는 '송'이었다. 그리고 '합'.

마지막으로 숨을 돌린 후, 마빈은 힘을 내어 마무리에 도전했다.

그는 '니'라는 글자와 마침내 '다'를 읽었고, 휘청거리며 아서와 펜처치의 품에 쓰러졌다.

"저걸 보니……." 그는 마침내 부식된, 철컹거리는 흉곽 깊은 곳에서 마지막 숨을 모아 이렇게 중얼거렸다. "기분이 훨씬 나아졌어요."

이번에는 마빈의 두 눈에서 빛이 진짜로 확실히 영영 꺼졌다.

다행스럽게도, 근처에는 초록색 날개를 가진 사람들에게 스쿠터를 빌릴 수 있는 간이 매대가 있었다.

| 에필로그 |

전 우주의 생명체들에게 가장 큰 은총을 베풀어준 사람들 중 하나는 눈앞에 있는 일에 도저히 집중을 하지 못하는 사람이었다.

천재였느냐고?

물론이다.

그의 세대, 아니 다른 세대까지 통틀어서, 그가 직접 설계한 수까지 합쳐서 최첨단을 걷는 유전공학자들 중 한 사람이었느냐고?

의심할 여지 없는 사실이다.

문제는 그 사람이 관심을 가져서는 안 될 문제에, 적어도, 사람들이 늘 얘기하듯 '지금은 안 돼'라고 하는 순간에, 너무나 깊은 관심을 가졌다는 사실이었다.

그는 또한, 어느 정도는 이 문제 때문에, 상당히 짜증 나는 성격의 인물이었다.

그래서 그의 세계가 머나먼 항성에서 온 끔찍한 침략자들에게 위협을 받고 있을 때, 적이 아직 상당히 멀리 있었지만 굉장히 빠른 속도로 날아오고 있는 사이에, 이 사람, 블라트 베르센발트 3세(그의 이름은 블라트 베르센발트 3세였다. 꼭 관련이 있다고는 할 수 없는 얘기지만, 그래도 상당히 흥미진진한데, 왜냐하면……에이, 그만두자. 아무튼 그게 그 사람 이름이었고, 그게 왜 흥미로운지는 나중에 또 얘기할 수 있을 테니까)는 종족의 지도자에게서 무서운 침입자들과 맞서 싸워 이길 수 있는 맹목적인 초능력 전사들을 설계하라는 지령을 받고 삼엄한 경계 아래 은둔 생활에 들어갔다. 상부에서는 빨리 하라고, 그리고 '집중을 하라'고 명령했다.

그래서 그는 창가에 앉아 여름의 잔디밭을 바라보며 설계하고 설계하고 또 설계했지만 결국 이런저런 일에 약간 정신이 팔리는 바람에, 침입자들이 그들 행성의 궤도에 거의 진입하다시피 한 시각에, 도움을 받지 않고도 반쯤 열린 창문의 열린 반쪽을 통해 날아다닐 수 있는 새로운 종류의 슈퍼 파리를 생각해냈고, 또한 아이들을 위해 전원을 끄는 스위치를 발명했다. 그가 달성한 탁월한 업적을 축하하는 잔치가 열렸지만, 외계의 우주선들이 착륙하는 순간 밀어닥칠 대재앙으로 인해 떠들썩한 축하 분위기는 오래가지 못할 것으로 생각되었다. 그러나 기막히게도, 이 무서운 침략자들은, 대부분의 호전적인 종족과 마찬가지로 고국에서의 문제를 감당해낼 수가 없어 미쳐 날뛰었던 것뿐이어서, 곧 베르센발트의 눈부신 과학적 발견에 엄청난 감명을 받고 축하 대열에 동참했으며 나아가 광범위한 일련의 교역 협정을 체결하고 문화 교류 프로그램을 수

럽하는 데 동의하기까지 했다. 그리고 그런 사태와 정상적으로 연루되는 상황들이 모두 기막힌 반전에 반전을 거듭하는 바람에, 모든 관련자들이 그 후로 영원히 행복하게 살았다고 한다.

이 이야기를 한 이유가 있기는 있었던 것 같은데, 지금은 잠시 아무 생각도 떠오르지 않는다.

젊은 자포드
안전하게 처리하다

Young Zaphod Plays It Safe

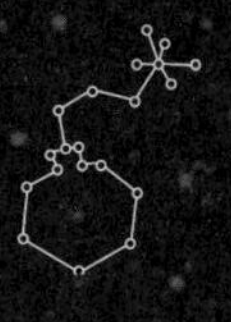

거대한 비행 물체가 놀라우리만치 아름다운 바다 표면 위를 신속하게 움직였다. 해가 중천에 떴을 때부터 계속 그 물체는 점점 더 거대한 호를 그리며 부지런히 왔다 갔다 했고, 마침내 섬 주민들의 주목을 끌었다. 섬 주민들은 바다를 사랑하는 평화로운 사람들로, 백사장에 모여 눈을 가늘게 뜨고 눈부신 태양을 올려다보며 하늘에 도대체 뭐가 있는지 보려고 했다.

이리저리 좀 다녀보고 세상 구경도 좀 해서 세련되고 식견 있는 사람이라면 그 비행체가 서류 정리용 캐비닛과 너무 닮았다는 말을 했을 것이다. 최근 강도를 당한 커다란 서류 정리용 캐비닛이 서랍을 허공에 드러내놓고 똑바로 누운 채 날아다니는 모양새 같다고.

섬사람들은 경험의 종류가 달랐고, 그래서 그들은 그게 캐비닛을 닮았다는 것보다도 그게 바다가재와 너무나 안 닮았다는 데 놀랐다.

그들은 집게발이 하나도 없다느니, 등이 굽어지지 않고 꼿꼿하다느니, 땅에 발을 붙이고 있는 게 엄청나게 힘들어 보인다느니 하며 흥분해서 재잘댔다. 그중 특히나 마지막 특징이 그들에게는 기묘하게 보였다. 그들은 그 자리에서 펄쩍펄쩍 뛰면서 땅에 발을 붙이고 있는 게 세상에서 가장 쉬운 일이라는 것을 그 멍청한 물체에게 증명해 보이려고 했다.

하지만 그들은 곧 이 놀이에 흥미를 잃기 시작했다. 결국 그 비행체가 바다가재가 아니라는 게 완전히 명백해졌고, 그들의 세상에는 고맙게도 바다가재가 지천이었기 때문에(지금 이 순간에도 여섯 마리 정도의 입맛 돋우는 바다가재가 그들을 향해 백사장을 진군해오고 있었다), 그들은 이 비행체에 더 이상 시간을 낭비할 이유가 없었다. 대신, 그들은 즉시 이 모임을 폐회하고 바다가재로 늦은 점심이나 먹자고 결의했다.

바로 그 순간, 비행체가 갑자기 공중에 딱 멈추고 몸을 세우더니 거대한 물보라를 일으키며 바다로 똑바로 뛰어들었다. 사람들은 비명을 지르며 숲 속으로 도망갔다.

몇 분 뒤 그들이 머뭇거리며 다시 나왔을 때, 눈에 보이는 것이라고는 물 위에 난 부드러운 동심원의 상처와 꼬르륵거리는 물거품 몇 개뿐이었다.

이거 참 이상한 일이군. 그들은 서쪽 은하계 어디에서나 맛볼 수 있는 최고의 바다가재를 한 입 가득 우물거리며 서로에게 말했다. 올해 들어서 이런 일이 벌써 두 번째야.

바다가재가 아닌 비행체는 곧장 수심 이백 피트까지 다이빙해서 심해의 짙은 푸르름 속에 머물렀다. 주위에서는 엄청난 양의 물이 흔들거렸다. 마법처럼 깨끗한 물 저 위에서는 물고기들이 눈부신 대형을 만들며 스치고 지나갔다. 빛이 도달하기 어려운 아래쪽에서 바다 빛은 어둡고 황량한 푸른색으로 잠겨들었다.

수심 이백 피트 지점인 이곳에서는 태양빛이 약하게 흘러들었다. 커다랗고 부드러운 피부를 가진 바다 포유류가 유유자적 지나가면서 미적지근한 흥미를 보이며 비행체를 검사했다. 마치 이 근방 어디쯤에서 이 비슷한 것을 보리라고 이미 반쯤은 기대하고 있었다는 듯한 태도였다. 그러더니 그 생물은 위로 미끄러져 올라가서 어른거리는 빛 속으로 사라졌다.

비행체는 기압과 온도를 재며 일이 분여를 기다리다가 다시 백 피트를 더 내려갔다. 이 정도 수심이 되자, 사방이 심각하게 깜깜해지기 시작했다. 곧 비행체의 내부 조명이 꺼졌고 그 뒤 일이 초도 지나지 않아 갑자기 외부 전조등이 켜지며 빛을 앞으로 쏘았다. 눈에 보이는 빛이라곤 흐릿하게 조명을 밝힌 조그만 분홍색 사인에서 나오는 빛뿐이었다. 거기에는 '비블브락스 해난 구조 겸 진짜 멋진 일들 주식회사'라는 글자가 적혀 있었다.

거대한 전조등들이 아래쪽으로 방향을 돌리더니 거대한 은빛 물고기 떼를 포착했다. 물고기들은 침묵의 공포에 사로잡혀 휙 방향을 돌려 사라졌다.

비행체의 뭉툭한 뱃머리에서 넓은 후미까지 뻗어 있는 칙칙한 조종실에서는, 네 개의 머리가 컴퓨터 모니터 주위에 모여 있었다. 컴퓨터는 해저 깊은 곳에서 무지무지하게 약하게 나오는 간헐적인 신호를 분석하고 있었다.

"저거야." 머리 중 하나의 주인이 마침내 말했다.

"확신할 수 있을까?" 다른 머리의 주인이 말했다.

"백 퍼센트 장담해." 첫 번째 머리의 주인이 대답했다.

"이 바다 밑바닥에 침몰한 배가 당신이 백 퍼센트 침몰 안 한다고 백 퍼센트 장담한다고 말했던 그 배가 맞다고 백 퍼센트 장담한단 말이죠?" 나머지 머리 두 개의 주인이 말했다. "아." 그는 손들 중 두 개를 들어보였다. "그냥 물어보는 겁니다."

'안전과 시민 안심부'에서 나온 두 공무원은 이 말에 싸늘하기 이를 데 없는 눈초리로 반응했다. 하지만 이상한, 아니 짝수(odd/even은 홀/짝을 의미하는데 odd에는 이상하다는 뜻도 있기 때문에, 단어의 이러한 중의적 의미를 가지고 장난을 치고 있다 — 옮긴이주) 머리를 한 남자는 이를 알아채지 못했다. 그는 다시 조종석에 털썩 앉더니 맥주를 두 개 땄다. 하나는 자기 몫이었고 다른 하나도 역시 자기 몫이었다. 그리고는 두 발을 제어판 위에 턱 올리고는 울트라 글라스 너머로 지나가는 물고기에게 말했다. "안녕, 자기."

"비블브락스 씨……." 두 공무원 중 키가 더 작고 덜 듬직해 보이는 사람이 낮은 목소리로 말했다.

"옙?" 자포드가 졸지에 다 비운 캔을 제어판보다 더 민감한 기계에다 툭툭 두드리면서 말했다. "다이빙할 준비 됐습니까? 가죠."

"비블브락스 씨, 한 가지 짚고 넘어갑시다."

"예, 그러죠." 자포드가 말했다. "우선 이것부터 짚고 넘어가는 게 어떨까요. 이 배에 정말 뭐가 있는지 그냥 말해주는 게 어때요?"

"말씀드렸습니다." 공무원이 말했다. "부산물이라고."

자포드의 머리들이 지겹다는 듯한 눈짓을 서로 교환했다.

"부산물." 그가 말했다. "뭐의 부산물이죠?"

"절차요." 공무원이 말했다.

"무슨 절차요?"

"전적으로 안전한 절차입니다."

"산타 자쿠아나 부스트라!" 자포드의 머리 두 개가 나란히 합창했다. "너무 안전해서 그 부산물을 가까운 블랙홀까지 가져가서 쏟아 버리는 데 이렇게 철옹성 같은 배를 만들어야 하나 보죠! 근데 문제는 그 배는 거기 안 간다는 거죠. 파일럿이 바다가재……를 싣느라 우회 ── 맞죠? ── 를 하니까. 좋아요. 그 작자는 쿨하다 이겁니다. 하지만 내 말은, 터놓으라고요. 지금은 짓을 때라고요. 거나한 점심을 할 땝니다. 화장실이 넘치기 일보 직전이죠. 지금은……. 지금은 ……말이 완전히 꼬이는군!"

"닥쳐!" 오른쪽 머리가 왼쪽 머리에게 외쳤다. "입이 딱딱 안 맞잖아!"

그는 남아 있는 맥주 캔을 잡고 마음을 진정했다.

"이봐요, 들어봐요." 그는 잠시 마음을 가다듬고 생각을 해본 뒤 다시 말을 이었다. 두 공무원은 아무 말도 하지 않았다. 이런 수준의 대화는 그들이 감히 감당할 수 없는 것이었다. "전 그냥 알고 싶다고요." 자포드가 고집을 부렸다. "뭐 때문에 저를 여기 끌고 들어왔는지 말입니다."

그는 컴퓨터 모니터 위에 간헐적으로 찔끔찔끔 나타나는 온도와 기압 정보를 손가락으로 가리켰다. 그에게는 아무 의미 없는 수치였지만 그는 그 모양새가 마음에 들지 않았다. 그것들은 모두 긴 숫자와 이런저런 것들로 도배되어 알아볼 수도 없었다.

"저게 지금 부서지고 있는 거죠, 그런 거죠?" 그가 고함쳤다. "저 배 안의 창고에 미량 방사능을 배출하는 아오리스트(aorist, 그리스어 문법에서 불확정 과거를 의미한다 — 옮긴이주) 막대가 가득 들어 있거나 이 행성을 몽땅 지글지글 태워서 원시 세계로 되돌려놓을 그런 물건이 들어 있는데, 그게 지금 부서지고 있는 거죠. 그런 이야기 아닙니까? 우리가 찾으러 내려가고 있는 게 그건가요? 저 난파선에서 나올 때는 내 머리가 심지어 몇 개 더 붙어 있는 거 아닙니까?"

"저건 난파선일 리가 없습니다, 비블브락스 씨." 공무원이 고집을 부렸다. "저 배는 완벽하게 안전하다고 보증이 되었어요. 저게 부서진다는 건 있을 수 없는 일입니다."

"그럼 왜 당신은 그렇게 가서 보고 싶어 안달이죠?"

"우린 완벽하게 안전한 걸 보는 걸 좋아하죠."

"쳇!"

"비블브락스 씨." 공무원이 참을성 있게 말했다. "당신이 할 일이 있다는 걸 상기시켜드려도 되겠습니까?"

"예, 어, 아무래도 난 갑자기 그 일이 그렇게 하고 싶지가 않군요. 날 도대체 뭘로 보는 겁니까? 내가 도덕적인 그 뭐냐……. 하여간 그런 게 완전히 없는 놈인 것 같소? 그걸 뭐라고 하지, 그 도덕적인 거, 그거 말이오?"

"양심의 가책이요?"

"양심의 가책, 고맙소. 하여간 뭐든지 간에 말이오. 에?"

두 공무원은 조용히 기다렸다. 그들은 시간을 때우려고 약간 헛기침을 했다.

자포드는 자신에게서 모든 비난을 덜 목적으로 "세상이 어쩌자고 이 꼴이 됐지" 유의 한숨을 쉬더니 자리에 앉아서 몸을 홱 돌렸다.

"배야."

"옙?" 배가 대답했다.

"내가 하는 일을 해."

배는 수백만분의 몇 초 동안 이 점을 생각해보더니 엄청나게 단단한 방수벽의 밀폐 상태를 모두 두 차례씩 점검했다. 그리고는 흐릿한 전조등 불빛 속에서 심연을 향해 천천히, 단호하게 하강하기 시작했다.

오백 피트.

천.

이천.

압력이 거의 칠만 기압에 달하고 빛이라곤 들어오지 않는 차가운 해저인 이곳에서, 자연의 상상력은 최고조에 달해 있었다. 이 피트짜리 악몽이 희멀건 빛 속으로 휙 떠오르더니 하품을 하고는 다시 암흑 속으로 사라졌다.

이천오백 피트.

전조등 불빛이 사그라지는 어둑어둑한 가장자리로 떳떳치 못한 비밀들이 눈을 가늘게 뜨고 홱홱 지나갔다.

점차로, 저 멀리서 다가오는 해저 지형이 컴퓨터 모니터에 점점 더 선명하게 잡히더니 마침내는 어떤 형체 하나가 배경과 뚜렷이 구분될 수 있을 정도가 됐다. 그건 마치 한쪽으로 기운 거대한 원통형 요새처럼 생겼는데, 결정적으로 중요한 저장고들을 둘러싸고 있는 묵직한 초강력 판들 때문에 중간 정도에서부터 급격하게 넓어진 형태를 하고 있었다. 그리고 그 배의 건조자들은 이 초강력 판들 때문에 그 배가 역사상 가장 안전하고 난공불락의 우주선이 될 것이라고 생각했다. 배를 진수시키기 전, 배의 건조자들은 이 부분의 물질 구조를 사정없이 때리고 두드리고 폭발시켰다. 배가 그런 공격에 견딜 수 있다는 것을 증명하기 위해 배가 견딜 수 있는 것으로 알려진 모든 시험을 총동원한 것이다.

깔끔하게 두 동강 난 것이 바로 이 부분이라는 것을 확인하자 조종실의 긴장된 침묵은 눈에 띄게 팽팽해졌다.

"사실 저 배는 완벽하게 안전합니다." 공무원 중 하나가 말했다. "심지어 배가 부서지더라도 저장실은 손상될 수 없도록 만들어졌거든요.”

삼천팔백이십오 피트.

네 개의 A급 기압복들이 인양선의 열린 승강구를 천천히 빠져나와 전조등의 비호 아래 물길을 헤치며 해저의 어둠 속에서 음침하게 모습을 드러낸 괴물 같은 형상을 향해 다가갔다. 그들은 다소 서투르면서도 우아하게 움직였다. 엄청난 물의 무게가 그들을 짓누르고 있었지만 한편으로는 거의 진공 상태나 다름없었기 때문이다.

자포드는 오른쪽 머리로 머리 위의 한없는 어둠을 올려다보았다. 잠시 동안 그의 마음은 소리 없는 비명으로 요동쳤다. 왼쪽을 힐끗 보니 자신의 나머지 머리가 헬멧 비디오에서 중계되는 브록키아 행성의 울트라 크리켓 경기를 태평스레 보고 있었다. 그는 마음이 놓였다. 약간 왼쪽 뒤에서는 '안전과 시민 안심부'의 공무원 두 명이 걸어오고 있었고, 약간 오른쪽 앞쪽에서는 텅 빈 기압복이 걸어가고 있었다. 그것은 장비들을 들고 앞장서서 길을 점검하며 가고 있었다.

그들은 십억 년 벙커 우주선 호의 파괴된 용골 부분에 난 거대한 갈라진 틈을 지나가며 그 안으로 손전등을 비춰보았다. 엉망으로 난도질된 기계들이 찢기고 비틀어진 격벽 사이로 어렴풋이 보였다. 그 격벽은 두께가 이 피트나 되었다. 지금은 투명한 뱀장어 무리가 그 안에서 살고 있었는데, 녀석들은 그곳이 꽤나 마음에 드는 눈치였다.

텅 빈 기압복이 앞장서서 음산한 선체를 따라 걸어가며 출입문들을 열었다. 세 번째로 연 출입문은 갈리는 소리를 내며 힘들게 열렸다. 그들은 안으로 몰려 들어가 길고 긴 몇 분을 기다렸다. 펌프 장비가 바다가 가하는 무시무시한 압력을 처리한 뒤, 그 압력을 그에 못지않게 무시무시한 공기와 비활성 기체 압력으로 서서히 바꿀 시간을 주기 위해서였다. 마침내 내부 문이 미끄러져 열렸고 그들은 십억 년 벙커 우주선 호의 깜깜한 외부 대기 구역으로 들어갔다.

아직도 몇 개의 타이탄-오-홀드 보안문을 더 지나야 했는데, 그때마다 공무원들은 이런저런 쿼크(소립자의 구성 요소 — 옮긴이주) 열쇠로 문을 열었다. 그들은 곧 철통 같은 보안 구역 깊숙이 들어왔고 울트라 크리켓 경기 중계는 더 이상 신호가 잡히지 않았다. 그래서 자포드는 채널을 록 음악 비디오로 돌려야 했다. 그 신호가 닿을 수 없는 장소는 없었다.

마지막 문이 열렸고 그들은 커다란 무덤 같은 공간으로 들어왔다. 자포드가 반대쪽 벽에 손전등을 비췄더니, 불빛은 눈을 휘둥그레 뜨고 비명을 질러대는 얼굴을 똑바로 비췄다.

자포드 자신도 감(減) 오 도로 비명을 지르며 손전등을 떨어뜨리고 바닥에 털썩 주저앉았다. 아니, 바닥이라기보다 거기서 한 육 개월 동안 아무 방해도 받지 않고 누워 있던 시체 위에 털썩 주저앉았다. 시체는 누군가가 자신 위에 앉는 이 상황에 대해 엄청난 폭발로 반응했다. 자포드는 이런 상황에서 도대체 무얼 해야 할지 알 수가 없었다. 그리고는 짧은 시간 미친 듯이 내부 논쟁을 벌인 끝에 기절해버리는 게 최고라는 결론을 내렸다.

그는 몇 분 뒤 정신을 차렸고 자신이 누군지, 여기가 어딘지, 여기 어떻게 왔는지 전혀 모르는 척했다. 하지만 누구도 이 연기를 믿지 않았다. 그래서 그는 갑자기 기억이 물밀듯이 돌아와서 그 쇼크로 다시 기절한 척했다. 하지만 텅 빈 기압복이 내키지 않는 그를 도와 일으켜 세우더니 이 상황을 체념하고 받아들이라고 강요했다. 그는 녀석이 심각하게 미워지기 시작했다.

그곳의 조명은 흐릿하게 깜박거렸고 여러 면에서 마음에 들지 않았다. 그중 가장 분명하게 마음에 들지 않는 것은 죽은 항해사의 신체 부위들이 바닥과 벽, 천장, 특히 그의, 자포드의 기압복 하반신에 형형색색으로 배열되어 있는 것이었다. 그 효과가 어찌나 놀랄 만큼 역겨운지, 이 이야기에서 다시는 언급하지 않도록 하겠다. 단 하나, 자포드가 기압복 안에 구토를 했다는 사실만 간단하게 기록해야겠다. 그는 그걸 벗어서 헬멧을 적절하게 조절한 다음 텅 빈 기압복이랑 바꿨다. 하지만 불행하게도, 배의 고약한 악취에 자신의 기압복이 썩어가는 내장을 걸치고 근처를 유유자적 걸어 다니는 광경까지 더해지니, 자포드는 새로 입은 기압복에다가도 구토를 하지 않을 수 없었다. 그래서 그와 기압복은 그 문제를 그냥 안고 사는 수밖에 없었다.

자, 자. 이제 끝났다. 더 이상 역겨운 이야기는 없다.

적어도 그런 식의 역겨운 이야기는 없다.

비명을 질러대는 머리의 주인은 이제 아주 약간 마음을 진정하고 노란 액체가 담긴 거대한 수조 안에서 앞뒤가 맞지 않는 말을 지껄여대고 있었다. 비상시 부유(浮游) 수조였다.

"정말 미친 짓이었어요." 그가 지껄여댔다. "미친 짓이라고요! 난 오는 길에 아무 때나 바다가재를 먹을 수 있다고 말했어요. 그런데 그 녀석은 미쳤다고요. 완전히 정신이 나갔어요! 바다가재에 그런 식으로 미쳐본 적 있어요? 전 아니거든요. 제가 보기에 바다가재는 너무 질기고 먹기 귀찮은 음식이에요. 그렇다고 대단히 맛있지도 않고요. 제 말은, 그게 맛이 있나요? 전 가리비가 훨씬 더 좋아요. 그래서 그렇게 말을 했죠. 아, 자쿠온이시여, 제가 그렇게 말했다고요!"

자포드는 수조 안에서 철썩거리고 있는 이 희한한 유령 같은 존재를 쳐다봤다. 그는 생명 유지 튜브란 튜브는 다 갖다 붙이고 있었고, 목소리는 배 전체에서 미친 듯이 울려대는 스피커를 통해 부글거리며 나왔다. 그 목소리는 저 멀고 깊숙한 복도에서 유령 같은 메아리가 되어 다시 돌아왔다.

"그게 제가 잘못한 부분이죠." 그 광인이 소리 질렀다. "전 실제로 가리비가 더 좋다고 말했고, 그랬더니 그는 그건 제가 진짜 바다가재를 못 먹어봤기 때문이라고 하더군요. 그의 조상이 살던 고향에서 사람들이 먹는 바다가재 같은 걸요. 그 고향이 바로 여기였고, 그는 그걸 증명하고 싶어했어요. 문제 될 게 없다고 하더군요. 여기 바다가재는 그만한 여행을 할 만한 가치가 있는 데다가, 그 김에 기분 전환도 좀 할 수 있지 않겠냐고 하면서 말이에요. 게다가 자기는 대기권에서 우주선을 운전할 수 있다고 장담을 했다고요. 그런데 그게 다 미친 짓이었죠. 미친 짓이었어요!" 그는 소리를 질러대더니 눈을 굴리면서 잠시 말을 멈췄다. 마치 그 말을 하다가 문득 무슨 생각이 떠올랐다는 듯한 표정이었다. "우주선은 순식간에 통제력을 상실했어요! 우리가 무슨 짓을 하고 있는지 믿을 수가 없었죠. 너무나 부풀려진 음식인 바다가재를 놓고 무슨 증명을 해보겠다고 그 꼴이 되다니 말이에요. 너무 바다가재 이야기만 해대서 죄송해요. 곧 그만두도록 노력하죠. 하지만 제가 이 수조 안에 있었던 지난 몇 개월 동안 제 머리 속에는 온통 그 생각뿐이었다고요. 생각 좀 해보세요. 똑같은 사람들이랑 쓰레기 같은 음식을 먹으면서 몇 달씩이나 우주선 안에 갇혀서 살았는데, 그중 한 사람이 바다가재 얘기밖에 안 했다고요. 게다가 그러고 나서 홀로 육개월간 수조 속에 둥둥 떠다니면서 그 생각만 했단 말입니다. 약속드리지만, 정말로 이제 바다가재 얘기는 그만둘게요. 정말이에요. 바다가재, 바다가재, 바다가재 …… 이제 그만! 제 생각에 제가 유일한 생존자인 것 같아요. 배가 추락하기 전 비상 수조까지 올 수 있었던 사람은 제가 유일했거든요. 제가 조난 신호를 보냈고, 그러고 나서 쾅 한 거죠. 참사예요, 그렇죠? 완전한 참사예요. 그리고 그게 다 그 인간이 바다가재를 좋아했기 때문이라고요. 내 말이 말이 되나요? 정말 이야기하기가 쉽지 않군요."

그는 탄원하는 표정으로 그들을 쳐다봤다. 그의 마음은 낙엽처럼 천천히 흔들리며 땅으로 떨어지고 있는 것처럼 보였다. 그는 원숭이가 이상한 물고기를 쳐다보듯이 눈을 껌벅거리며 그들을 이상하게 바라봤다. 그는 쭈글쭈글해진 손가락으로 수조의 유리 부분에 이상한 낙서를 갈겨댔다. 그의 입과 코에서 삭고 걸쭉한 노란 물방울들이 뿜어져 나와 걸레 같은 머리카락에 잠시 걸렸다가 위로 멍하니 올라갔다.

"오, 자쿠온이시여, 하늘이시여." 그는 혼자 애처롭게 중얼거렸다. "전 발견됐어요. 전 구조됐다고요……."

"음." 공무원 중 하나가 활발하게 말했다. "적어도 당신은 발견됐소." 그는 방 한 가운데 있는 주 컴퓨터로 성큼성큼 걸어가더니 파손된 곳을 찾아 배의 주 모니터 회로를 재빨리 체크하기 시작했다.

"아오리스트 막대가 있는 방들은 무사합니다." 그가 말했다.

"이 배신자들." 자포드가 으르렁거렸다. "배에 아오리스트 막대가 있잖아!"

아오리스트 막대란 이제는 다행히 폐기된 에너지 생산 형태에서 사용되던 장치다. 새로운 에너지원에 대한 탐사가 특히 광적인 지경에 도달했던 한때, 어느 똑똑한 젊은이가 사용 가능한 에너지를 완선 소진해버리지 않았던 유일한 장소를 갑자기 발견해냈다. 과거였다. 그런 통찰에 걸맞게 그의 머리에는 갑자기 피가 확 몰렸고, 바로 그날 밤 당장 그는 그 자원을 채굴할 방법을 발명해냈다. 그리고 일 년도 지나지 않아 과거의 거대한 영역들에서 에너지들이 모두 유출되어 마구 탕진되었다. 과거는 훼손하지 말고 내버려둬야 한다고 주장한 사람들은 극도로 값비싼 감상주의에 탐닉한다는 비난을 받았다. 과거는 값싸고 풍부하며 깨끗한 에너지원을 제공해 줬으며, 천연 과거 보존 구역은 유지비를 대고 싶어하는 사람만 있다면 언제든지 몇 개쯤 만들어질 수 있었다. 과거를 고갈시키는 것이 현재를 궁핍하게 만든다는 주장에 대해서라면, 글쎄, 뭐 아주 약간은 그랬을 수도 있다. 하지만 그 결과는 측정할 수 없었고, 그러니 정말로 균형 감각을 가져야만 했다.

현재가 정말로 궁핍해지고 있다는 사실을 깨닫고 나서야, 그리고 그 이유가 저 이기적인 미래의 약탈꾼 녀석들이 똑같은 짓을 하고 있기 때문이라는 걸 깨닫고 나서야, 모든 사람들은 모든 아오리스트 막대 하나하나와 그걸 만드는 끔찍한 비법이 완전히, 영구히 폐기되어야 한다는 사실을 깨달았다. 그들은 이는 자신들의 할아버지와 손자들을 위한 것이라고 주장했지만, 이는 물론 자신의 할아버지의 손자들, 자기 손자들의 할아버지를 위한 것이었다.

'안전과 시민 안심부'에서 나온 공무원들은 무시하는 태도로 어깨를 으쓱했다.

"그것들은 전적으로 안전해요." 공무원 하나가 말했다. 그는 자포드를 흘낏 올려다보더니 갑자기 어울리지 않게 솔직히 말했다. "저것보다 더한 것도 있어요. 적어도." 그가 컴퓨터 모니터 하나를 톡톡 두드리며 덧붙였다. "그게 배 안에 있었으면 좋겠는데."

다른 공무원이 그를 홱 돌아봤다.

"도대체 무슨 소리를 하고 있는 거야?" 두 번째 인물이 말을 낚아챘다.

첫 번째 인물은 다시 어깨를 으쓱했다. 그가 말했다. "상관없어. 좋을 대로 말하라고 해. 아무도 믿지 않을 테니까. 그 이유로 저 사람을 선택한 거잖아. 공식적으로 뭔가를 하는 대신 말이야. 안 그래? 그가 더 황당한 이야기를 하면 할수록, 말도 안 되는 이야기를 지어내는 히피 모험가처럼 보일 뿐이야. 우리가 이런 말을 했다고 말할 수도 있겠지, 하지만 그러면 편집증 환자처럼 보이게 될 거야." 그는 역겨운 기압복 속에서 분노로 이글거리고 있는 자포드에게 상쾌하게 웃어 보였다. "우리와 같이 가도 좋아요." 그가 말했다. "원하신다면."

"아시겠죠?" 공무원은 아오리스트 막대 보관실의 울트라 타이타늄 외부 봉인 상태를 점검하며 말했다. "완벽하게 안심이에요, 완벽하게 안전하다고요."

그는 너무나 강력해서 티스푼 하나 분량만으로도 행성 전체를 완전히 오염시킬 수 있는 화학무기를 보관하고 있는 창고들을 지나가며 똑같은 소리를 했다.

그는 너무나 강력해서 티스푼 하나 분량만으로도 행성 전체를 날려버릴 수도 있는 제타-액티브 합성물을 보관하고 있는 창고들을 지나가며 똑같은 소리를 했다.

그는 너무나 강력해서 티스푼 하나 분량만으로도 행성 전체를 방사선에 노출시킬 수 있는 테타-액티브 합성물을 보관하고 있는 창고들을 지나가며 똑같은 소리를 했다.

"내가 행성이 아니라 다행이군." 자포드가 중얼거렸다.

"무서워할 것 없습니다." '안전과 시민 안심부'에서 나온 공무원이 보증했다. "행성들은 매우 안전합니다. 만일……." 그는 무슨 말을 덧붙이려다가 말을 멈췄다. 그들은 십억 년 벙커 우주선 호의 용골이 부서진 지점에서 가장 가까운 창고로 다가가고 있었다. 복도는 휘어지고 흉하게 변해 있었다. 바닥은 축축하고 군데군데가 끈적끈적했다.

"야, 흠." 그가 말했다. "야, 이거 정말 에헴이군."

"이 창고 안엔 뭐가 있죠?" 자포드가 답변을 요구했다.

"부산물입니다." 공무원이 다시 입을 꾹 다물며 말했다.

"부산물이라……." 자포드가 조용히 고집했다. "무엇의 부산물이요?"

공무원들은 아무도 대답하지 않았다. 대신, 그들은 창고 문을 매우 세심하게 검사했고, 복도 전체를 흉물스럽게 만든 힘이 문의 밀봉을 비틀어 찢어놓았다는 것을 발견했다. 그들 중 한 명이 문을 가볍게 만졌다. 문은 손이 닿자마자 활짝 열렸다. 안은 캄캄했고, 희미한 노란 빛 몇 개만이 안쪽 깊숙이에서 나오고 있었다.

"무엇의 부산물입니까?" 자포드가 씩씩대며 말했다.

앞서가던 공무원이 다른 한 명을 돌아봤다.

"저기 탈출 캡슐이 있어." 그가 말했다. "승무원들이 그걸 블랙홀에 투하하기 전에 배에서 탈출할 때 사용할 목적이었지." 그가 말했다. "그게 아직도 있다는 걸 알고 있는 게 좋을 것 같아." 다른 공무원이 고개를 끄덕이고는 아무 말없이 떠났다.

첫 번째 공무원이 조용히 자포드를 손짓해 불렀다. 커다랗고 희미한 노란색 불빛이 이십 피트 정도 앞에서 빛나고 있었다.

"왜." 그가 조용히 말했다. "이 배에 있는 다른 모든 것들이 안전하다고 주장하느냐 하면, 그걸 사용하려고 할 정도로 정말 미친 인간은 아무도 없기 때문이죠. 아무도. 적어도 그 정도로 미친 사람이 그 근처에 갈 수는 없을 겁니다. 미치거나 위험한 사람들은 모두 굉장히 강한 경계 경보를 울리는 법이거든요. 사람들이 어리석을지는 몰라도 그 정도로 어리석지는 않아요."

"부산물." 자포드가 다시 씩씩거렸다. 목소리가 떨리는 게 들리지 않게 하려면 씩씩대는 수밖에 없었다. "무엇의 부산물 말이오?"

"어, 디자이너들이죠." "뭐라고요?"

"시리우스 사이버네틱스 주식회사는 주문용 합성 인격을 디자인해서 생산하기 위해 막대한 연구비를 받았습니다. 그 결과는 하나같이 참담했어요. 모든 '사람들'과 '성격들'은 자연적으로 발생한 생물체에서는 도저히 공존할 수 없는 특성들을 혼합해서 가지고 있었죠. 그 대부분은 그냥 애처로운 부적합자들에 불과했지만, 몇몇은 굉장히, 굉장히 위험했어요. 다른 사람들에게 경보를 울리지 않았기 때문에 위험했던 거죠. 그들은 유령이 벽을 그냥 뚫고 지나가듯이 이런저런 상황들을 그냥 통과해 지나갈 수 있었죠. 아무도 위험을 감지하지 못하니까요.

그중에서 가장 위험한 건 세쌍둥이였습니다. 그들은 이 창고에 넣어져서 배와 함께 우주 바깥으로 날려질 운명이었죠. 녀석들이 사악한 건 아니에요. 사실 오히려 소박하고 매력적인 녀석들이죠. 하지만 녀석들은 역사상 가장 위험한 생물들이었어요. 가능하다면 못할 짓이 없었고, 가능하지 않은 일 자체가 하나도 없거든요……."

자포드는 희미한 노란 빛, 두 개의 희미한 노란 조명을 쳐다봤다. 눈이 빛에 익숙해지자, 그 두 개의 빛이 제삼의 공간을 둘러싸고 있는 게 보였다. 거기에는 뭔가가 부서져 있었다. 축축하고 끈끈한 조각들이 바닥에서 흐린 빛을 내고 있었다.

자포드와 공무원은 그 빛을 향해 조심스레 다가갔다. 그 순간, 헬멧 헤드폰 안으로 다른 공무원이 소리 지르는 단어 두 개가 요란하게 밀고 들어왔다.

"캡슐이 사라졌어." 그가 간결하게 말했다.

"추적해." 자포드 옆의 남자가 말을 낚아챘다. "정확하게 어디 갔는지 찾아내. 그게 어디로 사라졌는지 반드시 알아야만 해."

자포드는 커다란 간유리문을 밀어 열었다. 그 너머에는 진한 노란색 액체로 가득 찬 수조가 놓여 있었고, 그 안에는 한 남자가 떠 있었다. 기분 좋게 웃어서 생긴 주름살이 많은 친절하게 생긴 남자였다. 그는 꽤 만족스럽게 떠 있으면서 혼자 미소 짓고 있는 것처럼 보였다.

또 하나의 간결한 메시지가 갑자기 그의 헬멧 헤드폰으로 들어왔다. 탈출 캡슐이 향한 행성이 어디인지가 벌써 밝혀진 것이다. 그건 은하 구역 ZZ9 플러럴 Z 알파였다.

수조 안의 친절하게 생긴 남자는 혼자 부드럽게 중얼거리는 것 같았다. 마치 부조종사가 수조 안에 같이 있었던 것처럼. 작은 노란 물방울들이 남자의 입술에 방울방울 매달려 있었다. 자포드는 수조 옆에서 작은 스피커를 발견하고는 그걸 켰다. 그 남자는 언덕 위의 빛나는 도시에 대해 부드럽게 지껄여대고 있었다.

자포드는 또한 '안전과 시민 안심부'에서 나온 공무원이 ZZ9 플러럴 Z 알파 구역의 행성이 '완벽하게 안전'하게 되어야만 한다는 지시를 내리는 것을 들었다.